KB270349

꿈이 있는 아침

꿈이 있는 아침

초판인쇄일 | 2011년 11월 17일
초판발행일 | 2011년 11월 30일

지은이 | 이당재
펴낸곳 | 도서출판 황금알
펴낸이 | 金永馥
주 간 | 김영탁
편집실장 | 조경숙
표지디자인 | 칼라박스
주 소 | 110-510 서울시 종로구 동숭동 201-14 청기와빌라2차 104호
물류센타(직송·반품) | 100-272 서울시 중구 필동2가 124-6 1F
전 화 | 02)2275-9171
팩 스 | 02)2275-9172
이메일 | tibet21@hanmail.net
홈페이지 | http://goldegg21.com
출판등록 | 2003년 03월 26일(제300-2003-230호)

값 15,000원

ISBN 978-89-97318-01-8-03810

꿈이 있는 아침

이당재 에세이집

황금알

꿈이 있는 아침

가을 햇살이 눈 부신 숲길을 한 농부가 나귀를 몰고 가고 있다. 얼마쯤 갔을까. 나귀가 갑자기 걸음을 멈추고 목을 흔들어 방울 소리를 낸다. 농부는 가던 길을 멈춰 서서 주변을 돌아본다. 농부의 귓가에 문득 "지금 길을 제대로 가고 있는가요?"라고 나귀가 묻는 것처럼 들렸기 때문이다. 인생을 살다 보면 사람마다 나귀의 방울 소리를 듣게 될 것이다. '지금 제대로 살아가고 있느냐. 지금 나에게 꿈은 있느냐?' 라고 스스로에게 묻기도 한다. 꿈은 밤바다의 등대처럼 자신이 갈 곳을 비추는 것이다. 삶은 현재 진행형이다. 사람마다 각자 나아가고 있는 방향이나 지표가 있어야 한다. 우리 모두 지금 꿈이 없다고 말하지 말자. 내 속에는 나를 지키고 있는, 나를 계속 나아가게 하는 그 힘이 바로 나의 꿈이다.

흔히 내 인생의 절정기는 이미 지나고 마치 사정射精하고 난 뒤 고개 숙인 남자처럼 수그러들었는지도 모른다. 존 버닝햄의 말처럼 "언젠가 나의 인생에도 '오늘부터 너는 혼자 힘으로 양말도 못 신게 되리라'는 신의 목소리가 벼락처럼 울리는 날이 꼭 오고야 말 것이다." 하지만 그런 날이 반드시 올 것이기에 우리 인생의 꿈은 더욱 절실하고 소중한 것이다. 지미 카터 전 미국 대통령이 "후회가 꿈을 대신하는 순간부터 우리는 늙기 시작한다." 이 말을 뒤집어 말하면 "꿈이 후회를 덮으면 나이는 들지언정 결코 늙진 않는다."고 말한 것이 아닐까.

2010년 가을, 예술의 전당 콘서트홀에서 제임스 드프리스트 지휘로 서울 시향이 말러의 교향곡 10번을 연주했다. 원래 완성된 교향곡

10번은 없다. 베토벤도 9번이 끝이다. 말러도 교향곡 10번은 1악장까지만 관현악 총보가 남아 있고 나머지 악장은 스케치만 전하는 미완성이다. 이를 데릴 쿠크가 수정 보필하여 연주한 것이다. 그래서 말러 교향곡 10번을 듣는 감흥은 진지眞摯하다. 데릴 쿠크가 끝까지 완성을 향해 몸부림쳤기 때문이다. 끝까지 몸부림친 것에는 항상 감동이 따르게 마련이다. 끝까지 해냈다는 건 근성根性이요 끈기다. 어차피 인생은 미완성 아니던가. 죽는 날까지 뭔가 해냄으로써 미완성은 완성을 품어낼 수 있다. 그것이 오늘을 사는 우리의 꿈이요 바람이어야 하지 않겠는가!

아침은 사람마다 누구나 다 맞이한다. 우리 모두 새로 시작하는 날마다 '꿈이 있는 아침'으로 낡은 후회를 덮어버리자. 그것만이 고개 숙인 삶이 아니라 뭔가를 끝까지 함으로써 완성을 향한 씨앗을 배태胚胎시키는 것이다. 미완성을 무덤으로 가져갈지언정 끝까지 했다는 것은 미완성일지라도 슬프도록 아름다운 것이다. 이러한 마음·자세는 언제나 새로운 미래를 여는 가장 힘찬 삶을 살 수 있을 것이라고 믿는다. 거의 날마다 나의 상상想像과 꿈과 이상理想을 노래한 글들을 한데 모았다. 미흡하나마 한 권의 책으로 나오기까지 수고해 준 황금알의 김영탁 시인과 임직원에게 감사한다. 밤늦도록 눈 비비며 마지막 교정을 봐준 영원한 동행자이며 반려자에게 이 작은 책을 선사하고 싶다.

2011. 10. 24. 가을비 오는 저녁

수리산 아래 淸虛堂에서

淸軒 이 당 재

Part 1

자연과 더불어

새해 아침의 다짐

　새해가 되면 사람마다 나이 한 살씩을 더 먹게 된다. 어릴 때는 빨리 나이를 먹어 어른이 되고 싶었던 때도 있었다. 하지만 어느새 나이 먹는 것이 탐탁지 않게 느껴지는 나이가 되었으니 세월은 참으로 빠르다. 나는 지금까지 걸어온 시간보다 앞으로 가야 할 시간이 짧게 남았다. 이 짧게 남은 시간 때문인지 나이에 비례해 세월이 더욱 빠른 속도로 흘러가는 것을 체감體感 하고는 허탈虛脫해 할 때가 잦다. 그러나 이미 떠나간 시간은 되돌아오지 않는 것, 지난날을 후회하며 안타까워해도 소용이 없는 일이다. 사실 지난 세월의 시간을 천덕꾸러기 취급했는가 하면 "쇠털같이 많은 날"이라느니 "노세 노세 젊어서 노세"하며 시간을 낭비하고 지내지 않았나 싶기도 하다. 나는 날마다 시계를 차고 다닌다. 그러면서도 지내다 보면 자신도 모르게 시간을 낭비하고 후회하게 된다. 먹고 마시고 TV 보며 노닥거리는 시간이 일하는 시간보다 많지는 않았는지 가끔은 자신을 되돌아보게 된다.

　세월은 해가 떠서 지고 덧없이 흘러가는 것으로만 정의할 수는 없다. 하루는 지구가 양극을 축으로 해서 한 바퀴 돌아 원점으로 돌

12

아오는 시간이고, 1년은 지구가 태양의 주위를 한 바퀴 돌아 원점으로 돌아오는 날이다. 새 아침 새해가 똑같은 반복인데도 사람들은 대개의 경우 새해의 시작에 각별한 의미를 부여하고 뭔가를 새로 다짐하게 된다. 설사 연초 시작의 다짐을 다 해내지 못했더라도 뭔가를 새로 시작한다는 것 자체가 중요하게 느껴지기 때문이다. 시작이 없으면 끝도 없고 성취도 있을 수 없다. 어제보다 오늘이, 오늘보다 다가오는 내일에 새로운 희망을 걸고 새로운 다짐으로 뭔가를 시작하게 된다. 이게 바로 인류 문명이 지금처럼 발전하게 된 계기가 되지 않았나싶다.

그리스 철학자들은 '시작'에 특별한 관심이 있었다. 플라톤은 "어떤 일이나 처음이 가장 중요하다"라며 "잘 시작한 일은 반이 벌써 이뤄진 것이나 다름없다"라고 했다. 동서양을 불문하고 '시작이 반이다.'라는 격언이 전해지는 것을 보면 어느 사회나 시작이 갖는 중요성에 일찍부터 주목했음을 알 수 있다. 새해에 작은 일이라도 새롭게 시작하며 다짐을 하는 것이다.

삶의 질이란 외형적인 조건으로 형성되는 것이 아니라 삶을 엮어나가는 주인공의 인격과 삶의 수준이 어우러질 때 형성된다고 한다. 즉 잘 먹고 잘 지내는 표피적인 모양으로 삶의 질을 평가하는 것은 매우 잘못된 것이다.

미국 20대 대통령 카필드는 수학에 콤플렉스가 있었다. 늘 자신보다 수학을 잘하는 친구 때문에 기를 펴지 못한 채 대학에 다니던 어느 날 밤, 친구 방의 불이 자기 방보다 10분 늦게 꺼지는 것을 보고 그날 이후 그는 친구 방보다 10분 늦게 불을 끄기로 하고 그 시간에 수학공부를 한 결과 그 10분이 그에게 열등감을 해결해 주고 앞서 가는 계기를 만들어 주었다는 것을 새삼 깨닫게 된다. 항상 불이 켜진 서제에서 읽고 쓰고 지우고 다시 쓰면서, 날마다 뭔가 진취적으로 생각하고 스스로 인생을 가다듬으며 내일을 준비하는 시간을 많이 가져야겠다고 다짐한다.

날마다 신문이나 TV를 보면 세상은 나라 안팎 할 것 없이 얽히고 설키어 참으로 시끄럽고 복잡하기만 하다. 하지만 세상이 어찌 되든 나는 내 마음의 밭을 열심히 갈아야 한다心田耕作. 나는 언제 죽을지 모른다. 오늘이라는 시간 안에 일하지 않으면 안 된다. "오늘 일하지 않으면 내일 울게 되고, 오늘 일하면 내일 웃게 된다."는 것은 평범한 진리다. 세월을 아끼라는 성서의 이 가르침을 떠올리며 새해 아침 새롭게 이 '작은 다짐'이나마 해보는 것이다.

작은 눈덩이가 언덕을 굴러 내려가면서 스스로 몸집을 불려 나가는 것처럼 처음은 미약하게 시작된 일이 점차 걷잡을 수 없는 기세로 확대되는 게 눈덩이 효과Snowball effect다. 이처럼 시작의 중요성을 알고 살아가는 것은 슬기로운 삶의 방법이다. 일정한 힘으로 전달되는 도미노 효과Domino effect에 비교하면 눈덩이 효과는 가속적으로 증폭된다는 점에서 시작의 중요성이 훨씬 강하게 가슴에 와 닿는다. 다만, 눈덩이가 어디로 구르느냐에 따라 결과는 엄청나게 달라질 수 있다. 그러나 처음 방향만 잘 잡으면 그 효과는 천양지차天壤之差 달라질 수 있다. 처음의 작은 변화가 결과적으로 많은 변화를 초래할 수 있다는 얘기다. 그래서 매일 매년 새로운 시작의 다짐은 참으로 중요하다. 새해를 맞이하여 새로운 시작의 다짐을 자신에게 각인시키는 것을 성스러운 의식으로 자리매김해야 하겠다.

　인생의 후회를 남기지 않기 위해서 오동나무에 가을이 지기 전에 촌음寸陰을 아껴서 살아야겠다. 해와 달, 지구가 돌고 도는 데 마디가 없다지만 한 해, 한 달, 하루, 한 시간이 역사가 되는 것을 깨닫고 새로운 시작을 다짐했으니 이제 새해를 맞는 마음의 준비는 된 셈이다. 나는 훗날 무엇으로 기억될 것인가? 라는 삶의 물음에 진정으로 '기억되고 싶은 자신의 모습이 되기 위해서 주어진 오늘에 온 힘을 다해 새로운 내일로 나아가기 위한 시작을 다짐'하는 것이다. 하루를 시작하는 시간은 영원으로 이어지는 길목이다. 그러므로 하루, 1년의 시작을 소중히 해야겠다. 새해 일출에 건 염원念願이 스스로 노력하며 이루어지기를 마음속으로 빌어본다.

강물 흐르는 도시 바다의 네트워크로

— 녹색 뉴딜, 4대강 살리기에 부쳐

강물은 무심히 흐르지만, 인간은 많은 생각을 했다. 인간은 무한히 흐르는 물에서 유한한 욕망과 야심, 지배의 열정과 좌절의 울분을 터뜨렸다. 역사적으로 강을 지배한 자가 세상을 지배했었다. 고구려는 광개토대왕 장수왕이 한강을 장악하여 그 전성기를 호령했다. 백제는 근초고왕이 영산강 일대의 잔존했던 마한을 정복함으로써 최대의 통치력을 떨쳤다. 신라는 법흥왕과 진흥왕이 낙동강 유역의 가야를 정복하고 고구려와 백제에게서 한강을 빼앗음으로써 한반도 주도권 쟁탈전에 끼어들게 되었다. 고려 태조 왕건이 영산강 일대를 얻지 못했다면 견훤을 두고 후삼국을 통일할 수 없었을 것이다. 백제의 마지막 의자왕이 금강을 저버렸기에 금강의 또 다른 이름인 백마강의 낙화암 전설을 만들고 말았다. 예로부터 강물은 지난날의 승패와 영욕을 바다로 희석해 흘렀지만, 인간은 지금도 강물의 지배를 두고 다투는 것일까!

한강에 증기선이 처음 출현한 해가 1888년이다. 바로 이어 독일·미국·청나라 상선들이 위용을 뽐내며 등장했다. 조선시대 수운水運

의 중심이었던 한강을 타고 들어 바다가 한양 도성으로 진입했고 내륙의 산들이 송파진에 치달았다. 마포와 서강에는 미곡米穀·젓갈·생선·건어물을 싣고 오는 배로 넘쳤고 뚝섬·광나루·서빙고 나루에는 목선들이 목재·시탄柴炭·채소·가축을 실어 날랐던 게 100년 전 풍경이다. 규모가 제법 큰 증기선들은 용산호·제강호·순명호 등 토종명칭을 달고 운항했다. 이 나루마다 대소상大小商들이 시장을 열어 많은 물자가 모여들었다. 당시 서울은 영락없는 항도港都였다. 그 후 서울이 항도에서 내륙 도시로 바뀌게 되는데 거기에는 두 가지 요인이 있다. 첫째는 1900년 경인선이 개통되자 철도시대가 열렸고, 둘째는 1953년 군사분계선을 한강 하구에 겹쳐 그었던 것이 문제였다. 철마는 항도의 쇠퇴를 가져오기는 했지만, 군사분계선처럼 한강에서 바다를 떼어내 봉쇄해버리지는 안 했다. 정전협정 때 군사분계선을 장산곶까지만 올렸더라도 서울에 항도의 문물이 계속 흘러들었을 것이고 이난영의 눈물 젖은 노랫가락이 서울을 두고도 울려 퍼졌을 것이다. "양화진 안갯속에 기적이 울고/ 밤섬 등대 위에 갈매기 노래하는/ 그리운 서울 서울은 항구다/ 똑딱선 가락 따라 구슬피 운다."와 같은 애잔한 노래가 밤거리 대폿집과 찻집에서 흥얼거리고 한강의 여객선도 덩달아 뱃고동을 울려댔을 터다.

서울이 이처럼 바다의 문물을 잃어버린 것은 커다란 손실이 아닐 수 없다. 인류에게 바다가 미지의 세계로 수평선 넘어 꿈틀거리는 신비의 문물에 얼마나 많은 사람을 탐험의 길로 유혹했던가. 바닷길을 타고 나타나는 이양선異樣船과 그 이방인들은 내지內地의 잠자는 상상력을 얼마나 소스라치게 일깨웠는가. 항구는 바다의 상상력이 진입하고 내지의 결핍증이 외부로 증폭하는 노즐이다. 따라서 역사상 세계의 큰 거점도시인 암스테르담·런던·보스턴·뉴욕을 거쳐 LA까지 바다는 국제경쟁력을 부추기는 선동적 역할을 했다. 바다는 생각과 인식을 틀에 가두지 않는다. 바다는 필요한 곳과 소통하도록 길을 열어준다. 서울이 항구로서의 기능이 상실되면서 서울을 근거지로 한 한국인의 마음의 습관에는 바다문명의 본질인 유동성·연결성·유연성·진취성이 퇴행해버렸는지도 모른다.

녹색 뉴딜로 명명된 '4대강 살리기' 희망선포식을 했으나 해가 바뀌었는데도 아직 지지부진이다. 앞으로 기획한 대로 추진하여 침체된 국가와 지방경기를 촉진하고 시름시름 앓고 있는 지역거점도시에 새로운 돌파구가 마련되기를 기대한다. 이 프로젝트는 최근 전 세계적으로 물 부족 현상이 심각해지는 상황에서 수자원 및 하천시스템에 전반적 변화를 가져올 것으로 주목하고 있다. 아울러 국가와 지역 경제발전에도 큰 도움이 될 것으로 기대하는 것이다. 미래 지향적 측면에서도 4대강을 끼고 있는 거점도시들의 성격변화에서도 볼 수 있을 것이다. 폐쇄적 내륙 도시에서 개방적 해양 도시로의 변모가 가져올 문명사적 발전유발 효과는 당장 들어가는 예산에 비할 바가 아니다. 내륙의 바다문명과의 접속을 돈으로 추산할 수는 없는 일이기 때문이다.

이웃 중국과 대만은 양안 분단 50년 만에 뱃길을 열어 통상·통항通港·통우通郵의 3통 시대를 열었다. 따라서 대륙의 63개 항구와 대만의 11개 항구 간의 네트워크는 머지않아 일본열도 서쪽 항구도시와 튼튼한 동아시아 해상교역체계를 이룰 것이다. 여기에 한국의 거점도시들이 함께 발을 들여놓아야 한다. 인천·군산·목포·여수·부산 등 남·서해 항구 도시들은 물론이거니와 내륙 도시들도 항로와 해로를 서로 엮어 짜는 다국적 문명교류체계에 주도적 역할을 행사해야 한다. 강물은 흐르고 흘러 바다로 이어진다. 따라서 4대강 거점도시들도 항구가 되어야 한다. 상하이·홍콩·도쿄·오사카도 이미 항구다. 이들 도시와 경쟁에서 서울이 뒤진 것도 따져보면 바다를 잃고 난 이후임을 상기해야 한다.

국토에서 강과 하천의 기능과 역할은 우리 인체의 핏줄과 같다. 다가오는 미래의 물 위기에 대비하고 지구온난화와 수질오염 등 환경영향 평가를 통하여 강과 하천의 본래 기능인 이수利水와 치수治水 양면을 모두 고려한 국가 백년대계의 종합 개발이어야 한다. 4대강 살리기는 강과 하천정비로부터 "바다 네트워크" 또는 "항구도시구축"으로 보다 더 진일보해야 한다. 바다의 상상력과 진취력을 갖는 문명사적 대사업의 창출이어야 한다. 생태계 변화를 주장하며 반대하는 사람들 도롱뇽 몇 마리 살리자고 떼를 쓰는 바람에 몇천억 원의 국가예산을 날리는 어리석음은 다시 있어서는 안 된다. 우리 역사는 바다로 진출했을 때, 해양지향적일 때 크게 번성했다. 우리 후손들이 주저 없이 "우리의 도시는 모두 항구다."라고 노래 부를 수 있어야 한다.

인고(忍苦)의 한 송이 미소 짓는 꽃으로

활짝 핀 한 송이 꽃은 보는 사람들에게 흠뻑 기쁨을 준다. 추운 겨울 눈 속에서 꽃망울을 터트리는 매화나 진흙 속에서 피어나오는 연꽃을 보면 기쁨을 넘어 감동하게 된다. 사람도 저마다의 좋은 빛깔과 향기로 피어날 꿈을 품은 꽃씨이고 꽃이다. 하지만 세상에 거저 피는 꽃은 없다. 산과 들의 야생화나 화원에서 자라는 꽃 한 송이도 마찬가지다. 그래서 시인은 '흔들리지 않고 피는 꽃이 어디 있으랴'라고 노래했다던가. 이는 꽃씨의 포기하지 않는 생명력과 가꾸는 노력이 있어야 하기 때문이다. 우리네 인생도 고단한 일상을 딛고 자신이 할 수 있는 온 힘을 다해 흔들리며 피어나는 한 송이 꽃이 아닐까 싶다.

지금의 나는 어떤 꽃일까. 활짝 피어 행복하게 웃고 있을까. 아니면 겨우 피다 지쳐 시들어가고 있을까. 생각해 보면 나는 이 세상에 둘도 없는 하나의 꽃이 틀림없다. 활짝 핀 꽃으로서 날마다 웃을 수 있고 스스로도 행복하다고 느끼며 사는가 싶다. 지금의 꽃으로서 만족하고 있는 것이다. 이 꽃을 보는 주위 사람들에게도 다소의 기쁨을 주리라고 믿는다.

인간은 누구나 행복하기를 바란다. 그래서 더 넓은 집, 더 큰 자동차, 더 높은 지위나 명예를 가지려고 치열하게 경쟁하며 살아가고 있다. 하지만 이 욕망은 끝이 없다. 하나가 충족되면 더 높은 단계를 바라보게 되기 때문이다. 어떤 이는 좀 고상한 영적 체험을 통해서 특별한 행복을 얻으려고도 한다. 복잡한 일상을 떠나 명상의 집이나 기도원을 찾아 어떤 경지에 다다르면 더 행복해지지 않을까 하는 환상에 젖기도 한다. 하지만 앞의 세속적 소유나 뒤의 영적 체험이나 모두 나 아닌 밖을 향해 '채워지지 않는 것을 갈구하는 것'으로는 막상 행복에 이르기는 쉽지 않다. 그러니까 그 해답은 내 안에서 찾아야 한다. 내 안에 있는 꽃씨를 내 본성의 생명력으로 가꾸어 나만의 빛깔로 피어날 때 진정한 행복을 느낄 수 있지 않을까 생각한다.

지금 세상은 너무 치열하게 경쟁하며 살아간다. 일등만을 쫓아서 뒤도 안 돌아 보고 앞으로만 내달린다. No 1 only다. 너무 많이 비교하고 너무 많이 눈치를 본다. 그러다 보니 진정 내가 원하는 행복이 뭔지도 모르고 그 행복에 이르는 길은 알지도 못한 채 마냥 달려만 가고 있는 것 같다. 남이 하니까 나도 하고, 남들이 가니까 나도 그냥 따라가는 식이다. 남만큼 못하면 잠을 못 이루며 불안해하고 남들 신경 쓰느라 도무지 나만의 삶은 찾지 못한 채 세상을 살아가고 있다. 공직에 있을 때를 돌이켜보면 참으로 한심했던 기억이 난다. 마음 놓고 행복하다고 느껴본 적이 없기 때문이다. 옆 사람과 비교하고 눈치 보느라 그때 이미 내 안에 가득 차 있던 행복을 알아차리지 못하고 살아온 것이다. 세상은 넓고 '나'라는 존재는 참으로 작아 보였다. 내가 모든 것을 가질 수도 없었고, 모든 걸 잘할 수도 없었다. 그래서 먼저 나의 가능성까지를 알고 그 한계를 자각했다 선택할 것은 선택 하되 포기할 것은 과감히 포기하였다. 그게 바로 내가 퇴직하기 1년여를 앞두고서야 내 자신을 계산한 것이다. 그리고 나서야 비로소 나에게 맞는 행복이 보이기 시작했다.

내가 찾은 남과 차별화된 행복은 안갯속의 행복이 아니라 나를 설레게 하고 몰입하게 하고 스스로 웃음 짓게 하는 행복이었다. 나의 삶을 주도적으로 경영하고 그 선택과 과감한 포기로 이어가는 데는 힘이 있어야 했다. 그건 다름 아닌 마음의 힘이다. 선별하는 눈도 필요하고 내 뜻을 실천하는 의지의 힘이었다. 그러면 무엇을 선택하고 무엇을 포기할 것이냐가 문제였다. 그건 다름 아닌 내 본성에 맞는 것을 선택하고 본성에 맞지 않는 것은 포기하는 것이다. '나 아닌 것, 나에게 맞지 않는 것'을 내려놓고 '참 나'(無我로서 眞我)를 한 송이 꽃으로 활짝 피워내는 것이다. 그러니까 내 안의 본능이 나에게 행복을 안겨 주리라 생각했다 그때 나 자신을 꽃씨라고 일깨워주었다. 내 꽃씨(본성)에는 나의 소질과 소망이 깃들어 있다. 내가 사는 마지막 날까지 내가 이룩해야 할 소명이나 사명도 있었다. 그리고 정신적으로 육체적으로 건강에 노력하며 세상 욕심 다 버리고 유유자적, 여유와 낭만적 삶을 살려고 마음으로 다짐했다. 나는 잡초가 아니다. 내 안에는 분명히 나만의 꽃의 유전자가 있다고 믿는다. 내 안에 있는 우주를 꽃으로 덮고도 남을 씨앗이 지금도 자라고 있다고 말이다. 다만, 지금껏 물 주는데 소홀히 하거나 게을리했을 뿐 지금도 늦지 않았다는 생각이다. 서녘 하늘에 저녁놀이 더욱 빛난다 하지 않았던가! 나의 꽃씨(본성)는 분명히 기다리고 있을 것이다. 한 송이 꽃으로 활짝 피어날 순간을 말이다. 나만의 향기와 빛깔을 지닌 '나 다운 꽃'으로 새롭게 피어날 것을 스스로 약속하면서 오늘도 나만의 시간을 경영한다.

밤새워 쓰고 지우고 다시 쓰기를 반복하다가 문득 내 노력으로 이룬 작은 결과물을 보고 자신을 대견해할 때가 있다. 결국, 하고 싶은 일, 잘할 수 있는 일에 몰입할 때의 기쁨과 주어진 일을 마쳤을 때의 보람을 느끼며 살아가는 것이다. 이 지상의 소풍이 끝나는 날까지는 아파서 주위 사람들에게 될 수 있으면 신세를 끼치지 않기 위해서도 날마다 산의 숲 속 길을 걸으며 맑은 산소를 호흡하는 것을 멈추지 않으리라. 세상에 혼자 자라는 나무는 없다. 혼자 피는 꽃도 없다. 그리고 흔들리지 않고 피는 꽃은 더더욱 없다. 나는 흔들리면서도 언젠가는 기어이 세상 사람들 속에서 '인고忍苦의 미소 짓는 한 송이 꽃'으로 활짝 피어나야 할 테다. 그날을 향해 오늘도 힘을 다해 그냥 한 걸음 한 걸음 걸어가고 있다.

지금 고향의 가을은…

가을이 저물어 간다. 한데 가을이 가을 같지 않다. 풍요로운 결실의 수확으로 뭔가 꽉 차 있어야 할 이 가을, 마음이 허전하기만 하다. 이 허전함을 달래기 위해 어디론가 떠나고 싶다. 헌데 막상 길을 나서려 하니 특별히 갈만한 곳도 없어 맑은 가을 하늘을 바라보며 사색의 깊은 골짜기를 서성이게 된다. 가을 하늘은 참으로 맑고 높고 시원스러워 바라만 보아도 상쾌한 기분이다. 가을은 대기가 수직 방향으로 이동하는 대류현상이 줄어들기 때문에 하늘로 올라가는 먼지의 양이 많이 줄어든다. 게다가 먼지가 비와 습기에 씻겨져 땅으로 내려가기 때문에 하늘은 맑아지게 된다. 대류가 줄어드는 대신 대기는 수평으로 흘러 두껍게 쌓인 적운積雲이 적어지면서 새털구름이 발달해 하늘은 높아 보인다. 가을 풍경을 과학적으로 풀어본 것이다. 이쯤에 들판과 산천의 식생植生은 황금빛으로 옷을 갈아입는다. 뜰 앞에 뒹구는 잎사귀 하나로 천하의 가을을 안다一葉知秋며 자연과 인생에 대한 성찰의 자세를 가다듬기도 한다.

가을은 쇠金의 계절이다. 나무와 불, 흙과 쇠, 물의 기운인 오행五行

金木水火土의 속성으로 따져보면 쇠는 차가운 성질을 띤다. 따라서 찬 바람이 불고 땅에서 자란 모든 식생은 노랗게 열매를 맺는 황금빛 주조의 '금추金秋'라고도 한다. 아울러 밖으로 벌리기보다는 안으로 거둬들이는 수확의 계절이다. 일에 끝맺음하고 안으로 수렴을 재촉하는 이 가을에는 내면의 성숙을 꾀하는 성찰과 사색의 계절이다. 그래서 많은 시인은 가을의 서정敍情을 시로 읊었다. 유럽의 시인 라이너 마리아 릴케는 「가을날」이란 시에서 "마지막 열매들이/ 완전히 영글도록 명해 주소서… 묵직한 포도송이에는/ 마지막 단맛이 스미게 하소서."라며 가을이 지니는 완숙의 이미지를 노래했다. 나의 시 「가을비」에서 "무상한 세월의 흐느낌이냐/ 창가에 고개 떨군 나뭇잎/비에 젖어 앵돌아진 채 누워 있고…/ 허전한 가슴속 빗물 되어 흐르네."라고 가을의 서정을 노래했다.

누군가 '지난여름은 행복했었네.'라고 했다던가. 내 인생의 가을에 접어들어 지나간 추억이 그리워져서일까. 이 가을 추억이나마 더듬거릴 수 있는 곳은 고향만 한 게 있을까 싶지 않다. 청운의 뜻을 품고 새벽 버스를 향해 떠나는 아들에게 어머니께서 잘 가라 손짓하던 큰 소나무 아래 마을 앞길을 잊지 못한다. 뒷산 부모님 돌아가 묻히신 그곳, 노령산맥의 마지막 지맥이 멈춰서 있고 어쩌다 군내 버스가 멈췄다가는 마을에는 '해설피 금빛 게으른 울음을 우는 얼룩배기 황소'도 없고, '옅은 졸음에 겨워 짚베개를 돋아 고이시는 늙으신 아버지'도 없는 고향은 '생물학적 고향'이다. 하지만 누대로 조상님들이 살았다는 무성한 애기 속에 말투, 행동거지, 무의식과 관습을 형성한 '인류학적 고향'이 아니다. 날씬한 자가용과 세련된 용모로 귀향하는 아직은 '젊은 노인'의 변신을 환영해 주는 '사회학적 고향'은 더더욱 아닌 것 같다. 일 년에 한두 번 벌초나 시제를 지내기 위해 고향에 모여드는 직계 방계가족들을 만나 근황을 나누는 게 보통이다. 핏줄을 나눈 사이라면 용모와 기질이 비슷해 평소 의아해하던 집안의 일들이나 쌓였던 괴벽성의 오해가 풀리기도 한다. 이런 만남에서 인류학적 고향이 재생되기도 한다. 그러나 조상과 친족적인 유대와 생물학적인 고향의 의미를 숭상해온 세대들은 머지않아 소멸할 것이지만 자신의 삶과 고향을 연결하는데 의미를 부여하지 않는 세대들이 많아진다는 사실이다. 지금 노령세대가 그리는 고향에 대한 이미지가 여지없이 퇴색해져가는 세태가 안타까운 것이다.

요즘 젊은 세대들은 도시병원과 아파트촌에서 태어나고 자라나 형제와 남매개념을 모르는 외동자녀가 주류를 이루는 가족환경에서 생물학적 인류학적 고향의 의미는 점점 옅어져 가기만 한다. 더욱이 문중이나 혈연단체와 같은 개념으로서의 사회학적 고향도 동시에 소멸해버리지 않을까 싶다. '조상! 고향!'과 같은 화두에 아무런 감흥을 느끼지 못하는 세대 즉 '고향 없는 세대'가 출현하고 있기 때문이다. 아울러 추석명절에 조상이나 고향을 찾는 민족 대이동은 까마득한 옛날 얘기처럼 잊혀가는 세태가 되지 않을까 걱정이 앞선다.

고아로 자란 사람은 부모나 조상을 모른다. 이방인은 고향이 없는 사람이거나 고향은 있지만 갈 수 없는 사람이다. 현대인이 갖기 쉬운 것은 고아나 이방인의 정서라고 한다. 기우러 가는 이 가을 마음과 정신의 구원을 원한다. 무엇이 구원인가. 바로 마음과 정신의 고향을 갖는 것이다. 점점 잊혀가는 도덕성과 전통문화를 갖는 것이다. 조상을 숭배하고 부모 형제 이웃과 함께 사랑·관용·협동·동기同氣의식으로 도덕성과 전통문화를 되살려야 한다는 생각이다. 여기엔 허장성세虛張聲勢나 자기과시에서 벗어나 겸손과 절제와 예절로써 있는 그대로의 뿌리를 찾아 바르게 보고 배우고 자녀들에게도 그 본보기가 되어야 하는 마지막 세대라는 의식을 갖게 된다.

알렉스 헤일 리의 소설 『뿌리』는 아프리카 원시 정글의 땅에 사는 흑인 노예의 신분으로 자신의 뿌리를 찾는 처절한 얘기가 문득 떠오른다. 살이 찢어지고 피가 튀기는 고통 속에서도 뿌리를 지키려는 쿤타킨테의 정신을 본 받아야 한다는 생각이다. 왜 그들이 어려운 처지에서도 뿌리를 찾으려 했을까! 거기엔 육신의 뿌리와 함께 정신의 뿌리가 있기 때문이다. 그 정신의 뿌리 속에는 그들의 문화 전통이 살아 숨 쉬고 있을 것이다. 문화와 전통은 21세기에 추구해야 하는 가치임을 깨닫게 된다. 민주화와 함께 도덕적 가치체계를 갖춘 나라만이 21세기를 주도할 수 있다는 주장에 동감하면서 바로 내가 사는 한국이 아닌가 싶다. 지금 고향의 가을은 잡초 우거진 빈집에 희미해져 가는 추억을 그리며 한 가닥 희망의 맑은 가을 하늘을 치어다보게 된다.

매화梅花를 심은 뜻은…

　늦겨울과 초봄이 술래잡기하는 때에 매화는 한창이다. 요즘 남녘에서는 매향梅香과 시향詩香축제로 야단법석이다. 역시 남도는 예향藝鄕의 멋이 살아 있는 고장이어서 일게다.

　옛 그림에 보면 선비들은 아직 하얀 눈이 채 녹지 않았는데 시종을 대동하고 매화를 찾아 나선 장면들을 볼 수 있다. 말 그대로 매화 답사 즉 탐매探梅에 나선 것이다. 매화는 이처럼 한겨울의 추위를 비집고 가장 먼저 피어나온 계절의 선구先驅로 봄을 점화點火하는 꽃망울을 터트리는 데서 그 고고한 매력을 느낄 수 있다. 매화가 따뜻한 날씨에 피어나는 개나리 진달래와 동격일 수 없는 이유이다. 매화는 한적한 곳에서 외로이 고고하게 피어난 매화라야 진짜 매화다운 멋을 느끼게 된다. 우리가 매화를 마주한다는 것은 단지 봄이 왔다는 것을 뜻하는 것만이 아니다. 혹한을 뚫고 엄혹한 겨울을 견뎌내면서 꽃샘추위에 눈을 뒤집어쓰고도 향을 잃지 않는 지조와 절개, 그리고 찬바람을 가르는 그윽한 암향暗香까지 전해 준다. 눈 속에서 혼자 외로움과 절망마저 물리치고 나서 끌어올린 난관탈출, 위기돌파, 역경극복의 경이로움의 상징이기 때문이다. 그러면서도 어딘가에 가냘프고 청순한 연인의 은유함을 함축하고 있는 듯하다. 특히 홍매紅梅는 감추는 듯 드러나는 여인의 열정을 향유하면서도 결코 천박스럽지 않는 데 있다. "그윽한 향 품고…/ 눈 속에 만발함은/ 어느 아낙네의 매운 넋이야"라고 노천명 시인은 노래했던가! 이와는 달리 백매白梅는 눈이나 얼음같이 하얀 겨울 이미지와 잘 어울려 꼿꼿한 한사寒士의 기개에 비유되곤 했다. 정치적인 좌절이나 개인적 불행으로 춥고 배고픈 시절을 견디어야 했던 선비들에게 매화는 자신의 처지와 심정을 대변해 주는 꽃이었던 것이다.

매화를 유독 사랑했던 인물을 꼽는다면 송나라 때 매화를 아내로, 학을 자식처럼 길러 매처학자梅妻鶴子로 임포林逋가 잘 알려져 있다. 우리에게는 경남 지리산 자락의 산청에 예부터 전해오는 삼매三梅가 있다. 정당매政堂梅, 원정매元正梅, 남명매南冥梅를 일컫는다. 정당매는 고려 말 조선 초를 산 통정 강희백(1357~1402)이 어릴 때 단속사 절터에 심어 뿌리를 내려 그 수령이 640여 년에 이른다. 그가 나중에 정당문학 겸 대사헌에 올라 정당매로 불렀다. 원정매는 고려 때 문신 원정공 하즙(1303~1380)이 심은 것으로 전해지는데 수령이 670년을 넘겼으나 몇 해 전 고사해버렸다니 안타까운 일이다. 남명매는 남명 조식(1501~1572)이 말년에 학문을 연구하고 후학을 양성하기 위해 산천재를 세우면서 선비의 지조를 상징하는 매화나무 한 그루를 심은 것이 450여 성상을 넘어 전해져 오고 있다. 남명매는 해마다 산천재 뜰에 피어 고고하면서도 절제된 품격이 남명의 선비 된 품격을 꼭 빼닮았다고 전한다. 낙동강을 사이에 두고 남명 조식과 퇴계 이황은 성

리학의 쌍벽을 이뤄 좌左퇴계 우右남명이라 불릴 만큼 당대 최고의 성
리학자다. 남명 학풍(남명학)은 이치를 따지는 것보다는 실행과 실천
을 중시했다. 임진왜란 당시 곽재우 등 많은 의병장이 그의 문하였던
점으로 미뤄보아도 그의 실천성을 짐작할 수 있다. 이렇듯 남명은 그
자신을 성찰하기 위해 늘 허리춤에 성성자惺惺子라는 방울을 차고 다
녔다고 한다. 그 방울 소리를 들으며 자신을 돌아보고 삼가며 경계警
戒를 소홀히 하지 않았던 것이다. 남명은 아울러 허리춤에 칼을 차고
다녔다. 문치가 최고조에 달했던 때에 당대 고위 선비가 허리춤에 칼
을 찼다는 것은 파격이 아닐 수 없다. 그 칼에는 패검명佩劍銘이라 새
겨 넣고 경의검敬義劍이라 불렀다고 한다. 그건 바로 경敬과 의義를 목
숨처럼 여긴다는 뜻을 담고 있다. 그 칼은 "안으로는 마음을 밝히는
것이 '경'이요, 밖으로 행동을 결단하는 것이 '의'內明者敬, 外斷者義"라는
것이다. 이처럼 남명은 마음을 살피고 행동을 결단하는 데 말 그대로
칼 같은 단호함이 있었다고 전해진다.

옛 선인들은 자신의 절제 있는 몸가짐과 마음먹은 바대로 행동을
결단하기 위해 늘 자신을 채찍질하기를 게을리하지 안 했음을 엿볼
수 있다. 그런 강한 의지와 흔들림 없는 심성을 마음 깊이 새기기 위
해 겨우내 살을 에는 혹한을 참고 견딘 후에 꽃망울을 터트리는 매화
를 가까이 심고 보기를 좋아했던 것 같다.

겨우내 외딴곳에서 홀로 외로움도 참고 혹한의 추위를 이겨낸 강인
한 의지와 고고하고 격조 높은 매화를 찾아 길을 떠난다. 그러나 요
즘 매화 보기가 쉽지 않다. 요새 같이 바쁘고 살기도 어려운 각박한
세상에 무슨 복에 겨운 매화타령이냐 할지 모르겠다. 꽃은 우리의 배

를 채워주지 않는다. 하지만 이 어려운 때일수록 우리는 느긋하게 마음의 여유를 가지고 꽃을 바라볼 수 있어야 한다. 우리는 여유로운 마음속에서 스스로를 깨우치고 더 앞으로 나아갈 길을 찾는 지혜를 짜내야 한다. 그래서 봄이 다 오기 전에 하얀 눈 속의 탐매를 즐겨 했을 것이다. 나 스스로 더 엄격한 절제와 방만해진 마음을 다잡기 위해 매화를 닮고자 매화를 심어놓고 보려고 벼른다. 그래서 남명이 자신을 깨우치는 방울과 칼처럼 날 선 긴장으로 삶의 방만함을 도려내는 마음의 칼이 내 안에 살아 있도록 내 삶 속의 매화를 심고 꽃을 피워 즐겨야 하겠다.

가을의 속도에 깨달음이 있었으면

가을은 참으로 빠르게 지나가는 것 같다. 신神이 크나큰 광각렌즈 카메라로 가을 산천을 시차를 두고 연속적으로 찍는다면 어떻게 될까! 이는 마치 시험관에 담가놓은 리트머스litmus 시험지에 쭉— 물들여지는 것과 같은 느낌일 것 같다. 이 가을에 단풍으로 물드는 모습이 이와 같을 것이기 때문이다. 가을 단풍은 어느 순간 온 산천은 물론 도심 깊숙이 우거진 가로수에까지 뒤덮어버려 감히 그 누구도 저항할 수 없는 색감 바이러스를 살포하며 점령군처럼 엄습해 온다. 가을은 단풍과 함께 왔다가 단풍 따라 가버린다. 기온이 5도 이하로 떨어지면 단풍이 들기 시작하여 산 일대의 20%를 점하면 단풍이 들기 시작한 걸로 본다. 요즘 날씨가 더워진 바람에 예전보다 좀 늦은 시월 초순경이면 강원도 설악산에서부터 단풍이 들기 시작하여 남쪽으로 내려오게 된다. 대개 하루 이동거리는 25km씩 소리 없이 이동하는 게 가을 단풍의 속도다. 단풍의 절정은 산 전체의 80% 정도 들면 절정기로 본다. 왜 산 전체가 아닌 80%를 가지고 절정기라고 할까! 단풍은 산 전체에 물들면 벌써 나뭇가지 위에서는 조락凋落해져 가기 때문이다. 가을 산천이 만산홍엽滿山紅葉이 되는 순간 달도 차면 기우 듯이 화려했던 색깔을 접고 잎사귀는 땅에 떨어져 나뒹굴기 시작 한다. 단풍은 시월 말에서 십일월 초경이면 남쪽 끝 제주도까지 뻗어 내려간 뒤 빠른 속도로 낙엽은 지고 나무는 맨몸으로 추위와 눈보라 에 떨고 서 있는 것을 보게 된다. 가을은 그렇게 단풍과 더불어 왔다 가 죽음의 계절, 겨울의 문턱에서 맥을 못 추고 꼬리를 내리는가 싶다.

가을이 갖는 이 자연의 이치를 곰곰이 생각하게 된다. 우리네 인생 도 가을의 속도와 별다를 게 없지 않을까! 세상의 모든 권력도 한순간 의 단풍과 같다. 권력의 속도도 가을 단풍의 속도보다 전혀 느리지 않기 때문이다. 나뭇가지 위에서 여름 매미가 겨울 추위를 의식하지 못하고 노래만 부르다가 사라지듯 권력을 거머쥔 사람들도 그 권력이 덧없이 짧다는 것을 깨닫지 못하고 백 년을 누릴 것처럼 권세를 부리 는 게 문제다. 한데 단풍이 고울수록 나무는 '아프다'는 것이다. 단풍 은 일교차가 크고 일조량이 많으며 수종이 다양할수록 곱게 피어 난다. 그러니까 일교차가 많으면 낮엔 따뜻하여 광합성이 왕성해져서 잎에서는 당분을 많이 만든다. 하지만 밤이 되어 쌀쌀해지면 줄기에 당분 소모량이 오히려 줄어들어 잎에는 당분이 과잉축적 되게 마련 이다. 이 과잉된 당분이 잎의 산도를 증가시켜 녹색의 엽록소는 파괴 되고 대신 잎 속에 있던 색소가 드러나는 게 단풍이다. 이때 노란 색 소인 카로틴이 드러나면 노란색 단풍이 들고 붉은 색소인 안토시아닌 이 드러나면 빨간색 단풍이 들게 된다. 결국, 나무가 당뇨병에 걸리 는 것과 같다. 가을 단풍처럼 권력이 제아무리 좋아 보여도 그것은 본질상 '아픔'이라는 것이다.

가을 단풍은 노랑 빨강의 단색이 아니라 여러 가지 색깔이 울긋불긋 어우러져야 아름다움이 더해진다. 그러려면 나무의 종류가 많고 다양하게 서로 어우러져야 한다. 단일 색보다는 여러 색깔이 하모니를 이룰 때 더 아름답게 보이는 것은 당연한 이치다. 원래 가을은 하나의 빛깔이 아니다. 햇볕 따라 산 따라 바람 따라 나무 따라 사람 따라 사랑 따라 가을의 색깔은 다채롭게 나타난다. 이 가을 단풍을 모든 사람이 각자의 자리에서 볼 수 있을 것이다. 권력을 가진 자도 권력을 빼앗긴 자도 감옥에 있는 자도 자유로운 자도 늙은이도 아직 젊은이도 다 볼 것이다. 그 빛깔은 모두에게 다 다를 수밖에 없다. 화려한 단풍이 조락하듯 인생도 권력도 덧없는 시간과 함께 떠나야 할 때가 온다는 것을 항상 깨달으며 지내야 한다. 그래야 막상 나중에 마지막 떠날 때 덜 아플 테니까 하는 말이다.

영국의 극작가 조지 버나드 쇼(1856~1950)의 묘비명에 이런 말이 있다. "우물쭈물하다가 내 이럴 줄 알았다." 어쩌면 우리는 우물쭈물하다가 그냥 가게 되는지도 모른다. 그러다가 놓친 기회가 어디 좀 많은가. 죽은 사람의 묘비에는 인생의 시작과 끝을 알리는 생몰生沒연도가 들어 있기 마련이다. 거기에는 태어난 날과 죽은 날 사이에 으레 '대시(~dash)'를 넣는데 그 대시 안에 그 사람의 삶이 응축돼 있다. 길든 짧든 인생의 영고성쇠榮枯盛衰가 그 대시 안에 압축돼 있는 것이다. 삶을 압축한 대시는 날마다 한 점 한 점 찍어서 만들어진다. 우리는 모두 각자 인생에 작지만 지울 수 없는 점을 날마다 찍으며 살아가고 있다. 때론 촘촘하게 때론 성글게 말이다.

일본 사무라이 고전이라 할 『오륜서』의 저자 미야모토 무사시宮本武藏는 진검승부眞劍勝負에 임하는 첫 번째 자세를 "머뭇거리지 마라"는 한마디로 압축했다. 머뭇거리면 그대로 칼을 맞기 때문이다. 칼 맞은 뒤에 자세를 가다듬어 봐야 소용이 없다. 인생은 어차피 진검승부가 아닐까! 머뭇거리면 칼 맞고 우물쭈물하면 사정없이 짓밟히게 되는 세상이니 말이다. 지금 속도를 내 달리는 가을이 재빠르게 가고 있다. 인생의 진검승부 앞에서 머뭇거리지 말아야 하겠다. 오롯이 내 삶을 이어갈 점들을 정직하게 찍어가면서 이 가을의 속도를 의식하고 내 나름의 삶의 색깔을 만들어야 한다는 생각이다. 그 색깔은 다 다를 수밖에 없다. 아직 정해진 색깔은 없다. 어떤 색깔을 만드느냐는 내가 마지막 날까지 어떻게 사느냐에 달렸다. 언젠가 부닥칠 마지막에서 내 인생의 색깔이 정해지는 것이다. 나는 지금부터 가을의 속도를 의식하며 마지막 삶을 준비하는 나날이 되어야 하겠다고 다짐해 본다.

지렁이 죽음으로 앙갚음하다

가을 산행에서 내려오는 길에 사찰 인근에서 토란土卵을 뽑아와 심기 위해 아파트 화단 가에서 주워 온 헌화분에 담긴 흙을 털어냈다. 헌화분 흙 속에서 지렁이 십여 마리가 나뒹굴며 꿈틀대고 나왔다. 보는 순간 몸이 오싹했다. 아내는 흙이 좋은 모양이라며 영양이 나쁘면 지렁이는 살지 않는다면서 토란이 잘 살겠다는 것이다. 지렁이는 긴 것은 길이가 10여cm. 작은 것은 손가락 한 매듭 정도고 굵기는 새끼손가락만큼 큰 것들이 살아서 꿈틀대는 게 징그럽기도 했다. 그렇다고 죽일 수도 없는 일이었다. 이를 어떻게 처리하느냐를 두고 잠시 생각하다가 수챗구멍으로 떠내려 보내려고 바가지에 물을 부어 빗자루로 밀어내었다. 한 참을 밀어내며 물을 부어도 지렁이가 잘 따라 내려가지 않았다. 어느 것은 잠시 뒤 다시 베란다 바닥으로 올라와 기어 다녔다. 그걸 수챗구멍에 낀 찌꺼기와 함께 기어이 물을 붓고 모두 다 떠내려 보내버렸다. 그러고 보니 영양 좋은 흙 속에서 적당한 습기로 살기에 알맞은 환경의 지렁이 집을 내가 불시에 파괴하고만 것이다. 하여 지렁이에게 미안한 생각이 들었다. 그 살기 좋은 지렁이 집에 어느 날 갑자기 몹쓸 무뢰한이 들이닥쳐 그들은 삶의 터전을 빼앗기고 만 것이다. 나중에 생각하니 강자인 내가 잘 먹고 살기 위해서 약자인 지렁이에게 못할 짓을 한 것 같았다.

토란 또는 토련土蓮은 천남성과天南星科에 딸린 다년생 풀로 땅속에 감자 모양의 구경球莖이 있어 줄기는 나물로, 구경은 탕이나 장국으로 먹으면 장腸에 좋아 변비 예방에도 효험이 있는 식품이다. 지난 추석 차례 상에 놓았다가 먹으니 그 맛 또한 일품이고 배변排便에도 좋은 듯했다. 고향 집 뒤란에 많이 심어 철 따라 먹던 기억이 새로워 그걸 집에다 심으려는 속셈이었다. 그러나 이런 나의 괜한 욕심이 자연 생태계를 파괴하여 지렁이의 삶의 터전을 빼앗았다는 자책감이 들던 터였다.

그런 뒤 3일째 되는 날 아침이 밝아서다. 갑자기 베란다에 나간 아내가 깜짝이나 놀라 소리를 질렀다. "어제 그 큰 지렁이가 죽어 있다고…" 12층 아파트 수챗구멍에 낀 찌꺼기와 함께 물을 많이 부어 깨끗이 씻어 떠내려 보낸 그 큰 지렁이 한 마리가 베란다 화분대 옆에 죽은 체로 누워 있지 않은가. 어디까지 떠내려가다가 되돌아 올라왔을까. 손 발가락도 없는 원통형으로 꿈틀꿈틀 느리디느린 그 몸부림으로 말이다. 그 여러 시간 동안 온갖 힘을 다해 반드시 기어 올라가 이 처참히 죽은 모습으로나마 앙갚음하고야 말겠다고 작심이라도 했던 것일까. 참으로 가상假象한 일이라 믿기지 않는 일이 벌어졌다. 많은 지렁이 가족들의 삶의 터전을 빼앗긴 데 대한 죽음의 저항이고 보복이 아니었을까! "지렁이도 밟으면 꿈틀댄다"고 했던가. 아무리 보잘것없는 미물이라도 너무 업신여기면 반항한다는 말은 이를 두고 한 말처럼 섬뜩하게 느껴지기까지 했다.

이 지렁이 죽음의 저항을 보면서 어느 해변 도시의 갈매기 떼들이 사람을 공격하던 얘기가 떠올랐다. 길가는 사람의 이마를 쪼고 배를 탄 사람의 한쪽 팔을 절단 내고 잠자는 어른의 눈을 파먹는다. 새떼들의 공격은 무분별하여 그 앞에서는 남녀노소는 물론이고 권선징악의 구별도 없었다. 해안 곳곳에 떼를 지어 나는 새들은 아름다운 자연의 일부가 아니었다. 공포에 질려 도망치는 초등학교 아이들, 새카맣게 날아와 그 애들의 목에 등에 박히는 새떼들. 인간의 욕심 때문에 삶의 터전을 빼앗긴 자연이 인간에게 보복한다는 경고였다.

인간의 힘이 전능에 가까워지는 요즘이지만 자연이 그 어느 때보다 우리의 옷깃을 여미게 하는 것은 다름 아닌 이 자연이라는 사실에 감동과 아이러니를 느끼게 하고 있기 때문이다.

이와 같은 역설은 자세히 들여다보면 우리 주변에 널려 있어서 우리 삶의 중심을 관통하는 듯하다. 나 한 사람이 광활한 생명계에서 암적인 존재가 되고 있는 게 아닌지. 우리 몸속의 암세포 하나가 생명을 위협하듯이 나 자신의 욕심을 조절하지 못할 때 수많은 생명계가 파괴된다는 경고 소리가 내게 이명耳鳴처럼 울린다. 어른 아이 할 것 없이 사물을 그냥 바라보는 눈빛이 아니고 뭔가 조금이라도 소유하고 획득하려는 눈망울들이 번뜩인다. 공격적이고 빼앗으려는 몸짓 속에는 사물에 대한 사랑이 담겨있지 않기 때문이다. 사람들이 만물의 영장이라고 우쭐대며 무심코 던진 돌팔매질에 얼어맞은 곤충이나 개구리는 죽느냐 사느냐의 기로에서 쩔쩔맬 것이다. 이 세상 만물은 필요에 의해서 하느님이 창조한 것으로 소중하게 생각하는 습관을 지녀야 하겠다. '나'라는 존재의 작은 집착에서 벗어나 모든 생명계의 귀중함을 느껴야 하겠다. 자연 속의 모든 사물이 우리 생명과 분리되어 있는 것이 아니라 동질의 것이요, 연속성(연기緣起)임을 깨닫고 모든 생명을 겸허히 대해야겠다고 다짐한다. 죽음으로 앙갚음하려는 그 말 못하는 지렁이를 생각하면서 한때 지구의 제왕이었던 공룡의 멸종을 상기하게 된다. 나는 누구며 또 어디로 가고 있는 것인가도 곰곰이 생각했다. 지구 위에 또 다른 강자가 나타나 인간을 멸종시키는 날이 오지 않을까 하는 생각에 내 머리가 개운치만은 아니했음을 기억해야겠다. 항상 자연 그대로 있게 하고 사랑해야지!

'숲속의 집'으로…

　숲, 숲, 숲은 그 이름만 들어도 기분이 좋아진다. 입안에 맑고 상큼한 향기가 돌고 한줄기 서늘한 바람 이는 느낌이 들기도 한다. 그래서 자주 불러보는 숲은 모음 'ㅜ'가 주는 울림이 유난이 길어진다. 흔히 나무가 우거진 수목지대를 '숲'이라 부르는데 그 순간 숲에선 어느새 인기척이 들리는 것만 같다. 원래 문명 이전에 인간이 숲에서 살아서일까. 우리 조상은 나무뿌리를 머금은 흙이 다른 여느 흙보다 수분이 많다는 것을 과학적으로 알았던 것 같다. 그래서 산과 들의 토양에 나무를 심고 숲을 가꿨다. 처음엔 숲에 사람이 들었지만 인간의 지능이 발달하고 산업이 발전되면서 사람이 숲을 만들었던 것이다. 나라가 가난했던 시절 온통 나무를 베 땔감으로 태워버리고 더욱이 6·25 전쟁으로 피폐해진 황토색 메마른 국토에 계획식목을 하였다. 나라 경제가 좋아지면서 나무를 땔감으로 쓰지 않고 숲을 가꾼 결과 지금 전국 어디를 가도 푸른 숲이 우거진 녹색지대가 형성되어 그렇게 풍성할 수가 없다. 숲은 원래 저절로 돌아가는 속성을 지니고 있는 것 같다. 오래전 죽은 고목에서 새싹이 움트고 산불이 할퀴고 간

자리에도 숲은 되살아나기 때문이다. 언제나 숲은 깊고 푸르고 그윽하기만 하다. 숲을 자세히 들여다보면 언제나 싱싱하고 활기차고 펄떡거리는 숨결을 들을 수 있어 보기만 해도 젊음과 패기가 넘치는 기분을 느끼게 된다.

40대 중반 이후 젊음과 건강을 지키고 노화를 거부하는 심정으로 수도권 주변의 숲을 안 가본 곳이 없을 정도로 다녀봤다. 내가 생각하는 숲은 산과는 다르다. 숲에도 나무가 있고 산에도 나무가 있지만, 산이라고 다 나무 우거진 숲 지대가 아니다. 숲에는 든다고 하고, 산에는 오른다고 하는 건 분명히 다른 의미를 지니고 있을 것이다. 이때의 숲은 사람들의 일상의 영역이다. 푸른 숲은 정서적으로 마음을 여유롭고 풍요롭게 하여 문학적 상상력을 갖게 하기도 한다. 더욱이 요즘 일상생활에서 숲에 대한 인식과 더불어 그 활용 가치가 매우 높아지고 있다. 숲 속의 나무가 자신을 보호하려고 내뿜는 항균물질인 테르펜terpene 속에는 사람에게 유익한 피톤치드pitonchide가 함유돼 있다는 것이 의학적으로 증명되었다. 진통·항생·살충·혈압강하·강장·거담·이뇨에 효과가 있다 하여 산림욕이 일상어가 된 지 꽤 오래다. 인터넷이나 알코올 중독 환자가 숲 속에서 며칠만 머물면 그 치유 효과가 나타난다고 한다. 숲 속의 생활이 건강에 유익하다는 것을 익히 알고 있는 나는 암癌 투병 중인 아내의 치유를 위해 물색하던 중 최근에 군포시 산본 수리산 자락 숲 속으로 보금자리를 옮겼다. 아파트 14층에서 우거진 숲 지대가 바로 눈앞의 정원처럼 펼쳐져 가까이 바라다볼 수 있어 좋다. 누군가는 이 아파트를 군포의 '백담사'라고 명명하기도 했다. 전에 살던 안양 평촌 신도시도 농수산물

시장이 가까워 살아가는데 편리함에 비하면 산본 아파트는 숲에서 나오는 맑은 공기와 더불어 소음이 일절 들리지 않아 절간처럼 조용해서 더욱더 좋다. 아침잠에서 부스스 일어나 눈앞의 넓은 숲 지대 능선의 스카이라인에 떠오르는 일출을 바라보는 느낌은 날마다 새 희망을 먹고 사는 기분이다. 고요한 밤 다른 데서는 볼 수 없었던 밝은 달을 침대에 누워서도 볼 수 있고 유난히 반짝이는 별을 예 와서 볼 수 있게 된 건 아마도 숲 속에서는 낭만적인 여유가 생겨서 일게다. 틈이 날 때마다 바로 아파트 현관만 나서면 깊은 숲 속으로 연결된 등산로를 따라 걷게 된다. 우선 능선이 가파르지 않으면서도 오르락내리락하다 보면 어느새 가쁜 숨을 몰아쉬게 되어 심장박동의 운동 효과를 내줘서 좋다. 금물이 나는 샘 마을이라는 금정동金井洞이어서일까. 골짜기마다 있는 약수터에서 시원한 물로 목을 축이고 한 시간여를 오르내리노라면 감투봉(184m)을 지나 정자에 올라선다. 잠시 한숨을 돌리고 시간을 봐가며 산행시간을 조절한다. 거북등처럼 사통팔달 나 있는 바윗돌 없는 흙길을 두세 시간 또는 네다섯 시간이라도 갈 수 있는 코스를 선택적으로 여유 있게 오르내린다. 마침 가을이 무르익은 때여서 상수리·도토리·밤톨을 줍기도 하고 어떤 사람은 은행·단감도 따다가 나눠주는 바람에 따듯한 인정을 느끼기도 한다. 우리가 이사하는 날 엘리베이터에서 처음 보는 아주머니가 "세상에서 제일 살기 좋은 아파트로 이사 온다."고 자랑삼아 추임새를 넣는 말을 듣고 그냥 웃기만 했는데 지금의 느낌은 "그래서 그랬구나!" 하고 실감하게 된다.

구시월은 공기 중에 산소가 가장 많은 계절이다. 나는 구월 하순을 택해 이사했다. 굳이 자동차 타고 멀리 가지 않아도 되는 아파트 단지 주변이 온통 산으로 둘러싸인 산의 근본을 일깨우는 의미가 있는 산본山本 '숲 속의 집'이 참으로 좋다. 나는 오늘도 휘황찬란한 볼거리 먹을거리 좋다는 서울 빌딩 숲을 뒤로 하고 숲 속의 집으로 간다. 거기에선 나무 이름쯤 몰라도 좋다. 푸른 숲 한가운데서 맑고 비릿한 향기를 크게 한숨 들이키면 입안에 단맛 나는 공기가 가슴에 맴돌면 그만이다. 그게 삼림욕이고 운동이고 치료이고 인생 공부이기 때문이다. 숲은 원래 사람이 살았던 본향이어서일까. 숲은 우리의 바람(희망)이 있고 생명력이 있다. 숲은 언제나 인간의 무리처럼 숨을 쉬고 있다. 숲은 자연의 영혼을 타고 내 가슴 속에 생명력을 불어넣는다. 지금 세계 모든 나라는 그린 칼라green colour 시대의 개막과 더불어 환경친화적 녹색 경제성장 동력을 추진하는 경향이다. 세상은 모두 자연으로 돌아가고 있다. 우리의 미래 성장 동력인 '숲 속의 집'으로 날마다 나는 간다. 이 숲 속에서 세상을 날마다 주관하시고 역사 하시는 하느님께 아내의 빠른 건강회복을 빈다.

조강지처론論

　백수를 바라보는 노老 철학자가 얘기 중에 "조강지처가 죽으려거든 항문에 바람을 불어넣어서라도 살려서 오래 같이 살아야 한다."며 자기 회한의 쓴웃음을 지었다. 이 말을 들으니 어릴 적에 참새를 잡아 가지고 놀다가 죽으면 항문에 입으로 바람을 불어 살리려 했던 기억이 새로웠다. 죽어가는 사람에게 항문에 바람을 불어넣는다고 살아날까마는 조강지처에게 어떻게든 잘 해줘서 오래 함께 살라는 얘기다. 또한 그분의 조강지처가 천수를 누리지 못한데 한이 맺혀 나온 말이기도 한 것 같다.

　조강지처는 곤궁하고 구차할 때 고생을 같이했던 아내 즉 본처를 말한다. 사랑하는 부부가 검은 머리 파뿌리 되도록 해로할 수 있다면야 더할 나위 없겠지만 죽음에 순서가 없는 건 어쩔 수 없는 인간의 한계다. 그분과 조강지처는 35년간을 함께 살며 슬하에 6녀 1남을 두었다. 그 조강지처는 남편을 합친 여덟 식구의 하중을 혼자 견뎌내며 4녀까지 출가시키고 미혼의 2녀 1남을 남겨둔 채 홀연히 먼저 세상을 떠나버린 것이다.

지금 그분의 춘추 94세, 아직도 청년의 목소리를 내며 시력을 제외하고는 건강한 편이다.

지금부터 24년 전을 거슬러 생각해 보면 그때에도 왕성한 체력을 과시할 수 있었을 터다. 고희 기념으로 에베레스트 티앙보체(3.867m)를 거쳐 루크라 설산에 트레킹 하였다니 스포츠로서의 등산을 즐긴 알피니즘의 정신력이 건재했던 것 같다. 그러나 지난겨울의 건초에 길 드려진 울안의 소가 생생한 오뉴월의 초원을 못 보듯 자기 자신의 삶도, 조강지처의 뜨거운 사랑도 단 한 번뿐인 것을 미처 깨닫지 못했을까! 지금에 와서 재혼한 것을 두고 후회 거리가 부과하는 고뇌 거리가 일상적인 불행의 죗값을 치르는 업보라고 생각하고 있는 것 같다. 언젠가는 이런 얘기도 했다. "새것은 다 좋다. 새 물건, 새 자동차, 새 여자가 다 좋지만 '새엄마'는 나쁘다."고 했다. 그 이유는 말하지 않았지만 일곱 자녀와 새엄마와의 관계가 결코 평탄치만은 않다는 것을 은연중에 말해 주었다. 그러다 보니 새 부인과 자녀들 사이에서 그의 고뇌가 어떠했는가는 말하지 않아도 짐작이 됐다.

지금 노구老軀를 이끌고 서울에서 머나먼 고향인 전남 영광에서 날마다 스스로 밥 지어먹고, 빨래하고, 청소하며 혼자 지내고 있다. 그분의 옛 스승이 "전생에 너는 중이었어야."라고 했다는데 이승에 사는 승려라면 상좌 한둘쯤 딸릴 법한 노승인데도 절간의 승려만도 못한 생활을 하고 있다. "자기 일은 자기가 하라(Do it yourself)"는 그의 소년 시절 일본인 선생에게서 배운 생활방식 그대로다. 서울의 사모님과 같이 지내시지 혼자 고생하시느냐고 물으면 "그냥 혼자 사는 게 습관이 돼 오히려 편해서…."라며 뒷말을 남긴다. 실존 철학자 니체의 외침인 "고독이여, 고독이여! 그대 나의 고향인 고독이여!"라고 했듯이 모놀로그와 고독과 단독자만 있는 것일까. 그러면서도 언젠가 여러 얘기 끝에 "고향에 돌아온 지가 10년이 됐는데 궁금하지도 않는가 한 번도 와보지도 않는다."면서 재혼한 부인을 두고 섭섭해 한 말이다. 그러면서 '조강지처는 섬기러 왔고 후처는 호강 받으러 온다.'는 것이다. 서울 강남 대치동에 집이 있지만 어떤 모임이나 세미나에 왔을 때 잠깐 머물 뿐이다. 그렇게 잠시 오는 것도 불편해한다고 한다.

그의 저서 『내가 사랑한 나의 인생 84』에는 "아내(조강지처를 말함)에게만은 비겁했던 나다. 흰 수염이 이렇게 무성(톨스토이만큼 수염이 많음)하게 자라도록 잘 산답시고 인생을 살았는데 죄에 대한 '뉘우침'이라는 죄책감보다 더한 중벌도 세상에 없음을 깨닫게 된다."라고 했다. 이 '죄책감'은 여간한 참회와 속죄로도 보상해 줄 수 없음은 자신의 경험을 통해 얻은 것을 후학들에게 가르쳐 준 「인생을 어떻게 살 것인가」의 자기 철학적 주제의 핵심이었을 것이다. 푸른 초원을 보지 못하는 '눈먼 소와 같은 철학'이나 '강단철학'에만 급급하다 보니 자신의 소관사항 하나 제대로 처리하지 못했던 점을 뒤늦게 깨닫지만 이제 어찌할 수 없는 과거사가 되고 말았다.

나의 아내가 3년 전 암 수술을 받고 사경을 헤맸을 때다. 솔직히 혼자되는 게 두려웠다. 세 아이를 다 성혼시켜 내보내고 한 쌍의 제비처럼 더불어 지내다가 혼자된다고 생각하니 밤에 잠도 잘 오지 않았다. 어느 날 갑자기 밤새 안녕 못하고 아내가 먼저 떠난다면 어떻게 살 것인가! 불안한 밤을 지새웠다. 아내는 불행 중 현재까지 잘 견려내고 있어 아직 완쾌는 아니지만, 천만다행이 아닐 수 없다. 둔마鈍馬인 나 스스로에게 채찍질하듯 건강 유지책으로 아내를 대리고 힘겨운 등산을 하며 마음을 다 바쳐서 사랑해주어야겠다고 스스로 다짐한다.

사람이 살면서 현재 받고 있는 것은 전생이 아닌 지나온 삶에서 어떤 씨앗을 뿌렸는가를 두고 판단할 수 있으며 남은 삶이 어떻게 전개될 것인가를 알려거든 지금 내가 살면서 무엇을 어떻게 하고 있는가를 스스로 생각하면 알게 된다. 평생「인생을 어떻게 살 것인가」를 두고 고뇌하며 후회하지 않는 인생을 산다는 게 생애의 신조였다는 철학교수의 지금 후회와 고뇌와의 회피 아닌 대결자로서의 변명의 여지가 없는 노년의 삶을 보면서 많은 것을 배우게 된다.

사람은 삶 그 자체가 목적이어야 한다. 산다는 것 자체가 중요하다. 다만, 삶에 전제되어야 할 기본적인 조건은 누구에게나 도덕적인 삶이어야 하고, 사람으로서의 구실을 다 해야 한다. 참회와 속죄로도 보상되지 않는 죄책감을 남기지 않도록 인생을 진실하게 경영해야 하고 이를 위해 깊이 생각하고 남의 경험도 허심탄회하게 내 것으로 받아들여야 한다. 내가 조강지처와 함께 사는 '지금'이라는 시간을 지상천국으로 알고 최선을 다해 잘 살아가야겠다. "한 눈 팔지 말고 조강지처만을 진실로 진실로 사랑하며 살 지어다."라고 말이다.

Part 2

사랑과 행복의 길

삼식이네 부부

    '삼식三食'이는 요즘 가정주부들이 세 끼니를 모두 집에서 먹는 남자를 비꼬아 일컫는 신조어新造語란다. 단문短聞인 나는 처음 '삼식'이를 언뜻 알아듣지 못하다가 이어지는 다음 얘기를 듣고서야 알게 됐다. 칠십 안팎의 나이에 매달 한 번씩 만나는 산행에서 내려와 점심 자리에서다. 한 친구의 말이 "아침에 일어나면 오늘은 어디를 가야 하나, 누굴 만나 식사를 해야 하나 골똘히 생각하게 된다. 삼식이가 안되려고 하다 보니까…. 하루 세 끼니를 집에서 먹으면 아내가 식탁에 그릇 놓는 소리가 다르다."는 것이다. 신경질적으로 그릇을 식탁에 함부로 내던져 나는 소리다. 앞에 앉은 친구가 "그거 듣기에 좀 이상하다. 여자가 수영을 하러 가든, 동창모임을 가든 볼 일이 있어 나가면 혼자 식사하는 때도 있지만 '삼식'이라는 푸대접은 안 받는다."고 했다. 필자도 옆에서 동감임을 표했더니 "자네들은 결혼을 잘했고 나는 결혼을 잘 못한 것 같군." 하며 쓴웃음을 짓는 분위기에서 더는 할 말을 잃었다. 그 친구는 퇴역 후 제2직장을 얻어 10여 년을 더 일해서 다른 여느 누구보다도 오랜 직장생활을 했다. 그는 다른 친구들보다

'삼식'이 기간이 훨씬 짧은 편에 속한다. 그러다보니 가정에 금전적으로도 많은 도움을 주었고 아이들 다 출가시킨 터라 부부가 노후를 행복하게 보내는 것으로 알았는데 뜻밖의 얘기에 어안이 벙벙했던 적이 있다.

미국의 인류학자 루스 베네딕트는 『국화와 칼―일본문화의 패턴』에서 일본 여성은 지극히 순종적이고 결혼해서 아이를 낳아 가족의 생명을 이어가는 것이 목적이었다. 그러나 요즘 일본 여성은 달라졌다. 결혼관도 달라져 오랫동안 미혼으로 있거나 아예 결혼하지 않는 비혼非婚이 늘어날 뿐만 아니라 이혼율 또한 증가 추세다. 이혼형태도 다양하다. 죽은 뒤 남편과 같은 묘지에 묻히길 거부하는 '사후死後이혼' 남편에게 복수하기 위해 정년을 맞자마자 퇴직금을 포함한 재산의 절반을 차지하기 위한 '정년이혼' 사실상 결혼생활을 끝냈지만 자녀를 위해 또는 주위 체면 때문에 같은 집에 사는 부부 아닌 부부생활을 하는 '가정 내 이혼' 등이다. 우리나라도 일본에 뒤질세라 이혼이 한 해 14만 쌍으로 하루에 381쌍이 헤어진다. 40대 이상의 중년이혼 또는 황혼 이혼이 전체의 38%를 차지하고 있다. 참고 사는 것보다 여생의 행복을 찾는 것이 낫다는 쪽으로 인식이 바뀌고 있는 것이다. 이런 상황에서 이혼이 좋다 나쁘다 하는 가치판단은 사람에 따라 다를 수밖에 없다. 다만, 시대 변화에 맞게 가족·가정의 새로운 패턴을 부부가 함께 만들어 공유함으로써 건강하고 행복한 가정을 꾸려 나갔으면 하고 바라는 마음이다.

경기도 포천시 군내면 수원산 기슭에 부부송夫婦松(천연기념물460호)이 있다. 수령 300년이 넘는 소나무 두 그루가 서로 부둥켜안아 마치

한 그루인 듯 보이기 때문에 부쳐진 이름이다. 나무뿌리는 다르지만 가지가 붙어 한 나무처럼 자라는 나무를 '연리지連理枝'라고 하는데 아주 진한 부부애의 상징이다. 5월 가정의 달, 21일(2+1)은 둘이 하나 된다는 '부부의 날'이다. 여기 연리지 같은 부부 얘기가 있다. 고故 운보 김기창(1913-2001) 화백과 그의 부인 우향 박내연(1920-76) 부부다. 운보는 청각 장애인으로서 먼저 떠난 부인을 그리워하며 더듬거리는 말로 "아! 아! 우향. 그때 내 심정은 내 목숨과 당신 목숨을 바꾸고 싶었소!"라고 절규하곤 했다. 운보는 귀먹고 가난하고 학벌도 없는 자신에게 지주의 딸이요, 최고 학부를 나온 매력적인 인텔리 여성이 아내가 되어준 것만으로도 한없이 고맙고 감사했다. 운보의 바로 그 겸손이 살아서나 죽어서나 부부됨을 이룬 것이다. 결국, 부부로 산다는 것은 상대방에 대한 끝없는 겸손이 아닐까 생각된다.

일본의 문예비평계의 최고수 에토 준江藤 淳이 먼저 간 아내를 잊지 못해 자살하면서 남긴 『아내와 나』라는 수기에서 부부로 산다는 게 항상 즐겁지만도 않고 분명히 갈등과 번민과 다툼이 수반되는 것이다. 하지만 중요한 것은, 아니 더 소중한 것은 "함께 있었다는 사실 그 자체다."라고 했다. 이 수기가 우리 마음을 휘감는 이유는 그가 아내를 뒤따라 자살했다는 '애잔한 비범함' 때문만이 아니라 그가 끝까지 아내와 함께 있었다는 '묵직한 평범함'에서 느끼는 감동이다. 함께 살아낸다는 것의 진정성, 그 일상의 위대함을 다시 되새겨 볼 일이다. 이 간단치 않은 세상을 부부가 함께 살아낸다는 것 자체가 참으로 위대한 일이기 때문이다.

전업주부로서 날마다 세 끼를 챙기다 보면 짜증 날 때도 권태로울 때도 있을 것이다. 그럴 땐 남편 손잡고 외식 쪽으로 방향을 자연스레 유도할 수도 있을 것이다. 대개 혼자 식사할 때보다는 둘일 때 밥맛은 더 좋다. 나는 혼자 식사할 땐 밥 친구라도 있었으면 하고 혼자 투정할 때도 있었다. 부부가 오래 함께 사는 동안 세 끼 챙기기보다 더 힘든 일도 마음먹기에 따라서는 가볍게 해치울 수 있을 것이다. 수년 전부터 아내가 암투병 중이어서 자주 입원할 때마다 혼자 밥 끓여 먹은 지도 꽤 오래됐다. 식사를 차려 먹는 것도 문제지만 설거지 또한 만만치 않다. 평소 혼자 식사할 때 냉장고에 모든 반찬을 꺼내놓고 골고루 먹는다. 편식이 건강에 좋지 않기 때문이다. 그러다 보니 설거지거리가 많을 수밖에 없다. 성당에서 미사성제를 올리고 나서 신부가 성스러운 마음으로 직접 성작聖爵을 씻듯이 자신이 해야 할 일로 당연시하다 보니 설거지에 부담감이 없어졌다. 나 혼자 지낼 때도 혼자는 외식해 본적이 없다. 초라한 외식보다는 화려한 자취自炊가 훨씬 멋있게 느껴지기 때문이다. 예전에는 남자가 주방 출입하는 걸 금기시했지만 요즘이야 앞치마 두른 남자 요리사가 돈 잘 벌고 매스컴도 타는 시대 아닌가. 근래 한 두어 가지 내 옷은 직접 손빨래도 하고 시래기 된장국 끓여 먹을 줄도 알게 되었으니 언젠가 혼자 살 수 있는 훈련을 톡톡히 하고 있는지도 모르겠다.

　인생사 후회는 항상 뒤늦게 오는 법이다. 그러니 이 땅의 모든 부부들이여! 지금 당장 겸손해져라. 즐거운 마음으로 삼식을 함께 누려라. 미루지 말고 지금 포옹하라! 아프리카 속담에 "빨리 가고 싶으면 혼자 가라. 하지만 오래가고 싶거든 함께 가라."했다. 함께 가기 위해선 서로 속도를 맞추고 서로 양보해야 한다. 져주어야 한다. 이게 부부가 함께 사는 비결이요 지혜다. 둘이 함께 살아낸다는 게 평범하게 보이지만 참으로 위대한 부부의 삶의 가치다. 그래서 같이 사는 부부는 위대하다. 삼식이네 부부 만세! 하고 함께 부르며 함께 즐거운 마음으로 살아내자. 식사하기전 물잔이라도 눈 높이로 들고 '건배사'를 해보자. "당신은 멋져" '당당하게 신나게 멋지게 져주며 살자'의 줄임말을 새기면서….

유유자적 悠悠自適

옛날 한양에서 개성이나 평양·의주 등 서북쪽을 가려면 벽제를 거쳐 헤음령을 넘어야만 했다. 서해 류성룡의 징비록懲毖錄에 임진왜란 때 선조가 몽진蒙塵할 당시 억수로 쏟아지는 비를 맞으며 헤음령을 넘는 장면을 볼 수 있다. 지금 경기도 파주시 광탄면과 고양시 덕양구를 잇는 헤음령 고개가 바로 그곳이다. 그 헤음령 고개에 예부터 전해 오는 두 도적 얘기가 있다. 도둑질해서 모아둔 장물들을 더는 숨길 곳이 없을 만큼 많아지자 두 도적은 서로 죽일 생각에 빠졌다. 이 장물을 둘로 나눠 가져도 충분했지만 두 도적은 나누는 것이 성에 차지 않았다. 어느 날 한 도적이 다른 도적을 죽일 요량으로 독이 든 술을 구하러 나갔다. 그 사이 다른 도적은 그가 돌아오면 단칼에 베려고 칼을 갈았다. 결국, 독이 든 술을 가지고 돌아오던 도적은 칼에 맞아 죽었다. 칼을 써서 동료를 죽인 도적은 장물을 독차지하게 된 것에 기분이 들뜬 나머지 무심결에 옆에 놔둔 독이 든 술을 마시고 그 역시 죽었다. 만족할 줄 모르는 두 도적은 결국 모두 죽고 말았던 것이다.

조선 중종 때 이조정랑·동부승지 등을 지낸 김정국(1485-1541)이 기묘사화에 연루돼 삭탈관직을 당하자 그 헤음령에서 그리 멀지 않은 명봉산에 은거해 살며 다음과 같은 말을 남겼다. "보리밥에 토란국을 넉넉히 먹으며(1), 등 따습게 넉넉히 자고(2), 샘물을 넉넉히 마시며(3), 서가에 가득한 책을 넉넉히 보고(4), 봄꽃과 가을 달빛을 넉넉히 감상하고(5), 새와 솔바람 소리를 넉넉히 들으며(6), 눈 속에 핀 매화와 서리 맞은 국화향기를 넉넉히 맡는다(7). 이 일곱 가지를 넉넉히 즐기니(8) 이게 팔여八餘다. 이 여덟 가지 넉넉함을 가진 사람이라는 뜻으로 자칭 팔여거사八餘居士라 했다. 앞의 두 도적과 뒤의 팔여거사의 운명을 극명하게 갈라놓은 것은 다름 아닌 만족함을 알고 모르고 사는 차이였다.

사람들은 필요에 따라 돈이나 물건을 가지게 되지만, 때로는 그 가진 것 때문에 적잖이 마음을 쓰게 된다. 그런데도 사람들은 두 도적처럼 '소유'를 향해 줄달음질치는 것을 보게 된다. 무엇인가를 가진다는 것은 다른 한편 무엇인가에 얽매이게 됨을 느끼게 된다. 내 아파트 베란다에는 난蘭을 비롯한 몇 개의 화분이 있다. 집안의 유일한 생물인 꽃나무를 키우는 재미, 보는 재미로 애지중지 가꾸고 있는 것이다. 그 은은한 향기와 노랗고 연둣빛 나는 꽃이 보여주는 기쁨과 설렘에 더하여 집착과 소유의 부담을 느낄 때도 있다. 소중한 화분이 제 때에 물을 주지 않아 잘 못될까봐 바캉스 철에도 집을 떠나는 게 마음의 부담을 느끼게 된다. 별로 값나가지 않는 화분에도 이러할 진데 하물며 많은 돈과 재물을 가진 사람은 그게 어떻게 될까봐 밤낮 안절부절하지 않을까 싶다.

세상을 살아가면서 자기한테만 허락된 최소한의 즐거움을 겸손하게 누리는 것이 독락獨樂이다. 아무것에도 구애되지 않고 자유로운 맑은 바람을 호흡하며 유유자적悠悠自適할 때 마음은 드넓은 망망 대해의 경지에 이를 수 있다. 중국 송나라 때 명재상 사마온공司馬溫公의 독락원기獨樂園記에 "마음이 권태롭거나 몸이 피로하면 낚시를 던져 고기를 잡고, 오지랖을 벌려 약초를 취하고, 도랑을 열어 화초에 물을 주고, 도끼를 들어 대竹를 쪼개고, 더위를 씻기 위해 물을 끼얹고, 높은 데로 올라가 눈을 돌려 아름다운 풍경을 바라본다. 푸른 산 맑은 내를 거닐고 헤매고 오직 내 뜻한 바에 따라 사는 것이다. 밝은 달이 때로 가까이 이르고 맑은 바람이 스스로 불어오니 가도 아무 걸릴 것이 없고 멈추어도 아무 잡아당기는 것이 없다…. 천지 사이에 다시 무슨 낙이 이에 대신할까 알지 못하겠다." 말 그대로 유유자적이다. 이 세상에 살면서도 초연超然이 아무것에도 속박되지 않고 자신이 하고 싶은 데로 조용하고 편안하게 살아가는 것이다.

최인호 소설 『상도商道』에 보면 거상 임상옥 '계영배戒盈杯'의 교훈이 나온다. 술이 가득 차면 새어나가게 한 잔盞이다. 즉 가득 참을 경계한 것이다. 권력·재물·명예에 대한 인간의 끝없는 욕망을 경계한다는 상징적 의미를 담고 있다. 임상옥은 항상 계영배를 옆에 두고 자신의 욕망을 절제했다. 거부巨富가 된 뒤에는 자신의 많은 재산을 주위 어려운 사람들에게 나눠 준 이타행利他行의 삶을 살았던 것으로 알려져 있다. 그러니까 자신의 분수에 넘치는 것은 남에게 베푼 것이다. 굳이 분수에 넘치는 돈을 애써 탐하거나 더 움켜쥐려고 하지 않았다는 얘기다.

거처하는 방에 걸어놓고 마음속으로 되새기는 문구를 좌우명座右銘이라고 한다. 이 좌우명의 원래 판본은 글귀가 아니라 그릇이다. 이 그릇에는 묘한 기능이 들어 있다. 물을 적당히 붓지 않으면 앞으로 기울여지고 물을 중간 정도 적당히 채우면 똑바로 서는 기능이 있다. 그러나 물을 가득 부으면 엎어져 모두 쏟아버리는 그릇이다. 이처럼 물이 가운데 채워져 바로 선다中而正해서 나온 말이 중정中正이다. 사람이 살아가는데 자기 분수에 만족하고 더는 욕심부리지 않는 절제와 중용의 지혜를 가리키는 말이다.

공직에서 명예롭게 퇴임하여 연금만으로 그리 넉넉지 못한 삶이지만 이게 내 분수로 알고 자족한다. 아들딸 다 가르쳐 출가해서 각자 나름의 삶을 잘 꾸려나가니 더 이상은 바랄 게 없다. 틈틈이 책을 읽거나 글을 쓰고 지우고 다시 쓰는데 투자한 시간만큼 보람을 느끼며 살아간다. 때로 바람 따라 길 따라 아름다운 풍광을 즐기며 건강을 다스리는 것으로 하루 한 달이 얼마나 빠르게 흘러가는지 모른다. 남들처럼 출세를 못했기에 더 욕심을 부릴 수도 있지만, 옛말에 '오르지 못할 나무는 바라보지도 말라'는 말을 돼 뇌며 지금 가질 수 있는 행복의 총량을 중정에 놓고 스스로 넉넉한 마음의 여유를 가져본다. 인생은 한순간의 꿈이요, 바람 같은 것이기에 '지금'이라는 시간에 온 힘을 다한다. 가끔 친구들 만나 허심탄회한 마음으로 권커니 잣거니 즐기니 그 이상은 내 분수가 아니라 여기고 바람처럼 구름처럼 거리낌 없는 자유로운 삶이 그런대로 즐겁기만 하다.

우정友情의 동행

자기의 뜻을 알아주는 친구를 지음知音이라고 한다던가. 소리만 듣고도 상대방의 의중意中을 간파看破한다는 얘기다. 옛날 중국의 거문고 명인 백아伯牙와 종자기鍾子期사이가 그랬다. 백아가 거문고를 타며 산 울림을 표현하면 종자기는 "높은 산이 눈앞에 나타나 있구나." 했고 백아가 강물을 생각하며 거문고를 타면 "도도히 흐르는 강물이 눈앞을 지나가고 있는 것 같다."고 감탄했다. 백아는 종자기가 죽자 거문고를 부수고 더는 연주를 안 했다는 고사다. 이처럼 서로 깊이 알고 지내는 친구가 요즘 세상에 있을까 싶지 않다.

아내가 세상을 뜨고 혼자 지내다 보니 차를 몰고 장거리 여행이 감히 엄두가 나지 않고 마땅히 동행할 친구를 찾지 못해 망설이기만 했다. 그러다 보니 생전에 항상 여행에 동행해 줬던 아내 생각이 더욱 간절했다. 억새꽃 피고 단풍이 제철인 가을의 정취를 놓칠세라 친하게 지내던 대학동창에게 전화를 걸었다. 목적지인 전남 장흥 천관산을 등산하고 소설가 한승원의 토굴 그리고 순천만의 갯벌과 갈대숲의 자연생태계를 보러 가는 코스에 동행할 수 있느냐고 물으니 선뜻

응해 줬다. 요즘처럼 바쁘게 돌아가는 세상에 가까운 이웃으로 자주 만나는 사이도 아니고 핑계를 댈 수도 얼마든지 있을 덴데 흔쾌히 응해주는 지음의 우정이 고마웠다. 마침 장흥이 그의 고향이어서 지리와 물정에 밝은 게 안성맞춤이었다. 광주광역시 그의 아파트 앞에서 함께 타고 장흥행 중간 지점에서 그가 운전대를 잡으며 자신이 지리감이 밝으니 목적지를 찾는데 빠르다는 것이다.

　장흥 읍내 한국의 정남진 공원 가까이 친구가 안내해 값은 싸면서 향토 맛을 자랑하는 한정식으로 점심을 대접받고 천관산天冠山(732m) 도립공원에 올랐다. 우선 천관산은 노령산맥의 끝자락을 장식하듯 남도 5대 명산의 하나로 장흥 관산읍과 대덕읍 사이에 자리하고 있다. 천관산을 멀리서 조망하니 정상에 무쌍無雙한 기암괴석이 병풍처럼 둘러쳐 있고 등산로에 들어서니 부드럽고 감칠맛 나는 계곡과 산등성에 비단 띠처럼 번져가는 단풍이 한 폭의 그림인 양 조화를 이루며 바위들이 신비스러우리만큼 시詩처럼 부드러운 질감으로 다가왔다. 정상에 올라서니 엎어 놓은 조개껍데기처럼 다도해多島海가 펼쳐져 바닷속의 육지인지 육지 속 바다인지 분간이 잘 안 될 정도로 시야에 들어오는 풍경이 무아지경無我之境에 빠지게 했다.

　발길을 재촉하였다. 날이 어둡기 전 한승원 소설 창작의 산실 토굴을 찾아가기 위해서다. 물어물어 찾아갔더니 무슨 방송대학 카메라 탐방 팀이 먼저 도착, 인터뷰를 계속하고 있어 만날 시간을 갖지 못하고 외양만 보고 돌아왔다. 말만 토굴이지 번듯한 기와 한옥이 그 자태를 뽐내는 듯 시골마을 우거진 대나무 사이로 버티고 있었다. 윤선도 오우가의 산실인 세연정과 낙서제 만큼 아름다운 풍광은 아니라

도 바다가 바라보이는 시골에 부티가 나는 기와집이니 분명히 토굴±
窟은 아니었다. 아침 일곱 시, 집에서 출발하여 천관산에 오르내리며
오랜만에 남도의 풍광을 눈에 담고 한승원 문학 탐방에서 하루해는
서산에 기울어 저녁 잠자리와 먹을거리를 찾아야 했다. 친구와 여러
논의 끝에 내일 일정과 가까운 소설 태백산맥의 배경인 보성군 벌교
에서 자기로 했다. 짱뚱어탕으로 저녁을 때우고 모텔을 찾아서 운전
과 산행에 지친 몸은 깊은 잠을 잘 수 있었다. 원래 벌교 하면 꼬막으
로 유명하여 수더분한 식당주인의 손맛으로 비진 꼬막된장찌개로 아
침을 먹고 10분 거리에 있는 민속 박물관을 찾았다. 이 민속박물관은
고교교사인 내 사촌 동생이 초등학교 폐교를 불하받아 전국 각지의
고전 민속품을 수집 전시하고 있으나 정리정돈이 잘 안 되어 아직은
어설프기도 했다. 지자체의 지원과 보다 전문적인 수집 관리가 필요
하다는 생각이 들었다. 그러나 한편 한 개인이 수집한 것치고는 상당
한 수량의 자료가 자랑할 만했다. 동생과 함께 박물관 운영을 하는
제수弟嫂되는 분이 알뜰하게 싸주는 음료 선물을 받아들고 순천만 갯
벌 갈대축제의 장으로 차를 몰았다.

　순천만은 한국 대표적 자연생태관광지로 한국 최초의 연안습지 람
사르협약에 등록(2006. 1. 20)된 갯벌과 갈대, 철새와 인간이 어우러
지는 곳이다. 사각거리는 갈대숲을 거닐며 철새의 군무와 갯벌 염색
식물을 가까이에서 볼 수 있었다. 갯벌과 파도가 일렁이는 물소리,
새소리. 바람 소리가 시원스레 귀속으로 들려오며 길고도 깊은 갈대
숲 속의 조잘대는 이야기가 가슴속으로 들려오는 듯했다. 순천만 S자
형 해수로의 일몰이 한국 10대 비경의 하나요, 갈대 군락을 한눈에

볼 수 있는 용산전망대를 가까이 두고도 그냥 돌아와야 하는 일정이 아쉽기만 했다. 오늘 다 못 본 얘기는 한국 최고의 단편소설 무대인 이곳 『무진기행』을 읽어야겠다. 동행한 친구와 차로 이동하면서, 등산길에서, 숙박지에서, 식사하면서 그동안 못 다한 궁금한 이야기를 많이도 나눴다. 거의 반세기 전의 학창시절과 그 뒤 사회생활 과정에서 느끼고 경험한 이야기는 끝없이 이어졌다. 저녁 무렵 광주에 도착하여 둘이서 하루의 피로를 사우나에서 풀고 전에 다녔던 식당에서 저녁을 나누며 헤어질 시간을 가늠해야 했다. 변해버린 시세와 사람 그리고 인심에도 변치 않고 대해준 친구가 고맙기만 했다. "옛 선비는 자신을 알아주는 사람을 위해 목숨을 바친다(刎頸之交)."는 고사도 있고 "친구를 위해 목숨을 바치는 것보다 더 큰 사랑은 없다(요한복음)"지만 요즘이야 어디 그런 친구가 있을까 만은 그래도 반세기 가까이 변치 않고 동행해 준 우정으로 외롭지 않게 다녀온 1박 2일의 여행은 영원한 추억으로 남을 것 같다. 그가 서울에 오면 더 잘 대해주어야겠다는 다짐을 해본다. 아내가 세상을 떴을 때도 안양까지 천 리 길, 머나먼 데를 한밤중에 문상을 해준 건 내 빚으로 남아 있기도 하기 때문이다. 인간사회는 서로 주거니 받거니 해야 서로 마음이 편하기 때문이기도 하다.

아내라는 이름으로 사는 행복함

중앙일보의 지난 4월 어느 날 「아내라는 이름으로 사는 억울함」이라는 글을 보면 "아내 숨긴 남편에게 펀치 날린 이지아를 중년 아내들의 헤로인으로 떠올리고, 아내에게 참는 삶을 강요하는 부부관계 다시 생각해볼 때라며, 아내들의 가사노동과 헌신이 무시당했다는 생각을 하고 자유의지로 타고난 한 사람이 다른 사람을 위해 헌신하도록 규정돼 있는 부부관계는, 억지스러운 구석이 있어 아내라는 이름으로 사는 게 억울하다. 아내들을 한마디로 규정해보라면 참고 산다고 대답할 것이며 그래서 아내들에겐 화병이 있다."라는 요지였던 것으로 기억한다. 남편에게 멋있게 한 방 날리는 날을 꿈꾸는 아내들을 부추기고 있는 내용이다. 아내와 남편 사이가 이래서야 올바른 가정을 이룩할 수 있을까 걱정하지 않을 수 없다.

성경은 결혼을 '남자와 여자가 둘이 한 몸을 이루는 것'이라 정의했다. 남편과 아내는 둘이 한 인생을 살아야 한다는 뜻이다. 인간의 일생은 결혼해 배우자와 함께 사는 시기, 그리고 배우자 중 먼저 세상을 떠난 뒤 홀로 두 인생을 사는 시기가 있다. 이처럼 홀로 한 인생을 사는 시기와 홀로 두 인생을 사는 시기 사이에 배우자와 더불어 둘이서 한 인생을 살게 된다. 그 기간이 얼마 동안일지는 아무도 모른다. 그 기간은 결혼과 동시에 시간의 속도만큼 단축될 뿐 연장되는 법은 없다. 결혼은 부부가 온 힘을 다해 둘이서 한 인생을 살아야 하는 이유가 여기에 있다. 각자 자기 인생을 살던 두 사람이 단지 결혼을 했다고 해서 저절로 한 인생을 사는 것은 아니다. 시인 하이네는 「결혼행진곡」을 "싸움터로 향하는 병사의 행진곡을 연상케 한다."라고 했다. 결혼해서 행복한 가정을 이루려면 그만큼 악전고투惡戰苦鬪가 필요하다는 얘기다. 아내만 참고 사는 삶이고 헌신하는 삶이라고만 할 수는 없다. 아내의 어원은 '안의 해'에서 나왔다고 한다. '집 안의 해'로 사는 삶이 어찌 스트레스가 없을 것인가. 이런 아내도 밖에서 남편이 받는 스트레스도 생각해봐야 하지 않을까 싶다. 사람의 삶에는 좀처럼 스트레스가 없는 삶이 있을 수 없기 때문이다.

부부는 결혼함으로써 비로소 상대방의 참모습을 알기 시작하는 경우가 많다. 많은 부부가 상대를 잘 알고 있다는 속단 속에서 결혼으로 뛰어들어 부부가 되어서도 배우자가 어떤 사람인지 제대로 알지 못한 채 살아가는 불행을 겪고 있다. 자신이 아는 배우자는 자신의 바람과 생각이 빚어낸 허상일 뿐이다. 그 허상을 깨지 않는 부부는 상대의 실상을 부정하는 어리석음 속에서 두 인생을 살게 될 수밖에 없다. 부부가 한 공간에서 두 인생을 사는 것은 참으로 비극이다. 그래서 부부는 상대를 안다는 교만을 일찍 버려야 한다. 상대를 안다는 교만이 빚어낸 상대의 허상을 겸손하게 버리는 순간부터 부부는 서로의 실상을 더 깊이 알아가는 감격을 누리게 될 것이요, 둘이서 한 인생을 사는 감격을 깊이 맛보게 될 것이다. 결혼하는 것은 서로가 자신을 죽이는 것이다. 결혼 전의 혼자였던 처녀 총각 시절의 과거를 죽이고 상호동화를 통해 부부가 한 인생을 사는 것이다. 둘이서 한 인생을 산다는 것은 약한 쪽이 강한 쪽으로 흡수되는 일방적 동화를 의미하는 것이 아니다. 서로의 동화를 통해 전혀 새로운 존재로 새롭게 빚어지는 신비로운 재창조를 의미한다. 이는 부부 모두 자신을 온전히 죽임으로써 가능하다.

하느님은 부부를 아내의 여성성과 남편의 남성성으로 만들었다. 부부는 한몸이지만 상대의 성性을 지켜주는 사랑이어야 한다. 남편이 아내의 여성성을 짓밟아버린다면 아내는 남편의 도구가 될지언정 좋은 아내는 물론 좋은 엄마는 더더욱 될 수 없다. 여성성은 부드러움과 섬세함이다. 아내가 늙어서 할머니가 되어서도 꽃망울에 감격하는 여성성을 고이 간직하고 있다면 남편이 일평생 아내를 사랑한 증거다. 반대로 아내도 남편에게 마찬가지여야 한다. 남성성은 대범함과 너그러움이다. 이 험악한 사회에 책임 있는 가장도 훌륭한 아빠도 남성성으로서만 가능하다. 남편이 젊은 시절보다 나이 들어 할아버지가 되어서도 대범함이 있다면 일생 아내의 많은 사랑을 받고 살아온 남자일 것이다.

행복한 결혼은 반복 속에서 이뤄진다. 남편과 아내는 평생 가정을 위해 같은 일을 반복해야 한다. 남편과 아내가 평생 자신만을 위해 매일 같은 일을 반복한다면 그보다 더 따분한 일은 없을 것이다. 그러나 부부가 서로 상대방을 위해서 그 반복을 감수하면 다람쥐 쳇바퀴 돌듯 무의미한 단순 반복이 아니라 마치 나사의 골처럼 상승작용을 하는 반복을 하면 할수록 진한 행복감으로 승화될 수 있다. 그 반복된 행복 속에서 부부가 같이 살아가는 한 그 인생은 날로 농익을 것이다. 부부가 둘이서 한 인생을 사는 것은 하느님의 법칙이다. 아내만이 일방적으로 헌신하라는 결혼의 규정은 없다.

인디언들의 글모음에 "부부로 산다는 것은 서로의 우산이 되어주는 일이다."라는 구절이 있다. 우리 가정에 아내만 비를 맞는 억울함이 있어서는 안 된다. 아내들도 남편과 가정을 위해서 헌신하는 데서 스스로 보람을 느낄 수 있어야 한다. 아내들이여! 억울해서 한 방 날리려는 적대적 의식에서 벗어나 가족 먹여 살리느라 다 빠져버린 남편의 머리카락 속에서, 가족을 위해 젖은 아내의 손바닥 안에 행복이 있다는 걸 깨달아야겠다.

아프리카 속담에 "빨리 가고 싶거든 혼자 가라, 하지만 오래가고 싶거든 함께 가라"했다. 함께 가기 위해 서로 마음을 맞춰야 하고 속도를 조절해야 한다. 서로 양보하고 서로 져주어야 한다. 이게 부부가 행복하게 사는 지혜요 비결이다. 복닥거리며 둘이 하나로 살아낸다는 것이 평범한 것처럼 보이지만 참으로 위대한 것이다. 그래서 '함께 사는 부부'는 위대하다. 우리 모든 가정에 「아내라는 이름으로 사는 행복함」이 있었으면 좋겠다.

아버지의 초상 肖像

　한동안 아버지 추락, 아버지 부재 시대라는 말이 회자됐던 적이 있었다. 헛기침 소리만으로도 집안을 긴장시켰던 절대 권력자인 아버지들의 초상은 잊혀진 지 오래된 것 같다. IMF 이후 조기 퇴직 붐과 맞물려 불거졌던'고개 숙인 아버지' 현상과는 다른 차원이다. 요즘 돈을 버는 가장까지도 가정에서 의사결정권을 잃었다. 이사移徙와 재테크 등 집안 대소사를 전부 아내가 주도적으로 결정한다. 경제력은 있어도 경제권이 없고 자녀교육에도 발언권이 없다. 복잡한 입시제도, 사교육 광풍도 여기에 한몫을 하고 있다. 학부모 모임, 학원입시설명회 등에서 온갖 소식을 들은 아내의 정보력을 따를 수 없어 대화에 낄 수도 없는 형편이다.

　가정경제권이 주부에게 넘어간 건 아마도 월급이 자동이체 되면서 월급통장을 전업주부인 아내가 관리한 이후부터가 아닌가 싶다. 집살 때 진 빚 갚아야 하고 아이들 학원비 대려면 돈이 없다는 아내의 말에 수긍할 수밖에 없는 게 아버지다. 가족들 사이에서 아버지는 정서적으로도 소외돼 있다. 아이들과 엄마는 똘똘 뭉쳐 한편이다. 아내가 아이들만 데리고 영화를 보고 당일치기 여행도 간다. 휴일이면 빈집에 혼자 있게 되는 경우도 다반사란다. 종전에는 아버지가 회사일 때문에, 모처럼 쉴 때는 잠자고 싶어서 "난 같이 못 간다."고 한 것이 요즘 들어서는 의견도 물어보지 않는단다. 심지어 외출에서 돌아온 아내가 강아지에게는 "밥 먹었느냐"고 물으면서 남편에게는 말 한마디 없다. 그러니까 요즘 아버지들은 강아지만도 못한 신세가 돼버렸다. 한 가정의 남편으로, 아버지로 그동안 열심히 일해서 부양책임을 다 했으니 존경과 대접을 받을 거로 생각하며 "우리 세대는 다 그렇게 알고 있지 않았느냐"고 말한다. 이러니 아버지의 왕따 현상은 가해자와 피해자를 가리기가 그렇게 쉽지 않다. 그러나 그 원죄를 따져보면 지난날 타성에 젖은 자신의 행동이 낳은 결과임을 알게 된다. 집안에서 아버지는 엄했다. 아이들과 대등한 입장에서 대화를 나누지 못하고 무조건 명령적이었다. 아내에게도 마찬가지였다. 결혼기념일이어도, 아이들의 생일이어도 밖에서 회식은 거절할 수 없는 게 직장문화였다. 아버지는 바깥일에만 몸바쳐 온갖 신경을 쓰고 가족들은 싫지만 이에 적응해 왔다. 이렇게 10여 년을 넘게 지나다 보니 아버지가 끼면 왠지 어색하고 불편한 분위기가 됐다. 아버지의 40대 후반 50대 초반은 사회생활의 승패가 갈리는 중요한 시기였다. 때론 성공의 쾌감도 맛보았지만, 패배와 좌절을 경험하기도 하였다. 그때 아이들은 사춘기였다. "아빠가 들어오는데 인사도 안 하느냐."로 시작된 잔소리가 "애들 교육 도대체 어떻게 시킨 거야."로 이어지면 끝내는 아내가 "당신 애들 클 때 뭘 어떻게 했는데…."하고 반격이 돌아오게 된다. 이 순간 아버지는 '패륜가장'이 되기에 십상이다. 결국, 이렇게 된 아버지는 가족들과의 사이에서 입을 다물게 되고 가족들과 지내는 시간 또한 줄어들 수밖에 없다.

짐승들에게는 무리[群]는 있어도 가족은 없다. 동시에 새끼를 낳아 기르는 어미는 있어도 인간과 같은 아버지의 존재는 없다. 인간의 가족제도는 아버지를 발견하고 창조한 그 순간에서 시작된 것이라고 한다. 인간의 가족제도가 아버지로부터 발견되고 창조된 순간 시작되었다면 분명히 아버지는 가정의 중심에 있어야 한다. 자식들을 위해 밖에서 뼈 빠지게 일만 하는 아버지가 아니라 사소한 가정사라도 아내와 상의하고 자식들과 함께하는 시간을 많이 갖고 관심을 보여주는 아버지여야 한다. 현대는 목숨 바칠 사랑보다 일상을 나누는 사랑이 더 절실한 시대이다. 수직의 자리가 없어진 시대의 행복한 아버지는 수평적 관계를 만드는 아버지다. 그 수평적 관계는 아버지와 어머니가 공동으로 만들어야 한다. 미숙한 자식이 부모 마음을 이해하길 기대하기보다는 세상을 오래 산 부모가 자식의 관심에 파고들어야 한다. 아버지의 자리는 끊임없이 자녀의 관심자리에 내려와 눈높이를 맞춰야 하는 자리다. 이 관심을 나눠 갖는 아버지는 실직할 수는 있어도 가정에서 소외될 수는 없는 자리다. 바람직한 가정은 부부가 가정에서 함께 공유하는 세계와 가치를 자꾸 넓혀가야 한다. 나아가 가정사에는 부부가 나누거나 대신할 수 없는 반드시 함께해야 할 일들이 너무나 많다. 무엇보다 자식들에게 삶의 원칙과 지혜를 가르쳐주는 일은 부부가 함께 감당해야 할 가장 소중한 과제이자 의무다. 자식들은 아무리 훌륭한 어머니라도 대신할 수 없는 아버지의 시간 그것도 아버지의 정성이 담긴 시간이 필요하다.

　다행히 시대의 조류는 남편들을 가정으로 돌아오게 만드는 여건과 분위기다. 남녀차별의 제도와 관행은 빠른 속도로 시정되고 있고 여성인력의 경제활동 참여도 많이 늘어나고 있는 추세이기 때문이다. 지금 많은 젊은 남편은 돈 버는 일도 집안일도 아내와 함께 나누는 바람직한 가정의 모습을 보여주고 있어 다행이다. 주 5일 근무가 더 많은 남편을 가정으로 불러들이고 있다. 아버지의 마음은 전깃줄에 앉은 참새의 마음처럼 자식들의 앞날을 생각하는 사람이 바로 아버지다. 그래서 김현승 시인은 "아버지의 눈에는 눈물은 보이지 않으나 아버지가 마시는 술에는 항상 보이지 않는 눈물이 절반이다."라고 아버지의 가족에 대한 사랑과 희생을 노래했다. 아버지의 실체는 그 권위적인 겉모습과는 달리 자신의 존재에 대한 허무감과 자식들에 대한 걱정으로 괴로워하고 있다는 것을 이 세상의 아내와 아들딸들이 아버지들을 이해하고 존경의 대상이 되었으면 좋겠다. 우리 모두 함께 아버지의 초상을 새롭게 만들고, 그려보는 노력이 절실한 시대가 아닌가 생각한다.

46년의 연리지_{連理枝}를 잃고

    사람마다 삶에는 나름의 사연이 있고 그것의 진실을 고백할 때 새삼 아름다운 지난 삶을 느낄 수 있지 않을까 싶다. 예로부터 부부간을 연리지에 비유했다. 즉 나뭇가지가 서로 맞닿아 결이 서로 통하는 것처럼 부부는 두 개의 반신이 아니라 하나의 전체가 되어야 한다는 말이다. 또 부부간을 상상의 새인 비익조比翼鳥에도 비유한다. 비익조는 암수의 눈과 날개가 각각 하나씩이어서 암수가 몸과 날개를 항상 서로 가지런히 해서 날아다닌다고 한다. 그 암수는 혼자서는 날 수 없기 때문이다. 안부아즈라는 곳의 중세풍 집에는 "둥지는 새에 달려 있고 가정은 아내에게 달려 있다."라는 문구가 새겨져 있다. 이는 가정을 지키는 것은 아내라는 말이다. 아내는 여성과 모성을 동시에 갖는 역할을 하고 불경에서도 "아내는 남편의 영원한 누님"이라 했으며 장자는 "부부는 의복과 같다."고 했다던가.

    나는 46년간 함께 사랑을 나눴던 연리지를 잃었고 외눈박이 한쪽 날개가 된 상상의 비익조가 되어 날을 수가 없게 됐으며 아내 없는 빈 둥지에는 온종일 오가는 사람도 없고 항상 곁에서 따뜻이 감싸주던 영원한 누님도 없으며 추운 날씨에 발가벗은 거나 마찬가지 신세가 되었다. 아내 없는 나는 어디서 누구를 만나도 초라한 모습인 것만 같다. 사면초가四面楚歌 신세가 이럴까! 아내가 저세상으로 떠난 뒤 갑자기 체중이 2kg이나 줄어들어 몸에 이상이 생겼나 싶어 병원에 갔더니 의사가 3개월 전 종합검진에 별 이상이 없었으니 좀 더 두고 보자며 "뭘 좀 잘 챙겨 드세요."라고 권유했다. 병원을 나오다가 마침 주말이어서 가까이 사는 막내딸에게 쇠고기를 좀 사서 갈 테니 애들과 같이 점심을 먹자고 했을 때 "아빠 우리 점심 약속 있는데" 한다. 순간 "난 이젠 혼자구나!"라는 생각이 미치자 나도 모르게 왈칵 눈물이 쏟아져 지하철을 타고 오며 속으로 얼마나 울먹였는지 모른다. 혼자되었다는 게 얼마나 외롭고 서러운지 예전에 미처 알지 못했다.

초호화 여객선 〈타이타닉〉 호가 침몰했을 때 구명정에 타라는 것을 거절하고 바닷물에 휩쓸려버린 남편의 뒤를 따른 슈트라우스 부인이 "우리는 40년을 함께 살아왔습니다. 이제 와서 떨어질 수 없습니다."라며 남편과 운명을 함께하였다. 난 46년을 함께 살아왔는데 이제 나이 칠십에 떨어져서는 안 되는 운명의 끈을 놓쳐버리고 혼자 살아남아 마음만 아파하는 미련한 사람이 되었다.

양가 부모님의 뜻을 따라 인연을 맺고 아이들 3남매 낳아 기르며 젊었을 때 집 없는 설움도 많이 받았으나 불평 한마디 없이 잘도 참아주던 마음씨 착한 아내였다. 지난 세월 사랑의 많은 문제들을 어둠 속에 묻고 살아왔는지 모른다. 경제적으로 불행한 시대를 살면서도 시원찮은 남편을 위해 날이면 날마다 불 지피고 밥상 차리며, 쓸고 닦고 빨래하고 다림질하며 세 마리 제비 날개 달아 새 둥지로 내보내느라 즐거움보다 괴로움이 많았던 세월이었다. 퇴직 후 모처럼 단둘이어서 잉꼬처럼 지내며 겨우 마음의 여유를 갖고 국내외 여행을 하던 중 "지금이 가장 행복하다."더니 그것도 잠깐이었나 보다. 어느 날 밖에서 돌아와 샤워하고 나오더니 젖가슴에 무게가 느껴진다며 병원에서 진찰을 받고 악성종양이라는 최종 진단에 따라 수술을 받아야 했다. 여성의 심벌인 한쪽 유방이 잘려나간 것이다. 수술받던 날 6시간여를 기다리는 초조한 마음은 깊은 강물의 살얼음판을 걷는 기분도 그렇게 안절부절못할 정도로 앉았다 일어서기를 몇십 번 반복했는지 모른다. 일각 여삼추一刻如三秋는 이를 두고 한 말인 것 같다. 종양은 겨드랑이 임파선淋巴線에 까지 퍼져 그걸 다 파내느라 수술에 많은 시간이 걸렸다고 했다. 수술 뒤 링거병에 목숨을 의지한 채 항암치료를 받던 중 구토증에 시달리며 머리도 다 빠져버리고 얼굴도 여위고 상해서 보기에도 마음이 아려왔다. 한갓 나아지겠지 하는 희망으로 하루도 빠지지 않고 날마다 병원 문을 드나들며 나름대로 최선을 다해 간호하느라고 했다. 1년 뒤 항암 치료를 마치고 퇴원하는 날 하느님께 감사하고 현대 의술의 신통함에 감탄하며 의사에게도 감사를 표했다.

그러고도 여성 호르몬 차단제를 계속 복용하며 2개월마다 검진을 받아야 했다. 1년 동안 검진할 때마다 별 이상이 없어 다행이다 싶던 어느 날 암 수치가 기준치 이상으로 높아 정밀 검사를 하니 척추로 전이되어 그 지긋지긋하고 참기 어려운 항암주사를 또 맞게 되었다. 재발된 암은 더욱 악성으로 끈질기고도 무서울 정도로 현대 의약으로 치유는 안 되면서 항암주사와 약제는 오히려 체내에 모든 장기기능에 장애를 일으키기만 했다. 그래도 항암주사는 계속되었다. 신장 기능 장애로 먼저 소변이 잘 안 나오자 밑에서 두 개의 호스를 넣어도 안 되어 양 옆구리를 뚫고 오줌 주머니를 달아야 했고 나중에는 대장, 위장으로까지 퍼져 모든 장기가 거의 마비된 상태에 이르렀다. 병원 에서는 더는 어쩔 수도 없는 한계점에 다다랐다. 하는 수 없이 마지 막 가는 길이나마 편안히 보내게 하려고 요양병원으로 옮겨 간병인의 수발을 받으며 지냈으나, 병세는 점점 기울어져 갔다. 요양한 지 15 일 만에 의사와 간호사 그리고 내가 지켜보는 가운데 임종하는 순간 은 아주 편안히 숨을 쉬다가 마침내 멈추고 말았다. 발병으로부터 두 달이 모자란 4년이요, 재발병으로부터 2년 만의 일이다.

삶의 마지막 무대에서는 아무도 대신 설 수 없는 현실이 너무나도 안타까워 무거운 침묵 속에 눈물을 삼켰다. 아내의 임종을 예감이나 한 듯 그가 숨지기 전부터 늦은 봄비가 주적주적 내리더니 묘지에 묻 히기까지 3일 내내 우리 가족이 슬퍼하며 흐르는 눈물처럼 하늘도 눈 물을 뿌렸다. 아내가 병원 생활하는 동안 밤이면 혼자 집에 있으면서 도 혼자라는 생각이 들지 않았는데 그가 막상 떠나고 보니 외롭고 쓸 쓸한 마음이 엄습해와 밤마다 하느님께 기도하는 것으로 겨우 버티다 가 잠들곤 했다. 언뜻언뜻 아내가 생각날 때마다 나도 모르게 눈물을 머금게 된다. 아내가 불쌍해서, 나 자신이 혼자된 게 서글퍼서 나도 모르게 저절로 흐르는 눈물이다.

불가에서 우주 만물이 항상 돌고 변하여 한 모습으로 정착하여 있 지 못하는 제행무상諸行無常이라더니 인간 세사 어느 날 갑자기 나락那 落으로 바뀌어버리는 현실 앞에 아연실색할 수밖에 없다. 사랑은 주는 것이고 축복은 받는 것이며 행복은 만드는 것이라 했던가. 죽은 사람은 불쌍하지만 산 사람은 살아야 한다. 이제 나 혼자 남은 삶을 어떻게 행복을 스스로 만들며 살아갈 것인가 궁리해야 한다. 세상을 떠난 아내에게 하느님의 자비로 항상 평화와 안식이 있기를 빈다. 인간으로서 어쩔 수 없는 건 하느님께 의탁하는 수밖에 없다. 하느님께서 항상 베풀어준 모든 은혜에 늘 감사하면서 살아야겠다. 하느님의 권능과 영광, 지혜에 감사와 흠숭을 영원히 받기 빌며 나의 생각과 말과 행위를 주님의 평화로 이끌어 주시길 날마다 간절히 빌고 또 빌면서 살아야겠다.

영영 살아 있는 단종을 찾아서

굽이굽이 높 낮은 산골짝을 돌고 돌아 다다른 영월에도 봄기운이 완연히 피어나는 3월의 막바지다. 열화 같은 분노를 태우며 550년 동안 단종의 고혼孤魂이 조용히 잠들어 있는 영월 어귀의 장릉이다. 단종이 왕위를 빼앗기고 한양에서 귀양살이 올 때 이레 만에 도달했다지만 지금은 2시간 반이면 이를 수 있으니 그 세월만큼 역사는 멀어졌고 세상은 빨라졌는가 싶다. 푸르디푸른 낙낙 장송이 충신의 절개처럼 변함이 없는 장릉에 허위허위 올라가 경계울타리 밖에서 깊은 상념 속에 목례默禮를 올렸다. 청령포로부터 2km 떨어져 있는 영월 엄 씨들의 옛 선산인 동을지산 이다.

당시 관아에서 "역적의 시신에 손을 대는 자는 3족을 멸한다."라는 엄명으로 단종의 시신은 차갑고 캄캄한 강물 속에 둥둥 떠내려가고 있었다. 어린 단종의 이 슬픈 넋은 당시 호장인 의인 엄흥도에 의해 "옳은 일을 하다가 화를 당해도 달게 받겠다.爲善被禍吾所甘心"라며 단종의 시신을 거둬 머나먼 밤길을 지게에 짊어지고 와 여기 묻히게 된 것이다.

단종문화 유적은 수많은 세월을 뛰어넘어 더욱 찬연히 빛나고 있다. 단종의 슬픈 역사에서 불의와 악한의 죗값은 죗값 그대로 치르게 되고 정의와 충의는 후대에 더욱 빛나고 숭앙받고 있는 것을 확인할 수 있다.

단종이 세상을 뜬 지 60년 뒤인 중종 11년에 제향을 올리게 한 뒤 오늘날까지 계속되고 있다. 단종이 승하한 후 241년인 숙종 24년에 노산군을 단종으로, 단종의 묘를 장릉이라 부르게 하여 왕릉으로 꾸며졌다. 지금 주위의 늘 푸른 소나무들이 모두 단종 능을 향해 공경해 마지않는 모습으로 절을 하듯 굽어 있는 것을 본다. 이 불가사의한 경이로움은 그를 따르던 신하들의 충절을 되새기게 하고 많은 사람들로부터 숭앙을 받고 있다는 표증인가 싶다.

능 아래 세워진 단종역사관에는 그의 일대기를 이해할 수 있는 역사관, 유물관이 있고 사육신과 생육신을 기념하는 예술관이 단종의 억울한 죽음을 생생히 전시하고 있다. 이외에도 장릉에는 단종이 청령포에서 귀양살이 두 달여 만에 큰 홍수를 만나 거처를 관풍헌觀風軒으로 옮겨 승하하기까지 머물렀던 객사가 있고 또 단종이 태백산의 산신령이 되었다 하여 단종을 사당 신으로 모신 서낭당인 영모전永慕殿 등이 지방문화재로 지정된 것을 보면서 역사는 언제나 정의와 진실을 가리키고 있다는 것을 알게 했다.

단종은 이 세상을 하직하기 전 곤룡포를 입고 익선관을 쓴 임금의 모습을 하고 있었다고 전해진다. 수양은 그깟 몇십 년 왕의 자리에 있다가 그만 죽었지만, 단종은 자신을 위해 죽어간 많은 사람의 넋을 위로하기 위해 영원히 죽지 않은 임금으로 이 땅에 다시 찾아오리라고 하며 이 세상을 천년만년 밝게 비추는 임금이 되겠다고 안간힘으로 이를 깨물며 죽지 않았을까 여겨졌다.

그 옛날 절애의 유배지였던 청령포로 가는 나룻배가 10분이 채 않되 건너와 선착장에 배를 대는 동안 갑자기 30여 명의 관광객이 들이닥친다. 다시 청령포에 배를 대기 바쁘게 금방 타고 온 수만큼의 많은 사람이 나룻배에 몰려든다. 옛 단종 유배지에 지금껏 이처럼 많은 관광객이 오리라고는 상상도 못했다. 많은 세월이 흘러 나이 어린 임금쯤이야 사람들의 기억에서 사라질 법도 한데 그게 아니었다. 아직도 애달픈 단종은 많은 사람의 가슴속에 그대로 살아 있다는 것을 느낄 수 있었다. 삼면으로 깊은 강물이 돌아 흐르고 등 뒤로는 칼날 같은 산이 얼키설키 가려져 있어 지금도 천야만야의 유배지로 변함없는 곳이다. 배에서 내려 단종이 기거하던 어소御所터에는 조선시대 건축양식을 재현해 놓은 그럴듯한 기와 한옥이 서 있다. 하지만 당시에는 초가지붕으로 얼기설기 겨우 비바람이나 새지 않을 정도였을 것으로 여겨졌다. 어소 터 주변의 푸른 소나무들이 장릉에서와같이 모두 어소를 향하여 고개를 숙이고 엎드려 있는 것은 비운의 임금을 기리고 있는 듯 보는 이의 가슴이 더욱 저며 왔다. 어소 바로 옆에 수령 600년이나 되는 낙낙 장송이 두 개의 기둥처럼 갈라져 하늘을 찌를 듯 서 있다. 단종은 이 소나무에 올라 자주 깊은 시름에 잠기기도 했다는데 단종의 슬픈 유배생활을 보고 들었다 하여 관음송觀音松으로 불리고 있다. 관음송을 지나 깎아지른 듯한 능선에 오르니 바로 밑으로는 서글픈 동강물이 흐르고 단종은 여기 올라서서 북서쪽 한양을 바라보며 왕비 송씨 부인(정순왕후)을 그리며 주위에 돌을 주워 다가 쌓았다는 노산대를 바라보니 그때 단종의 애절한 마음이 더욱 내 가슴에 와 닿았다.

나는 중학교 다닐 때 처음으로 본 영화가 단종애사였다. 신숙주가 수양대군을 따르느냐, 성삼문 등 집현전 동료를 따르느냐로 고민하며 궁중에서 서성대는 어정쩡한 모양 세의 비굴한 장면이 지금도 뚜렷이 기억되고 있다. 또 하나는 금부도사 왕방연이 사약을 대령하자 단종은 의관을 정제하고 나온다고 침소에 들어가 곤룡포에 익선관을 쓰고 앉았는데 군졸 하나가 뒷문을 열고 단종 목에 오랏줄을 걸어 당겨 마지막 이 세상을 승하했던 슬픈 기억이 생생하다. 그동안 영월에서 외롭게 잠들어 있는 단종을 그리도 보고 싶었는데 망칠望七의 나이가 되어서야 찾아왔으니 나의 감회가 남다를 수밖에 없다.

영월군에서는 조선왕조 500년 동안 가장 슬픈 임금의 고혼과 충절을 지키다 순명한 사육신과 생육신, 엄흥도를 비롯하여 낙화암에 몸을 던진 시종과 궁녀 등 수많은 충혼의 넋을 위로 하는 단종문화제가 1967년부터 계속되고 있다. 전국에서 유일하게 왕릉에서 조선 6대 임금으로 제향을 올리고 있는 것이다. 비록 짧은 세월 왕위에 있었지만, 앞으로도 영원히 영월군민과 우리 모두의 마음 안에 영영 오롯이 살아 있을 것이다. 더욱이 조선왕조 27대 왕 중 유일하게 국상을 치르지 못한 비운의 임금인 단종 승하 550년인 2007년 특별행사로 단종의 영면을 기원하는 국장國葬을 영월 군민의 마음을 모아 치르려고 한다니 가상한 일이 아닐 수 없다. 또 단종에 대한 변함없는 사랑으로 〈레굴루스별〉을 〈단종별〉로 명명하고 영월 봉래산 꼭대기에 〈별마로천문대〉를 세웠으니 비록 어린 나이에 짧게 살다간 임금이었으

나 우리 곁에 영원히 살아 있는 임금으로 받들어 모셔져 있는 것
이다.

그러나 수양대군 세조는 왕위에서 권세를 누렸으나 그 묘소에 지금
누구 하나 찾아보는 이가 있을까 싶지 않다. 누군가 아는 이는 손가
락질을 하면서 권세의 무상을 말하며 지나칠 것이다. 우리가 세상을
살아가면서 권세 앞에 어떠해야 하는가를 슬픈 단종의 역사에서 배워
야 하지 않을까! 비록 단종은 승하했으나 영영 우리 마음속에 살아 숨
쉬고 있기 때문이다!

효열부^{孝烈婦}의 비각^{碑閣}

국가사회 성쇠가 한 개인과 가문의 부침浮沈으로부터 기인하기 시작한다 해도 과언은 아닐까 싶다. 사람들은 모두 한 가문의 일원으로 살아가며 한 개인은 가문의 부침에 가담하고 그 가문이 직·간접으로 국가사회 성쇠에 영향을 줄 수 있기 때문이다. 역설적이지만 가문의 부침이 있는 사회가 오히려 희망이 있다고 본다. 빈한하고 비루했던 가문이 영광스런 반열에 오를 수 있어야 하고 그 반대로 추락을 경험하는 가문도 있어야 건강한 사회다. 가난한 사람이 아무리 기를 써도 안 되는 사회는 희망과 미래가 없다. 지금 한국이 세계 경제의 12~13위권 성공시대 밑바탕에는 성공한 많은 개인과 가문이 일궈낸 것으로 생각하기 때문이다. 지난해 가을 무렵 효열부기적비제막식孝烈婦記蹟碑除幕式에 축사를 한 적이 있다. 그 기적비의 주인공은 다름 아닌 바로 내 친누나의 시어머니 되는 분이었다. 한국의 서남단 전북 고창으로 내가 십여 년 전 치안책임자로 있었던 지역의 한적한 산골 마을이다. 나에게 축사를 해달라고 한 건 매형이 일생일대의 가문행사에 그곳 기관장을 지낸 처남이 있다는 걸 내세워 보여주기 위함이었을 것으로 미뤄 짐작된다. 형제간의 일이라 모든 일을 제치고 머나먼 길에도 참석했지만 바쁜 농사철인데도 내가 알만한 많은 지역유지와 유림 어른들이 참석해 축하하고 야외에서 뷔페음식잔치도 베풀어졌다.

누나는 3대 독자인 매형과 혼인해서 4남 2녀를 낳았다. 당시 정부에서 둘만 낳기 산아제한을 하던 때의 6남매였으나 손이 귀한 집안이라 개의치 않고 낳은 것이다. 지금 그 6남매 밑으로 손·자녀 13명을 두어 누나 매형으로 인해 단출했던 가문이 번창하게 된 것이다. 그 자녀가 모두 수도권에서 나름대로 직장을 갖고 잘 살아가고 있으니 누나 매형의 인생은 성공했다고 할 수 있을 것이다.

효열부기적비에 오른 죽산 안 씨 부인을 처음 뵌 것은 누나를 며느리로 삼으려고 선보러 왔을 때였다. 내 어릴 적이지만 지금도 기억이 생생한데 마치 푸른 소나무 위에 고고하면서도 얌전히 날아 앉은 한 마리 학鶴처럼 고아한 자태와 기품이 우러러 보였다. 그분은 누나의 미모보다는 우리 어머니의 아들 6형제를 둔 다산多産가문을 택했던 것 같다. 안 씨 부인은 갓 16세에 시집와서 겨우 스무 살에 혈육 하나 없이 남편을 여의고 홀로 된 후 시동생을 성장, 결혼시켜 손아래 동서 되는 분이 조카인 지금의 내 매형을 낳는 것을 뒷바라지하며 시동생 가족과 함께 살아왔다. 청상과부로 모진 풍상을 다 겪으며 살아온 분 같지 않게 얼굴은 화사해 보였고 옛 안방마님의 근엄함을 엿볼 수 있었다. 혼자서 삶에 지친 수많은 세월을 구구절절 슬픈 사연과 함께 소리 없는 울음을 울었을 것이다. 왜냐하면, 홀로된 뒤 앓아누운 시아버지에게 지극정성을 다해 봉양하다가 마지막 운명하려는 순간 자신을 단지丹脂함으로써 생명을 연장시키는 효성을 받쳤기 때문이다.

그 후 매형의 부친은 단 하나뿐인 자신의 아들을 피붙이 하나 없이 홀로 살아온 형수에게 양자養子시킴으로써 그 가문을 이어가도록 하여 그 형수 되는 분의 효열孝烈에 보답했던 것이다. 스스로는 기어이 살아가라는 생명의 명령에 따라 순연히 송백松柏의 절개를 지키며 살아왔던 예순네 해의 짧은 삶은 어찌 보면 참으로 기나긴 모진 세월이었는지도 모른다. 그러나 삶이 사랑이고 사랑이 삶이었듯이 사랑은 피보다 진했던 것 같다. 가장 사랑하셨던 그 3대 독자 양 아드님이 성장하는 것을 지켜보며 그 밑으로 다복한 4남 2녀의 손자 손녀를 보살피셨고 다시 그 밑으로 13명의 증손자녀를 두셨으니 이는 그 어른과 가문의 홍복이요 이만하면 감히 가문이 흥성했다고 말할 수 있을 것이다. 촛불이 스스로를 태워서 주위를 환하게 비추듯 그 가문과 지역사회의 빛으로 그 어려웠던 생애의 기록은 이제 이 비석과 함께 가문의 가족사로, 이 지방의 향교사의 한 페이지로 남아 그 가문의 영원한 영광을 들어낼 것이다. 이러한 결과는 저절로 이뤄지는 것이 아니라 스스로 죽음을 무릅 쓴 희생이 없이는 이뤄질 수 없는 것이기에 더욱 값진 것이요 오늘 많은 사람들이 숭앙崇仰해 마지않는 것이다. 오늘의 효열부기적비 앞에서 삼가 경하敬賀하며 하느님의 축복이 이 가문 위에 항상 머물기를 기원했다. 누나는 1950~1960년대부터 오늘에 이르기까지 눈비비고 일어난 새벽부터 밤늦도록 논밭 이랑을 일구고 피땀을 흘려 농사를 지어 6남매를 잘 키우고 가르치고 성혼시켜 도회지로 출가시키는 뒷바라지에 한시반시 쉴 틈 없이 손발이 다 닳고 허리가 굽을 정도로 일해 온 결과다. 이는 어찌 그동안 내 누나 매형의 가문뿐이겠는가. 지난 60여 년 동안 우리나라 모든 가정이 가문의 부상과 영광을 위해 온 힘을 다해 오늘의 성공시대를 만든 것이다. 누나는 수십 년 동안 양시어머니의 지나온 삶을 흠모欽慕하고 가문의 효열전통을 기리는 비각을 세우려고 마음속으로 다짐하고 날마다 푼푼이 돈을 모아 저금했다가 얼마 전 매형 앞에 내놓으며 당신들 생전에 효열비각을 세우자고 제의하여 고창군 향교의 심사와 더불어 비문을 준비하고 비각을 세워 제막식을 하게 된 것이다.

한국 성공시대 산업사회를 살아오면서도 끝까지 고향 농촌을 지키며 효열가문의 전통을 잊지 않고 기리며 자손들에게 일깨워주기 위해 많은 인고의 세월을 살아온 누나 매형에게 경의를 표하며 그 자손들이 이 효열기적비의 의미를 되새기고 본받았으면 좋겠다. 앞으로 계속 이 가문의 부상과 영광이 이어지기를 기원해 마지않는다.

암癌수술의사에게 보낸 서간書簡

　덧없는 시간은 빨리도 흘러가는군요. 암환자의 불편한 몸을 부축하고 귀 대학병원을 나온 지 한 달이 돼 갑니다. 귀 병원에서 도저히 더 나아질 수 없다는 판단에 따라 마지막 가는 길이나 편안히 갈 수 있는 요양병원을 택해 옮긴 지 15일이 되던 5월 22일 17:20분 의사·간호사 그리고 제가 지켜보는 가운데 아내는 편안히 눈을 감고 영면하였습니다. 마지막 가는 길을 나 자신이 대신할 수 없는 게 안타까웠습니다. 46년을 함께 사랑했던 남편으로서 어쩔 수 없는 한계를 절감하며 눈물을 먹음을 수밖에 없었습니다. 장례 3일 내내 우리 가족이 슬퍼하며 흐르는 눈물처럼 하늘은 비를 뿌렸습니다. 빗속에서도 저와 자녀에게 많은 친·인척과 친구, 지인들이 위로와 함께 고인의 명복을 빌었습니다. 그리고 영안실을 떠나 성당에서 신부님의 장엄한 영결미사를 마치고 화장하여 천주교 공원묘지에 안장하였습니다. 집에 돌아와 장례에 따른 뒷마무리를 한 뒤 자녀들도 각기 제 집으로 돌아가고 홀로 남아 많은 생각에 잠기게 되었습니다.

　잉꼬처럼 살다가 막상 혼자되고 보니 삶이 덧없고 쓸쓸한 마음이 엄습해와 밤마다 하느님께 기도하는 것으로 겨우 버티다가 잠이 듭니다. 언뜻언뜻 생각날 때마다 나도 모르게 서글픈 눈물이 볼을 적시는군요. 깊은 밤 많은 생각 끝에 그동안 투병 중 겪었던 고통과 미심쩍게 느끼고 아쉬웠던 점을 말씀드리게 됨을 양해하시기 바랍니다.

인간 세사가 "어느 날 갑자기"이었습니다. 34년의 오랜 직장생활을 명예롭게 퇴직하고 여행, 등산, 문예활동, 친구들 모임 등에 나를 따라 유유자적悠悠自適 지내던 아내가 "지금이 가장 행복하다."라고 말했던 게 며칠 되지 않은 어느 날밤 샤워를 하고 나오더니 젖가슴에 무게가 느껴진다며 〈봄빛병원〉에서 진찰을 받았습니다. 큰 병원으로 가서 다시 진찰을 받아보라는 의사의 얘기를 듣고 서울대, 삼성병원 등을 알아봤으나 진찰받는데 만도 3개월 이상 기다리게 되어 하는 수 없이 귀 대학병원의 교수님을 찾아가 진찰 결과는 '유방암 3기'로 수술을 받아야 한다는 청천벽력 같은 믿기지 않는 말을 들었습니다. 나는 "다른 병원에 가서 한 번 더 진찰을 받고 싶다."라고 했을 때 교수님은 "예수님도 고향에서는 안 알아준다고 가까운데 의사를 두고 먼 데까지 가려 합니까. 제게 맡기세요."라고 하여 바로 다음 날 입원수술을 받게 되었습니다. 수술실 밖에서 초조하고 불안한 마음으로 자녀와 무려 여섯 시간 가까이 기다려야 했습니다. 기다리던 중 다른 수술환자들은 담당의사가 수술부위 핏덩이를 들고 나와 가족들에게 설명을 해주는 걸 보고 우리도 저렇게 하겠지 하고 기다렸는데 교수님은 끝내 나타나지 않았고 가장 늦게 신음하며 나오는 환자의 모습을 지켜봐야 했습니다. 더욱이 다른 의사들은 수술실을 들락날락하는 걸 보았는데 교수님은 수술실 드나드는 것을 못 보았기 때문에 교수

님이 직접 집도했는지도 의심했습니다. 나중에 병실에 와서야 인파선
까지 파내느라 시간이 오래 걸렸다고 했습니다. 솔직히 따져보고도
싶었지만, 그건 잠시였고 직접 집도했겠지 생각하며 교수님의 인격을
믿기로 했습니다.

그리고 일 년여 항암치료를 받으면서 못 견뎌 하는 환자의 모습을
안타까운 마음으로 지켜보며 나아지겠지 하는 한 가닥 희망으로 단
하루도 빠지지 않고 병원을 들락거리며 간호를 했습니다. 어느 순간
머리카락은 다 빠져버리고 얼굴도 일그러져 보기에도 마음이 아려왔
지만 그래도 항암치료를 마치고 퇴원했을 때 현대의술의 발달에 신통
함을 느끼며 교수님의 게시판 신문홍보기사내용을 다시 읽어 보기도
했습니다.

그리고 다시 1년 가까이 주기적으로 검진을 받으러 병원을 드나들
었습니다. 그 기간에는 아내가 등산도 하고 국내여행도 하며 거의 정
상적인 생활을 하던 어느 날 검진 결과 암 수치가 약간 높아졌다 하면
서도 좀 더 두고 보자며 한 달이 지난 뒤 검진하더니 그 지긋지긋한
항암치료를 또 받아야 한다고 했습니다. 또 '어느 날 갑자기'이었습
니다. 아무 탈 없이 지내던 사람을 암수치가 높아졌다는 이유로 항암
주사와 먹는 약을 투여했으나 암 균은 죽이지도 못하고 몸 안의 장기
를 모두 망가트려 놓았습니다. 집에 있을 땐 아무렇지도 않던 사람을
병실에 가두고 그 독한 항암주사를 계속 놓았습니다. 결국에는 소변
도 밑으로 나오지 못하고 옆구리를 뚫고 받아내며 간肝까지 나빠져
얼굴엔 황달기가 역력했습니다. 그 과정에서 의사로서 환자가 견디기
힘들어하고 장기臟器가 망가진다는 것을 뻔히 알고서도 막바지에 이

르기까지 계속 항암제를 투여하여 죽음에 이르게 됐습니다. 이 부분에서는 솔직히 의료사고로 제소提訴하고 싶은 마음도 없지 않았습니다. 입원하여 옴쭉달싹 못하고 계속 항암치료를 받느라 2년 가까이 많은 병원비는 말할 것도 없고 고통 받을 대로 받고서 결국 죽음에 이르게 해놓고도 의사로서 최소한 미안하다는 말 한마디 없었습니다. 항암제 투약 전까지는 통증도 없었는데 어느 날 갑자기 항암제를 계속 투여하면서부터 환자는 더욱 못 견뎌 했고 두번째 탈모에다 장기는 망가지고 얼굴은 더욱 일그러질 대로 일그러져 차마 눈으로 볼 수 없는 지경에 이르렀습니다. 어떻게 생각하면 사람을 실험용으로 이렇게도 해 보고 저렇게도 해보며 암 연구용으로 이용하지 안 했나 하는 의구심을 떨칠 수가 없습니다. 재발했다며 항암제 투약에도 암 수치는 조금도 낮아지지 않아 효과는 전무한 거나 마찬가지였기 때문입니다. 보호자는 무슨 항암제를 얼마를 썼는지도 모른 채 병원은 진료비만 부과하여 받아내면 그만이었습니다. 그 과정에서 일찍이 항암제 투약을 중단하고 차라리 산수 아름답고 공기 좋은 곳을 찾아가 열심히 등산이나 다니며 피톤치드를 흡입했더라면 오히려 고통이나 받지 않고 편히 지내다 조용히 마지막을 맞지 않았을까 하는 아쉬움은 한恨이 된 채 가슴에 남아 있습니다.

척추전이脊椎轉移치료를 위해 〈우리들 병원〉에 간다 했을 때 교수님은 돌팔이 운운했지만 오히려 척추부위를 컬러사진으로 확대 모니터로 보여주니까 처음으로 환부를 제대로 알아볼 수 있었습니다. 귀 병원에서는 한 번도 그렇게 선명하게 보여준 적이 없습니다. 〈우리들 병원〉 레이저시술 후에도 귀 병원에서 계속 항암치료를 받다가 〈우리들 병원〉 시술 1년이 될 즈음 치료 확인 차 사진을 찍어보자는 날짜가 되어 귀 병원에서 찍은 사진을 〈우리들 병원〉에 가지고 갔더니 그 의사는 척추부위를 확대 정밀히 찍지 않아 판독이 어렵다며 다시 사진을 찍어보자고 했으나 이미 병세가 기울어진 다음이어서 응하지 않았습니다. 〈우리들 병원〉 레이저시술도 효과가 없었던 것이지요.

교수님은 환자가 진료받을 때 치료과정을 자세히 설명해주지도 않아 옆에서 지켜보며 환자의 증상이 어떤지 뭘 좀 물어보면 겨우 한두 마디로 얼버무려 알아들을 수 없었으며 특히 사진은 도무지 판독할 수가 없었습니다. 사진이 너무 적기도하지만 검은 색이어서 뭐가 뭔지 분간조차 할 수 없었습니다. 환자와 보호자와 의사 간의 병에 대한 진지한 의사소통은 완전부재不在였습니다. 그래서 하다못해 알아보기 쉬운 그래프를 보자고도 했고 하도 답답하면 간호사에게 사정해서 내용을 몇 번 확인하기도 했지만, 전혀 시원스런 대답은 듣지 못했습니다. 마지막에는 암병동에서 내과병동으로 옮겼으나 전혀 호전될 기미가 보이지 않아 요양병원으로 옮겨 마지막을 맞이하게 된 것입니다. 내과병동으로 옮긴 뒤로는 교수님은 왕진 한 번 온 적이 없습니다. 4년 가까이 교수님으로부터 치료하다가 결국 죽음에 이르게 해놓고도 한 번이라도 병실에 찾아와 미안해 하기는커녕 눈 하나 깜작하지 않은 교수님의 양심은 앞으로도 많은 환자를 그런 식으로 상대하리라 생각하니 제 가슴만 답답해집니다.

지금 아내는 제 곁에 없습니다. 허전하고 아쉬움으로 생각만 하면 눈물이 앞을 가립니다. 이렇게라도 하지 않으면 더 견디기 힘들 것 같아 마음에 담고 있던 의문을 털어놓았습니다. 위에 쓴 내용 가운데

내 생각과 달리 이해시킬 수 있는 부분이 있다면 알려 주시기 바랍
니다. 부디 새로운 모습으로 환자를 대해주시고 한국현대의학발전에
많은 기여 있기를 기대하겠습니다. 저는 아내가 하늘나라에 가도록
백일기도를 받치면서 함께 기도할 것입니다.

Part 3

더불어 사는 재미

작은 보탬 푸른 희망

　서해의 태안 앞바다에 흘러든 기름띠 제거에 많은 자원봉사자가 줄을 잇는다는 보도가 한동안 있었다. 그때 마다 봉사하고픈 마음은 있었지만, 현역에서 은퇴한 자연인의 한 사람으로서 선뜻 나서기가 쉽지 않았다. 체면치레인지 대통령 후보를 비롯한 정치인들의 봉사하는 모습도 TV에 방영되었다. 자원봉사자가 3백만 명에 이른다는 보도가 났을 때다. 이러다가 어려운 이웃의 구조 손짓에 나만 외면해 버리는 게 아닌가하고 나의 무책임한 행동이 솔직히 미워졌다. 그 무렵 성당에 갔더니 마침 「태안 기름띠 제거 자원봉사자 모집」 광고가 있어 바로 회비 1만원을 내고 신청했다. 회비는 장갑과 방제작업복값이란다.

　며칠 뒤 봉사하는 날이 왔다. 아침 형型에서 퇴직 후 저녁 형 생활 스타일에 젖었지만 무거운 눈을 비비고 모처럼 아침 일찍 일어나 버스에 올랐다. 버스에는 성당의 젊은 남녀 신자들과 어린 학생들이 대부분이고 내 또래는 나 혼자여서 대화할 만한 상대도 없었다. 옆자리에 젊은이가 앉았더니 슬그머니 자기네 끼리를 찾아 뒷자리로 가버린다. 마치 어울리지 않는 분위기에 앉아 있는 것 같아 조금은 머쓱

한 기분이었다. 그러나 조용히 혼자 명상에 잠길 수 있어서 오히려 다행이라 싶기도 했다.

　버스는 2시간 반 넘어 달려 태안군 모항에 도착했다. 바닷바람이 심하게 불어온 데다 전국 각지에서 모여든 버스와 인파로 다소 혼잡스러웠다. 방제작업복을 머리 위까지 덮어쓴 채 긴 장화를 신고 면장갑 위에 고무장갑을 끼고 철제건물 사이를 지나 바닷가로 나가는데 바람이 어찌 심하게 휘몰아치는지 몸의 중심을 잡기도 어려웠다. 막상 바닷가에 내려서니 오히려 바람이 잦아들어 작업하는 데는 별다른 불편 없이 해볼 만할 것 같았다. 하지만 바닷가엔 셀 수도 없이 수많은 크고 작은 돌들이 기름 떼가 묻은 채 버려진 쓰레기처럼 나뒹굴고 있었다. 작업이라야 그 기름 묻은 돌들을 주워 걸레로 닦아내는 것이다. 그리고 돌 틈이나 모랫바닥에서 솟아나오는 기름띠를 흡착지로 빨아들여 마대에 모으는 일이었다. 쉬지 않고 열심히 돌을 닦아냈다. 깨끗한 헌 옷가지 걸레가 검게 젖었다. 내가 닦아낸 돌이 몇 개인지 셀 수도 없었지만 기름을 훔쳐낸 큼직한 걸레가 20여 개가 넘는 것 같다. 한참 돌을 닦다 보니 손가락이 얼얼해지고 손놀림이 부자유스러웠다. 손가락을 한 참 우그렸다 폈다 움직거려 보다가 다시 하곤 하였다. 많은 걸레와 흡착지가 큰 마대에 모여져 제방 위로 날라졌다.

　모항 바닷가에 모인 봉사자들은 전국 각지의 천주교회 신자들로 눈짐작으로도 줄잡아 1천여 명은 되어 보였다. 모두 새하얀 방제작업복을 머리에까지 뒤집어쓴 모양이 마치 바닷가 갯벌에서 먹이를 쪼는 하얀 백조白鳥떼를 연상케 했다. 까만 기름띠에 하얀 방제복의 대조여서일까! 깨끗하고 신선해 보였다. 한 손 한 손이 보태어져 바다를 살리기 위해 모두 한마음으로 누구 하나 이래라 저래라 시키는 사람도 없었다. 그러다 보니 처음엔 다소 질서가 없는 듯 보였지만 모두 목적이 같아서인지 자연스레 그룹을 지어 한 눈 팔지 않고 각자 열심히 하고 있었다. 각자가 스스로 알아서 하는 일이다. 말 그대로 자원봉사자들이기 때문일 게다.

누가 이 검푸른 서해의 태안 앞바다에 기름을 쏟아냈는가! 그걸 알아내고 책임을 따지는 건 내 몫이 아니다. 절망적이었던 까만 기름띠 바다에 오직 푸르고 청정한 바다가 되어야 한다는 희망이 내 이 한 손 작은 보탬으로부터 이루어진다는 데에 의미가 있는 시간이었다.

오전 3시간여 작업을 하다가 간단한 점심 요기를 하고 다시 오후 2시간 정도 하다 보니 밀물 때가 되어 바닷물이 점점 차오르기 시작했다. 파도가 밀려오는 데 따라 누가 뭐라 할 것도 없이 자연스레 제방으로 올라서 밖으로 나올 수밖에 없었다. 목숨의 둘레로 밀물져 오는 파도, 그 서해의 태안 모항 앞 칙칙한 바다의 파도는 조금 전 우리들의 이야기를 도란거리며 얘기하고 있었다.

우리 일행이 막 떠나려는 버스에 태안성당 평신도회장이 올라와 "평촌 성당 형제자매 여러분! 감사합니다, 여러분 덕분에 모항 앞바다가 방금 보니 한결 맑아졌습니다. 수고하셨습니다. 안녕히 가십시오." 하는 고마움의 인사를 하고 손을 흔들며 내렸다.

누군가 "바다를 알면 세상을 안다."라고 했던가. 모든 생명의 기원은 운동으로 말미암는다. 바다는 끊임없이 운동하고 그 운동은 미립의 생명체들을 생성 소멸하게 한다. 광대무변한 우주 속에서 크고 작은 별들이 끊임없이 생성과 소멸을 거듭하듯이 말이다. 광활한 허무의 바다, 그 표피와 심저에는 바다만이 가지고 있는 삶의 질서가 있다. 바람 따라 쉬지 않고 출렁이는 파도가 있고 그 파도는 한결같이 바닷물을 정화시키고 활성화시키면서 모래톱이나 갯바위에 와서 부서진다. 갯벌이 있고 해조류가 있고 거기에 서식하는 미생물들과 수만 종의 고기떼와 조개들이 있다. 바다는 스스로를 오염시키지 않는다. 우리 인간이 더럽히기 전 바다는 늘 신선한 언어였다. 하나의 거대한 몸짓이었다. 오늘 바다의 속살을 보면서 인류 미래 꿈의 보고를 더럽혀지지 않았으면 하고 바라는 것이다.

평생 씻어도 못다 씻을 이승의 떼를 씻어주려는 듯 출렁이는 바다를 바라보며 오늘 이 작은 손길의 보탬이 더 많이 이어져야 한다는 생각이다. 우리 인간이 저지른 지구환경에 대한 죄업들이 닦여지면서 우리의 희망의 푸른 바다로 영원히 우리 곁에서 생성되기를 마음 모아 빌었다. 그래서 다시 그 옛날의 청정한 바다를 만날 수 있기를 기대하는 것이다. 이것 또한 우리 인간만이 만들어 낼 수 있는 일이기 때문이다. "자연은 스스로 돕는 자를 돕는다."라고 했기에 아름답고 청정한 희망의 바다를 위해 우리 모두 봉사의 한 손 한 손이 더 보태졌으면 하고 바라는 것이다. 작은 보탬들이 모여 푸른 희망의 바다를 만들어야 하겠다.

노인과 어른

노인과 어른은 동의어가 아니다. 사람마다 노인일 수는 있지만, 노인이 바로 어른은 아니다. 노인은 자기 자신만 아는 사람이다. 주위 모든 사람이 자기 한 사람을 위해 존재해야 한다고 여긴다. 늙어 노인이 되면 건강할수록 주위 모든 사람이 고통을 받게 되고 결과적으로 노인은 외톨이가 된다. 자승자박自繩自縛인 셈이다. 이에 반해 어른은 남을 배려하는 사람이다. 남을 위해 기꺼이 그늘이 되어주는 사람이다. 어른은 나이 들어 병석에 누워 있어도 주위에 자발적으로 사람이 모여든다. 노인은 노력하거나 훈련하지 않아도 세월 속에 저절로 노인이 되지만 어른이 되기 위해서는 젊었을 때부터 부단히 자신을 가꾸고 가다듬지 않으면 안 된다. 나이 들수록 유치하다는 말을 듣는 노인이 많아지는 것은 나이를 훈장으로 여길 뿐 어른이 되려고 자신을 가꾸지 않았기 때문이다.

어른이 되기 위해서는 반드시 두 가지 전제가 충족되어야 한다.

첫째 몸과 마음이 함께 늙어야 한다. 나이는 육십이지만 마음은 이·삼십대라고 말하는 사람을 흔히 볼 수 있다. 그러나 사람이 나이

닮은 자기중심적으로 살던 사람이 후덕해지는 것을 뜻한다. 이해할 수 없던 것을 이해하고 포용할 수 없던 사람을 포용하고 나눌 수 없던 것을 나누는 후덕함이 나이 듦의 자산이다. 후덕한 청년이라는 말이 없는 것은 후덕함은 세월의 길이와 정비례하기 때문이다. 육십 대가 이십대의 마음으로 살려는 것은 그 나이에 후덕함을 지닌 어른이 아니라 여전히 이기적인 마음으로 소아적 삶을 살겠다는 말이다.

육십 대의 시어머니가 이십대의 마음으로 살려 하면 그 시어머니에 이십대의 며느리는 라이벌이기 마련이고 젊은 며느리의 눈에는 눈물이 마를 날이 없을 것이다. 육십 대의 아버지가 삼십대 젊은이의 마음을 가지려 하면 삼십대 아들의 후덕한 아버지가 될 수는 없을 것이다. 삼십대 마음을 지닌 아버지는 삼십대 아들의 부족함과 허물을 감싸 안기보다는 아들의 삶에 사사건건 간섭하고 지배하려 들 것이기 때문이다. 육십 대의 아버지는 육십 대의 마음을 지녀야 젊은 아들을 품는 후덕한 어른이 될 수 있고 육십 대의 시어머니는 육십 대의 마음으로 며느리를 맞아야 며느리를 친딸처럼 거두는 자애로운 그늘이 될 수 있을 것이다.

나이 들어 어른이 되기 위한 두 번째 전제는 올바른 재물관이다. 여기서 재물관은 거창한 담론이 아니라 단순 명료하다. 자신이 지닌 재물이 비록 동전 한 입뿐이라 해도 그 속에는 반드시 타인을 위한 몫이 포함돼 있음을 아는 것이다.

옛날 어느 만석꾼 집에 신식 며느리가 들어왔다. 보아하니 시어머니가 광을 열고 아무에게나 막 퍼주었다. 머슴이든 소작농이든 동네 사람이 와서 아쉬운 소리만 하면 마구 퍼 주는 것이었다. 신식며느리는 마음속으로 다짐했다. "시어머니는 규모 있는 살림살이를 모르시

는구나. 내 시대가 되면 나는 저런 식으로 낭비하지 않을 거야"

세월이 흘러 며느리 시대가 되었다. 경제권을 이어받은 며느리는 고등교육을 받은 며느리답게 매일 가계부를 펼쳐놓고 모든 것을 알뜰하게 절약했다. 그러나 며느리가 경제권을 쥐고부터는 만석이 나지 않았다. 며느리는 알뜰하게 경제를 꾸리면 소출이 더 커지리라 생각했지만 결과는 정반대였다. 젊은 며느리가 보기에 시어머니가 헤픈 것 같았지만 그 시어머니는 며느리의 시어머니이기 전에 온 동네의 어른이었다. 자신의 것을 기꺼이 베풂으로써 동네 사람들을 위한 그늘이 되어준 것이다. 그 넉넉한 그늘 밑에서 동네 사람들이 신명 나게 일했기에 만석이 가능했던 것이다. 며느리는 배운 사람답게 가계부를 철저히 정리하며 알뜰하게 살림을 꾸렸지만 동네 사람들을 위한 그늘이 되어주지 못했다. 삶의 그늘이 없는 곳에서는 사람들의 마음이 본능적으로 인색해지게 되었고 그 삭막함 속에서 만석이 나올 리 만무했다. 시어머니와 며느리의 처신이 극명하게 갈린 원인은 재물관이 달랐기 때문이다.

이미 고령사회를 접어들어 내년이면 80세 이상만 100만 명(노인 17.8%)시대가 된다. 노인이 많은 사회는 허약할 수밖에 없지만, 어른이 많은 사회는 더 없이 강하다는 것이다. 인생 3모작 시대다. 50대에 직장을 은퇴하고 75세 내지 80세까지 2모작. 그때부터 100세 전후까지 제3의 수확기로 바뀌고 있다. 도전 인생 3모작시대 어른의 경륜과 지혜는 핵무기보다 더 강한 까닭이다. 나이 들어 노인이 될 것인가 어른이 될 것인가? 이 결단은 빠를수록 좋다. 이 시대 노인은 많지만 어른이 적으니 가정도 사회도 무질서하고 혼란스럽지 않나 안타까운 마음이다. 노인들이여 우리 모두 어른 되기에 힘쓰자.

인생 3모작시대 은빛청춘

흘러가는 세월과 더불어 머리는 희끗희끗 노년의 빛이 완연하지만, 마음과 정신력은 아직도 청춘인 노익장을 요즘 많이 보게 된다. 나이 든다고 아무나 철이 드는 것이 아니듯이 나이 든다고 반드시 늙는 것도 아니다. "후회가 꿈을 대신하는 순간부터 우리는 늙기 시작한다." 이 말은 1924년생으로 올해 87세인 전 미국대통령 지미 카터가 『나이 드는 것의 미덕』이란 책의 마지막 문장에 나오는 말이다. 늙는 것은 나이와 상관이 없다는 것이다. 꿈을 잃으면 나이가 어리고 젊어도 늙은 것이다. 그러나 꿈이 후회를 덮으면 나이는 들지언정 결코 늙지 않는다는 것이다. 나이 많다고 삶을 내려놓아서는 안 된다. 아직 끝난 게 아니기 때문이다.

노년 80대가 청춘 80대가 되는 신비한 분야가 있다. 바로 창작의 세계다. 꼬부랑 할아버지가 돼서도 여봐란 듯 뭔가를 보여주는 예는 많다. 모네는 76세에 수련을 그리기 시작했다. 벤저민 프랭클린은 78세에 2초점 안경을 발명했고, 세계적인 지휘의 거장 레오폴드 스토코프스키는 94세에 계약기간 6년인 녹음계약서에 서명했다. 100세가 된 방지일 목사는 "닳아 없어질지언정 녹슬지는 않겠다."고 했다. 오래 쓰면 닳긴 하지만 녹스는 것보단 낫다. 현대 모더니즘 영화의 거장 미켈란젤로 안토니오니는 83세에 후배(빔 벤더스)와 공동 연출한 '구름 저편에'라는 작품은 그 제작 과정이 한 편의 영화와 같다. 10년 넘게 뇌졸중 후유증에 시달렸던 그는 반신불수에 말도 거의 하지 못하는 상태였다. 그의 부인이 이끄는 휠체어에 앉아 필담으로 현장을 지휘하며 90대에 들어서도 영화를 2편이나 완성했다.

동양 쪽에서는 영화의 천황으로 불리는 일본인 '구로사와 아키라'는 70세에 〈가게무샤〉로 세계 최고의 칸 영화제에서 황금종려상을 받았고 80세에 〈란〉이라는 영화로 동양인 최초로 미국 아카데미 특별공로상을 받았다. 이 노년의 감독은 "50년이나 영화를 만들었지만 아직도 영화가 뭔지 모르겠다."고 겸손해했단다. 그는 팔순을 넘어서도 매년 한 편씩 신작을 만드는 창작욕에 불탔다.

우리 가까이에도 지금 그런 분이 많다. 올해 74세의 현역 국악인 황병기 선생, 84세 인제학원 백낙환 이사장, 83세 강신호 동아제약 회장, 88세 신격호 롯데 회장, 86세 배상만 국순당 전 회장, 86세 샘표식품 박승복 전 회장 등은 미수米壽 가까운 나이에도 신제품 개발, 해외업무출장 등 팔팔하게 경영에 참여하고 있다.

소포클레스는 "노인보다 삶을 더 사랑한 사람은 없다."라고 했다던가. 그 옛날 그리스처럼 젊음과 아름다움이 찬양받는 시대지만 옛날 같으면 지팡이를 짚고 겨우 걸음을 걸을 나이에 아직도 지팡이를 휘두르고도 남을 펄펄 끓는 노익장의 에너지가 있는 분들이 많다. 청춘 80대의 열정만큼은 축복받은 대가들만의 것이 아니라 평범한 보통사람들도 뭔가를 할 수 있다는 자신감을 갖자는 것이다.

돈 있고 권력 있고 그럴 듯 해 보여도 외롭고 힘들기는 마찬가지다. 그래서 사람에겐 저마다 위로가 필요하다. 92세에 시를 쓰기 시작해 99세인 2010년 첫 시집 『약해지지 마』를 발간한 '시바타 도요'는 시집 발간 6개월 만에 70만부가 넘게 팔려 초베스트셀러가 됐다. 그 자신도 상상하지 못했을 신비의 기적이 일어난 것이다. 창작의 세계가 바로 이런 것이다. 그의 작은 시집에는 위로의 바이러스가 묻어난다. 지극히 평범해 보이는 그의 시詩의 가장 큰 힘은 바로 위로이다. 개개인만이 아니라 이 시대에 대한 위로다. 99년을 살아온 그의 시는 이렇다.

"…난 괴로운 일도/ 있었지만/ 살아 있어서 좋았어// 너도 약해지지 마"

1992년 남편과 사별하고 홀로 살면서 쓴 시는 또 이렇다.

바람이 유리문을 두드려/ 안으로 들어오게 해 주었지/ 그랬더니 햇살까지 들어와/ 셋이서 수다를 떠네// "할머니 혼자서 외롭지 않아?" 바람과 햇살이 묻기에 "인간은 어차피 다 혼자야" 나는 대답했네

그녀가 움직일 땐 바퀴 달린 보조기구에 의지해야 하지만 그녀는 외롭지 않다.

"나 말이야, 사람들이/ 친절하게 대해 주면/ 마음속에 저금을 해 두고 있어/ 외롭다고 느낄 때/ 그걸 꺼내/ 힘을 내는 거야// 당신도 지금부터/ 저금해 봐/ 연금보다/ 나을 테니까."

또 그녀가 시를 쓰고부터 달라진 풍경을 이렇게 노래했다.

"나 말야, 죽고 싶다고/ 생각한 적이/ 몇 번이나 있었어/ 그렇지만 시를 쓰면서/ 사람들에게 격려받으며// 이제는 더 이상/ 우는소리 하지 않아// 99세라도/ 사랑을 하는 거야/ 꿈도 꿔/ 구름도 타고 싶은 걸."

배운 것도 없고 늘 가난했던 일생, 결혼에 한 번 실패하고 두 번째 남편과도 사별하고 독거하면서 그 질곡桎梏 같은 인생을 헤쳐오며 백수白壽인 99년을 살아온 그녀가 잔잔히 들려주는 감동을 먹고, 삶을 추스르는 힘을 얻게 된다. 푸른 혈관이 다 비치는 주름지고 앙상한 손으로 써낸 평범하나 기적 같은 예기가 초고령사회의 공포에 짓눌린 일본사회를 위로하고 있다. 지금 현애탄을 건너와 우리에게 나지막하나 힘 있는 목소리로 말을 걸어온다. "인생이란 지금부터야. 그리고 아침은 반드시 찾아와. 그러니 약해지지 마. 힘을 내라고."

신묘년 토끼해다. 늙은이는 토끼처럼 순해 보이지만 껑충껑충 잘 달리는 토끼처럼 더욱 힘을 내 달리며 트위터든 창작이든 등산이든 나이를 거꾸로 먹는 도전을 계속하기 바라는 마음 간절하다. 인생 3 모작 시대 은빛 청춘으로 살아가자.

소통과 단절 사이

소리는 비슷한데 뜻은 천지 차이인 단어가 있다. '화난' 얼굴과 '환한' 얼굴이 그것이다. 사지는 멀쩡한데도 오만 인상을 찌푸리며 거리를 걷는 사람이 얼마나 많은가! 신문이 눈 밝은 독자를 만나면 지혜의 샘(NIE)이 되지만 무식한 독자를 만나면 곧장 폐지로 전락한다. 로댕을 만난 돌덩이는 '생각하는 사람'이 되지만 무지한 등산객을 만난 바위는 낙서장이 된다. 누구를 만나느냐. 이것은 운명 교향곡의 영원한 주제다.

사상가 파스칼은 인간의 비참함을 강하게 의식했지만 다른 한편으로 인간의 위대함에 열광했다. 그러면서 "인간의 위대함은 자신이 비참하다는 것을 알고 있음에 있다. 나무는 비참함을 모른다. 비참함을 모른다는 갓은 비참한 존재일 뿐이지만, 자신이 비참하다는 것을 아는 것은 위대한 존재다."라고 말했다. 이러한 인간의 이해는 우리 자신이 얼마나 고귀한 존재인가 하는 인격의 존엄성을 깊게 확인시켜 준다. 인간의 인격성장은 다른 사람과의 관계(Relatio) 안에서 가능하며 이 '관계성'은 인간 인격(persona)의 본질을 이룬다. 이 인격의 본질인 '관계성'은 단순 개인적인 차원만이 아니라 세상 안의 다양한 계층과 그 안에서도 중요한 요소로 작용하고 있는 것을 알 수 있다.

카토 도모히로[加藤智大·27]는 일본 북부 아오모리靑森에서 우등생이었다. 교육열이 대단했던 부모의 도움으로 명문 고등학교에 진학했으나 성적은 점점 나빠졌다. 그는 대학 진학을 포기하고 자동차기술전문학교를 택했다. 전문학교를 졸업한 뒤 여러 일자리를 전전했다. 그는 시즈오카[靜岡]현의 자동차공장에서도 비정규직 노동자로 구조조정의 불안에 시달렸다. 공부만 강요했던 부모에 대한 불만과 마음 놓고 얘기할만한 친구도 애인도 없는 외로움, 하류 인생이라는 패배감, 언제 해고될지 모르는 불안감으로 "이렇게 살 바엔 죽는 게 낫다."라는 의기소침은 곧 "성공한 놈들을 다 죽여버려."라는 증오심으로 돌변했다. 그는 렌터카 트럭으로 돌진하여 도쿄 아키하바라에서 보행자 세 사람을 치고 차에서 내려 주위 사람들에게 칼을 휘둘렀다. 누군가와 더불어 지내지 못하고 언제나 혼자였던 가토의 유일한 말 상대는 휴대폰과 인터넷뿐이었다. 현실에 없는 친구를 찾아 가상공간에서 날마다 수십 건, 많게는 수백 건의 글을 올렸다. 하지만 누구도 그에게 관심을 보이지 않았다. 그가 인터넷 게시판에 올린 글들은 "자신이 하는 일은 일로 인정받지 못한다. 쓰레기보다 못한 목숨."이라며 사회에 대한 분노와 자신을 부정하는 내용이 대부분이었다. 꿈도 비전도 없이 가족·친구와 등지고 혼자만의 소외되고 단절된 삶을 살았다. 같은 일본 땅에서 어려운 환경에서도 이와는 정반대인 누군가와 더불어 소통의 삶을 산 경우가 있다.

후쿠시마 사토시[福島智·47]는 생후 5개월 만에 안구염을 앓아 세 살 때 오른쪽 눈을, 아홉 살 때 왼쪽 눈까지 실명했다. 18세 때는 청력까지 잃었다. 그는 한 순간 이 세상에서 자신의 삶이 사라져버린 느낌을 받았다. "내 고통의 끝은 어디일까…." 18세의 시청각중증장애인의 일기는 분노와 절망의 늪에 빠져만 갔다. 그때 그의 곁엔 어머니가 있었다. 그의 어머니는 힘겨운 나날을 보내고 있던 사랑하는 아들의 손을 잡고 말을 걸었다. "사토시, 내 말 알아듣겠니?" 점자 타자기의 자판을 치듯 정해진 위치를 손가락으로 짚어 의사를 전달했다. 사토시는 자신도 모르게 "네"라고 대답했다. 그가 세상과 새롭게 소통한 순간이었다. 그는 빛과 소리를 잃었을 때 그곳에는 말이 없었다. 그리고 세상도 없었다. 어둠과 적막 속에서 혼자, 말없이 앉아만 있었다. 자신의 손가락이 그의 어머니 손에 닿았을 때 비로소 말이 태어났다. 그 자신이 손가락으로 다시 대화할 때 그곳에는 우주가 생겼고 다시 세상이 찾아졌다.

후쿠시마 사토시는 '손가락 끝의 우주'라는 자작시를 통해 당시 심정을 토로하기도 했다.

그는 시청각 장애인으로는 처음으로 도쿄도립대 인문학부에 합격했고, 장애인 교육을 연구 실천하며 명문 도쿄대 조교수에까지 올랐다. 그리고 2008. 6. 11. 자신의 경험을 분석한 논문으로 도쿄대에서 박사 학위를 받았다. 그는 한 방송사의 모교방문 프로그램에 출연했을 때 그의 초등학교 후배가 "나 같으면 딱 죽고 싶었을 것."이라고 했을 때 그는 "그런 생각은 단 한 번도 한 적이 없다."고 대답했다. 그러면서 그는 "사람과 사람의 대화는 물과 공기와도 같은 것."이라며 세상과 소통함으로써 자신의 존재를 확인했고 그리고 발전하기 위해 노력했다고 말했다. 손가락을 통해 가족과 친구 등 세상과 소통하며 생의 의지를 다진 경우와 혼자 휴대폰과 문자판만을 누르며 자신만의 세상에 갇혀 단절된 세상을 산 사람 사이의 극명한 대조를 보여주는 얘기다. 사람과의 커뮤니케이션을 통해 세상과 끈을 이어 살아온 후쿠시마와 그 의미를 외면한 채 스스로 소외된 삶을 산 가토의 삶이 어떤 결과를 가져왔는지를 일깨워주고 있다.

막심 고리키의 절규가 떠오른다. "삶이란 대단히 좋은 건 아니다. 지독하고 잔혹하다. 그렇다고 인생을 저버릴 만큼 지독한 건 아니다." 이 말이 설득력이 있는 건 그만큼 그의 인생이 험난했기 때문이다. 가난한 농촌에서 태어나 일찍 아버지를 여의고 11세에 학업을 포기, 막일로 가족의 생계를 도와야 했다. 자살시도·결핵·혁명·투옥·망명, 그의 예명 '고리키'는 고통·어려움을 뜻할 정도다.

여기 또 하나 자립심을 키워준 어머니를 만난 오체불만족의 장애소년 오토다케가 초등학교 선생이 되었다는 얘기는 봄꽃의 미소보다 그윽하고 향기로웠다. 사람을 키우는 것은 '사랑'이다. 데이비드 카퍼필드의 마술쇼에서나 봄 직한, 얼굴과 가슴은 있는데 휠체어 밑으로는 아무것도 보이지 않는 장애인이다. 경악이 경이로 바뀌는 순간이다. 그는 너무도 해 맑고 환한 얼굴이었기 때문이다. 그의 곁에는 사랑하는 어머니와 그 담임선생이라는 두 천사의 가르침이 있었기에 가능했다. 여기 한 사람의 천사를 더 하면 그를 교단에 서도록 배려한 교장 선생이다. '같이' 사는 세상이 '가치' 있는 세상이라는 걸 행동으로 보여준 본보기다. 일본 사람들의 얘기지만 이처럼 소통이 있는 이 시대 우리 가정과 사회가 된다면 우리 모두 좀 더 행복해지지 않을까 싶어서다. 소통으로 환한 얼굴은 우리 모두 행복할 테니까!

워낭소리를 들으며

다큐멘터리 영화 〈워낭소리〉를 봤다. '워낭'은 소의 귀에서 턱밑으로 늘어뜨린 방울cow bell이다. 소는 투박하고 느리게 움직일 때마다 땡그랑거리는 방울 소리를 낸다. 그 어원은 정확하지는 않지만 우낭牛囊이 워낭으로 음운이 변천된 것이 아닐까 생각된다. 워낭소리는 나 어릴 적 고향에서 할아버지 손잡고 소 꼴 뜯기며 소가 쟁기질을 하고 우마차를 끌던 시절에는 흔히 들어보던 정감 있는 소리다. 그러나 요즘은 시골에 가도 전부 기계로 농사를 짓고 트럭으로 짐을 나르는 시대가 되어 정겨운 워낭소리는 거의 들을 수 없다. 더욱이 자동차가 물밀 듯이 밀려드는 도심에서야 워낭소리를 듣는다는 건 언감생심이다.

영화 〈워낭소리〉의 배경은 경북 봉화군 청량산 기슭에 팔순의 주인과 마흔 살 된 늙은 소의 얘기다. 주인은 늙은 소의 여물을 챙겨주는 것으로 하루를 시작한다. 말 그대로 소는 한집 식구다. 아침밥을 먹으면 함께 들로 나가고 저녁때 일을 마치면 함께 집으로 돌아온다. 주인은 어릴 때부터 오른쪽 다리의 힘줄이 늘어져 평생 장애인 몸인데도 좀체 쉬는 일이 없다. 소도 마찬가지다. 마음 안 맞는 사이라면

생지옥이 따로 없으련만 그렇지 않은 것 같다. 오랜 세월 부지런함이 몸에 배서인지 주인과 소는 똑 닮은 데가 있다. 뚜벅뚜벅 느리광이 걸음걸이도, 힘겨워도 끝까지 포기하지 않는 옹고집도, 쇠똥과 진흙이 범벅돼 더께가 덕지덕지 눌어붙은 소의 엉덩이나 주인의 땀과 흙에 찌든 허름하고 꾀죄죄한 베잠방이와 손발톱 새에 낀 때꼽재기도, 한쪽 병든 다리를 질질 끌며 지게 짐을 지고 걷는 구부정한 주인과 늙은 소가 힘겹게 뚜벅뚜벅 짐수레를 끄는 야윈 몸뚱이는 둘이 아니라 운명을 함께한 하나였다. 둘 사이는 별말이 없지만 몸짓으로, 눈짓으로 대충 통한다. 들에 오갈 때마다 늙은 소가 끌어주는 조그만 수레에 의지하고 소와 함께 논밭을 일궈 농사를 지었다. 소처럼 우직한 주인이 우직한 소와 더불어 9남매를 낳아 기르고 교육을 시켰다.

늙은 주인은 남들이 농약치고 농기계를 부려 쉽게 농사를 짓는 걸 번연히 알면서도 고집스레 오직 소와 자신의 두 손발로만 농사를 지었다. 농작물에 일절 농약을 치지 않고 손수 모를 심고 낫으로 벼를 벴다. 농약을 치지 않고 농사를 짓는 것이 얼마나 어려운지 모른다. 예전에 집안 텃밭에 상추 쑥갓을 심었다가 농약을 쓰지 않는 바람에 벌레가 텃밭 채소를 망쳐버린 적이 있기에 하는 말이다. 농약을 쓰지 않는 건 유기농에 대한 신념에서가 아니라 농약을 치면 소에게 꼴을 먹일 수 없기 때문이라 했다. 소에게 손쉬운 사료를 주지 않고 손수 꼴을 베어 먹이거나 볏짚과 말린 꼴로 쇠죽을 쑤어 먹였다. 그 많은 세월 자신과 식구들을 위해 일해 준 데 대한 배려였으리라. 요새 젊은이들에게는 빠르게 변화하는 속도의 시대에 한참 뒤처진 삶으로 보일 것이다. 하지만 그는 소걸음처럼 느리게 사는 방식을 옹골차게 끝까지 견지하여 노년에 보기 드물게 다큐멘터리로 세상에 활짝 빛을 보게 된 것이다.

일하는 소의 평균 수명은 오래 살아야 20년이라는데 마흔 살이면 죽을 나이가 이미 지났다. 잘 일어서지도 못하고 죽을 날이 가까워진 소를 팔아야 한다는 안주인의 성화에 못 이겨 우시장에 가던 날 새벽, 마지막이라며 여물죽 한 바가지를 더 퍼주었지만 늙은 소는 큰 눈망울에 눈물만 흘릴 뿐 입에 대지 않는 걸 보면서 나도 모르게 눈시울을 적셨다. 주인의 마음을 아는 소의 느낌이 슬퍼서다. 우시장에 간 노인은 5백만 원을 호가하지만 2백만 원 밖에 줄 수 없다는 거간꾼의 말에 5백만 원을 안 주면 절대 안 팔겠다고 고집을 부려 결국 소를 끌고 그냥 집으로 돌아오고야 만다. 집에 돌아와선 추운 겨울을 따듯이 보내기 위해 느린 걸음으로 또 나뭇짐을 져 날랐다. 그렇게 힘겹게 지내던 어느 날 소는 마지막 숨을 거두었다. 주인은 소를 사람처럼 땅에 묻어 장사를 지내고 이내 워낭소리와 함께 그의 가슴에 묻었다.

여기에 그쳤다면 조금은 싱거운 얘기가 되지 않았을까 싶다. 다큐멘터리의 조연격인 안주인이 들려주는 주인영감에 대한 지청구는 단연 엔터테인먼트로서 백미다. 몸이 아파도 쉴 줄도 모르고, 농기계와 농약을 쓰지 않아 많은 일거리를 주어 지치게 하는 그 고집에 대한 불평과 신세타령조의 감칠맛 나는 입담은 다큐멘터리의 내레이션을 듣는 것 같다. 또 한편 주인영감과 말 못하는 소 사이 갈등을 해소하고 서로 소통할 수 있는 해학적 입담에 감동하게 된다.

12간지干支에 나는 것(용)과 기는 것(뱀)을 빼면 가장 느린 동물이 소다. 제일 듬직하고 우직하기만 하다. 닭 · 쥐 · 토끼는 방정맞고, 돼

지는 뒤뚱거리며, 개·원숭이는 천방지축이고, 말과 호랑이는 날쌔지만 다급하다. 어디로 튈지도 모르고 불안하기만 하다. 소의 걸음은 육중하고 우아하기도 하다. 한 발짝 한 발짝 신중하게 옮겨 놓는다. 그 큰 몸뚱이는 균형을 잃지 않고 느리지만, 뚜벅뚜벅 쉼 없이 걷는다. 마치 장고 끝에 중대사를 결재하듯, 땅에 도장을 찍듯이 발을 옮긴다. 미련스럽고 우직하지만 실족失足이 없는 게 우보牛步의 미덕이다. 그래서 소가 실족했다는 얘기를 들어 본 적이 없다. 어찌 보면 자질구레한 일에 둔감하고 낙천적인 표정과 신중하고 듬직한 실천을 결합해 육중한 몸을 전진시키는 우보의 기품으로 오늘의 경제위기의 불안을 달래면 어떨까!

농업의 기업화 세계화가 시대의 대세다. 우리에게 외양간에서 쇠죽을 먹으며, 들판에서 쟁기에 끌려 논밭을 갈며 댕그랑대는 〈워낭소리〉는 점점 사라져가는 것에 대한 송가일는지 모른다. 하지만 농부와 소가 몸으로 들려주는 고달픈 노동에 대한 찬가, 한 집 식구로서 부모·자식 못잖은 끈끈한 관계는 지금 우리 시대 아니 지금처럼 어려운 경제난을 겪는 우리에게 더 정감 넘치는 울림을 주었다. '소걸음'으로 상징되는 느림의 미학, 꾀부리지 않고 묵묵히 일하는 우직함을 담은 〈워낭소리〉를 마음에 새기면서 오늘의 위기와 난관을 극복할 수 있는 지혜를 터득했으면 좋겠다. 소의 지혜, 그 티 없는 순수 우직함과 느림의 미덕을 닮아 살아갔으면 싶다. 어려운 시대를 살면서 너무 빠르게 쉽게만 살려고 하는 건 아닌지 〈워낭소리〉의 주인영감과 소와 안주인 사이에서 나 자신을 되돌아보는 시간이었다.

창조적인 시간을 위하여

요즘 테크놀로지 정보화시대여서일까. 사람들이 실시간으로 움직이는 빠르고 많은 정보를 얻기 위해 눈과 귀, 머리와 손가락을 잠시도 쉴 틈 없이 움직이는 것을 보게 된다. 버스나 지하철에서도 습관처럼 스마트폰을 열심히 들여다보며 손가락을 놀린다. 스마트폰이 컴퓨터를 휴대폰에 옮겨놓으면서 손으로 책장을 넘기듯 아날로그의 느낌을 살려 사람들의 마음을 사로잡고 있다. 얼마 전까지 많은 사람의 무료함을 달래주었던 스포츠신문이나 무가지는 이제 스마트폰에 그 자리를 빼앗긴 느낌이다. 나도 얼마 전까지 내 마음의 여유와 시간을 가격도 만만치 않은 스마트폰에 뺏기지 않기 위해 구형 휴대폰을 고집하다가 결국, 스마트폰 대세에 빠져들고 말았다. 내 마음의 여유를 가지려고 조용히 앉아 명상하거나 창밖의 정경을 물끄러미 바라보는 시간적 여유를 즐기고 싶어서였다.

내게 남은 삶의 시간이 얼마인지 모른다. 앞으로 남은 삶의 시간이 짧은 반면 알고 싶고 하고 싶은 건 오히려 더 많아진 것 같다. 아직 마음은 지식욕에 불타고 있기 때문이다. 그래선지 요즘 하루가 얼마나 빨리 가는지 모른다. 우리 눈을 현혹하는 각종 정보과다 영향이기도 할 것이다. 현직에서 물러나 비록 툇마루에 앉아 저녁놀을 바라보고 있는 나이지만 시간을 무료하게 보내지 않고 바쁜 일상을 보낼 수 있는 건 분명히 축복이다. 시간을 내서 서예와 시·수필·칼럼을 쓰면서도 노년의 건강을 지키기 위해 시간만 나면 산행을 즐기고 각종 모임 등으로 짜인 일상에 젖어 지내다 보니 마음 놓고 편히 쉬는 시간을 갖지 못하는 경우가 많다. 또 쉬는 시간이 편안한 시간이 되지 못하고 오히려 별로 아는 것도 없고 너무 미진한 게 많은 것 같아 뭔가 지적知的으로 아쉽고 허전하게 느껴지기 때문이다.

근간에 시간을 버는 방편으로 자가용차보다 지하철 등 대중교통이나 그냥 걷기를 좋아한다. 승용차를 운전하다 보면 속도 때문에 한눈팔 겨를이 없고 위험을 경계하느라 마음도 쉴 틈이 없기 때문이다. 실시간으로 움직이는 정보를 전해주는 스마트폰도 아예 가방 속에 넣어두고 잘 보지 않는다. 가급적 스스로 아무것도 하지 않은 채 마음을 비워두고 쉬게 하고 싶어서다. 자투리 시간에 신간 책을 읽기도 하지만 명상에 잠기는 시간을 즐기면서 조용히 있는 순간에 좋은 상상想像이 떠오르며 창조적인 시간이 됨을 경험할 때가 있기 때문이다. 또 자투리 시간에 가장 유용하게 할 수 있는 것 중의 하나가 바로 나 자신과 만나는 일이다. 자신과 대면하는 일은 자신의 역량을 어떻게 길러 나가야 할지 모색할 수 있게 한다. 하여 내 어깨에는 항상 조그만 책가방과 메모지와 펜이 준비돼 있다. 짧은 시간이나마 쓸모 있게 보내고 내 마음을 상상으로 채우고 그걸 기록으로 남기기 위해서다. 잠시나마 아무것도 하지 않은 자투리시간이 상상하고 꿈꾸는 시간이 될 때 마음은 더없이 흐뭇하고 보람을 느끼게 된다. 그러니까 길거리나 지하철에서 보내는 자투리 시간이 상상력을 갖고 창조력을 키우는 시간이 되는 셈이다. 버스나 지하철을 탈 때, 산행길에서 눈에 보이는 것들이 내가 움직이는 데 따라 움직이며 생각을 활성화시키기 때문일 것이다. 실내는 막히고 정지된 공간이지만 길은 열려 있고 항상 움직이는 공간이다. 우리 눈에 보이는 밖의 활기찬 공간은 우리의 내면을 자극하고 깨우쳐 준다.

사람들에게 휴식과 방심이 비생산적으로 보일 수도 있지만, 그 시간이 내면적으로 임무와 책임감으로부터 잠시나마 해방될 수 있는 시간이 될 수 있다. 이때 억압돼 있던 창조적인 상상력이 자신도 모르는 사이에 자연스레 풀려나와 활동하게 되는 것 같다. 그래서 로마의 정치가 카토는 "사람이 아무것도 하지 않을 때보다 더 활동적인 순간은 없으며 고독 속에서만큼이나 혼자 아닌 순간은 없다."라고 했다던가. 사람들은 대개 유익한 정보나 생산적인 일로 시간을 채우려고 노력한다. 그렇지만 뭔가 하기에는 어중간한 15분 안팎의 자투리 시간이라도 머리를 비워두는 것이 창조적인 생각과 상상력이 활발해지도록 자신을 위해 배려하는 방법이라는 걸 잘 모르고 지내는 사람들이 뜻밖에 많은 것 같다. 이 자투리 시간에 머리와 마음도 숨 쉴 수 있는 틈을 주어야 한다. 자투리 시간이나마 채우려고만 한다면 내면에 숨어 있는 무한한 창조적 잠재력은 위축되거나 질식해 버릴지도 모르기 때문이다.

사람 두뇌의 중요한 기능은 여러 기억을 종합하고 분석하며 추론하는 기능 즉 생각하고 창조하는 능력이다. 우리나라가 선진국에 진입하기 위해서는 다양한 정보를 융합해 새로운 것을 만들 수 있는 창조적인 사고력을 가진 사람들이 필요하다. 본래 빈 마음이 사람의 본마음이다. 마음을 텅 비우고 있어야 거기에 울림이 있다고 한다. 울림이 있어야 삶이 신선하고 활기 있는 머리에 창조력이 나온다는 것이다.

지금 우리 사회에 생각하는 두뇌를 가진 사람들이 자투리 시간이나마 머리를 쉬게 하여야 한다. 생각에도 숨 쉴 틈을 주어야 유익한 창조력을 키울 수 있을 테니까 하는 말이다. 산과 들에 야생화가 피어 있고 새들이 우짖는 푸른 계절이다. 잠시 일상을 접고 푸른 산과 강을 바라보며 머리를 비우자. 비우는 것은 곧 채우는 것이라 하지 않았던가.

인생이란 시간의 작은 조각들을 맞춰서 커다란 그림을 만들어낸다는 점에서 퍼즐과 같다. 여기에 차이점은 있다. 퍼즐은 어떤 그림으로 맞춰야 하는지 이미 완성된 모양을 보여주지만 창조적 삶은 그렇지 않다. 그 상상의 창조력은 그 조각을 다 맞출 때까지 어떤 그림이 나올지 아무도 알 수 없다. 조금씩 조금씩 남는 빈틈이 모여서 소담스런 꽃을 피울 수 있어야 한다. 시간은 우리의 영혼을 만드는 유일한 재료다. 조각조각 토막 난 자투리 시간만 남게 되는 것이 이 시대의 보편적 특징이다. 시간 관리는 바로 자투리 시간을 어떻게 쓰느냐의 동의어다. 틈틈이 나는 자투리 시간이 바로 상상력과 창조적인 시간이 될 수 있도록 마음의 여유를 가져야 하겠다. 창조적인 일에 꼭 긴 시간만 필요한 게 아니다. 천재도 99%의 노력과 1%의 영감에 의해 이뤄진다고 하듯 보통 사람의 창조력도 단 몇 분의 짧은 순간에 떠오를 수 있는 1%의 영감을 잘 활용해야겠다. 성경(열왕상17:9~16절)에서 "작은 것이 위대하다."라는 말은 시간개념에도 들어맞는 것 아닌가 싶다. 자투리 시간이 창조적인 시간이 될 수 있도록 잘 관리할 수 있는 지혜를 터득하자.

안양 평촌 신도시의 꿈

안양安養은 그 이름만으로도 안락함을 느낀다. 요즘 눈부신 오후 햇살이 더할 나위 없이 편안함으로 다가오는 가을이 익어가고 있어 안양다운 삶의 맛을 더 느끼게 된다. 안양은 산스크리트어로 극락極樂이다. 불교에서 아미타불의 극락정토淨土로 변이·성쇠·지옥·아귀·축생·싸움도 없고 '불한불열不寒不熱' 덥지도 춥지도 않으며 이르는 곳마다 보배와 연꽃이 피어 있는 안락세계다. 평촌坪村은 정방형의 평평한 곳에 자리 잡은 신도시계획으로 이루어진 빌리지village다. 이처럼 살기 좋은 평촌 신도시에 새 둥지를 틀고 살아온 지 어언 14년째다. 처음 신도시는 모든 게 어설프기만 했다. 시멘트 덤터기 아파트만 겨우 들어섰을 뿐 도로·교통·교육·문화시설이 제대로 들어서지 안 했기 때문이다. 그동안 나라 경제와 도시의 역사 문화가 향상됨에 따라 살기 좋은 도시의 면모가 갖추어져 다행히 아닐 수 없다.

안양 평촌신도시는 우선 가로가 시원스럽다. 사통팔달 큰 길이 전답처럼 넓고 길게 쭉쭉 펼쳐져 교통소통이 잘 돼 질서 있고 편안한 분위기를 자아낸다. 신도시 역사가 길어진 만큼 아파트주변 가로수가 긴 터널을 이뤄 봄이면 아름다운 벚꽃궁전이 꾸며지고 여름이면 푸른 숲이 별장지처럼 아늑하며 가을이면 노랑 빨강 주홍빛갈의 단풍으로 수채화갤러리가 되고 겨울이면 하얀 설경의 아름다움에 취해 탄성이 저절로 나오게 된다. 살기 좋은 도심에 심성 좋고 여유 있는 사람들이 모여들다 보니 곳곳에 자리 잡은 초·중·고등학교가 모두 명문이 되어 아파트는 내놓기가 바쁘게 이삿짐들이 오르내린다. 아파트 주변의 차 없는 거리는 맑은 숨을 들이쉴 수 있는 산책로가 되고 자전거 달리기에도 안성맞춤이어서 건강에 많은 도움을 준다. 더 크게 움직이고 싶을 땐 중앙공원이나 자유공원으로 나가면 하루 운동량을 쉽게 충당할 수 있는 축구장·농구장·롤러스케이트장·자전거도로와 시원스레 품어 올리는 분수대 등이 아주 편리하고 청결한 공간을 제공해 준다. 또 멀리 외곽으로 바라보이는 아름다운 산세山勢의 스카이라인이 시원스런 눈 맛을 느끼게 한다. 청계산(618m)·수리산(475m)·모락산(385m), 관악산(629m)이 동서남북으로 병풍처럼 둘러싸여 형형색색의 꽃과 벌 나비 풀벌레 소리, 우거진 푸른 숲 속 새들의 지저귐 등 자연의 소리를 들을 수 있고, 풍성한 과실과 꽃처럼 물들인 단풍, 하얗게 뒤덮인 눈꽃으로 4계절 그 나름의 아름다운 풍광은 시민이 스포츠로서 등산과 함께 풍류를 즐기며 정서함양에도 좋아 마음은 넉넉하고 여유로워 진다. 곳곳의 등산로와 공원·약수터 등에는 최신 운동기구와 벤치 등을 시설하여 시민들의 편의를 배려해준 지자체에 고마움을 느끼기도 한다. 식생활문화의 편리함 또한 돋보인다. 항상 품질 좋은 제철식품이 풍부한 농수산물시장과 여러 곳의 마트·백화점이 바로 인근에 있고 먹거리촌이 14개의 문으로 손님을 부르고 있어 식도락가의 미식을 즐길 수 있어서 좋다. 도시가 아파트·주택·학교·교회·공원으로 이뤄져 언감생심 퇴폐유흥업소가 고개를 들 수 없어 환경이 깨끗하고 안정된 분위기에 절로 살맛 나는 도시다. 격변의 시대에 예측 가능한 사회가 이런 게 아닌가 싶다.

지금의 안양 평촌신도시는 이처럼 세계 어느 도시와 비교해도 별 손색이 없을 정도의 수준을 갖추고 있다. 미국 노스캐롤라이나 시골에서 5년간 살다가 귀국한 막내딸이 미국도 이처럼 일상생활에 편리하도록 아기자기하게 꾸며지지는 않은 것 같다고 한다. 아직 공연예술관 도서관 등 선진국 수준에는 미치지 못한 부분도 있지만, 세계 12위 경제에 걸맞은 도시 환경에서 살고 있다는 자부심을 갖게 된다. 그러나 지금 안양 평촌 신도시는 우리 수준의 삶에 맞는 우리끼리만 살기 좋은 도시가 아닌가 싶다. 우물 안 개구리가 드넓은 강물을 넘보지 못하듯 세계화 수준의 도시에는 미치지 못하기 때문이다. 이제부터라도 좀 더 멋있는 21세기 글로벌 도시로의 꿈을 펼쳐봐야 하지 않을까 싶다.

유럽에서 새로 부상되는 도시를 보면 알파벳 T자로 시작되는 세 가지 요소를 갖추고 있다. Talent(재능), Technology(기술), Tolerance(관용)가 그것이다. 재능의 요소는 창의적인 사람들이 차지하는 비중을 뜻한다. 컴퓨터 프로그래머·엔지니어·과학자·예술인이 많이 모여드는 사회다. 기술은 하이테크 분야인 정보기술·생명공학에 대한 연구와 기술을 개발하는 시민층이다. 관용은 다양한 인종·문화·생활방식의 공존·융합을 촉진하는 개방적인 도시다. 한 예로 네덜란드

암스테르담은 인구의 47%가 지식과 창의적 재능을 가진 취업자들이며, 도시민의 절반이 토착 네덜란드인이 아닌 외국인이라고 한다. 그 외에도 행복한 도시의 조건은 양질의 교육과 건강보장 시스템이다. 선진국 대다수는 시민을 부자로 만들어주는 시정市政보다는 시민을 행복하게 만드는 시정을 원한다는 조사 결과가 말해 준다. 우리의 천문학적인 사교육비로 시민의 허리가 휘어지는 가운데 평촌의 빽빽이 들어선 학원가와 몰려드는 학생들을 보면 가슴이 답답할 지경이다. 또 적자투성이 건강보험제도는 위태위태해 마음 놓고 아플 수도 없는 형편이 안타깝다.

치열한 국제경쟁을 동반한 세계화는 그 덫과 그늘이 분명히 있지만 그건 거스를 수 없는 변화의 대세다. 시대의 변화를 외면할 때 그 대가가 어떤 것인지는 뼈아픈 우리 역사적 경험이 증언해 주고 있다. 불과 한 세대 전 유럽의 최빈국 아일랜드가 세계화의 물결에서 '강한 나라'가 될 수 있었는지는 그들의 지식·창의성·개방전략이 웅변으로 말해주는 사례다. 안양 평촌 신도시가 세계에서 가장 밝고 멋있는 행복한 도시로 더욱 발전되기를 바라는 '꿈'을 그려본 것이다. 지금 변화의 시대다. 변화한다는 것은 새로워지는 것이다. 안양평촌신도시가 날로 세계적인 행복한 도시로 발전하기를 기대한다.

성공시대 한국인 이야기

"달달 무슨 달/ 쟁반같이 둥근달/ 어디 어디 떴나/ 남산 위에 떴지…"이 노래를 부르던 60여 년 전 소년은 지금 머리에 무서리가 내려앉은 70대다. 고향을 떠나온 지 50여 년 가슴에 뻥 뚫린 구멍으로 쏴 하고 소슬바람이 쓸려가는 나이, 휘영청 밝은 달빛 아래 뜰 안 평상에 앉은 노년의 초연超然한 뒷 그림자가 눈에 가득하다.

한가윗날 평상에 둘러앉은 할아버지 할머니가 손자 손녀에게 들려주는 이야기는 집안의 역사이고, 아버지가 아들에게 전해주는 동네의 내력來歷은 나라의 현대사다. 한가윗날 부자조손父子祖孫이 둘러앉아 주고받는 평상 위 역사교실은 성공시대 주역들의 차지여야겠다. 역사란 본래 자신이 보고 들은 것을 후진들에게 읊어 들려주는 데서 시작되었다. 장님 시인 호메로스는 트로이전쟁의 실상을 『일리아드』『오디세이』를 통해 읊어 들려줬고 불제자 아난阿難은 '나는 이렇게 들었다如是我聞'는 말로 부처의 거룩한 생애와 말씀을 읊어 전해 주었던 것이다. 지금 우리는 무엇을 전해 주어야 할까?

해방 이후 60년사는 미·소에 의한 남북분할점령, 6·25사변,

120

4·19, 5·16 군사혁명, 산업화와 도시화, 민주항쟁, IMF 등 고난과 격변의 역사였다. 해방정국에 좌파가 유리했던 당시 이승만 전 대통령이 대한민국을 세우고 지켜내지 못했다면 지금 우리는 어떻게 됐을까! 당시 이승만 전 대통령의 경쟁자는 김일성이었다. 만일 거꾸로 북한에 이승만 민주체제가, 남한에 김일성 공산체제가 들어섰다면 우리의 운명은 어찌 됐을 것인가. 남한의 어느 거리에서 공개처형의 총성이 울리고 산골짝 곳곳에 정치범 수용소가 들어섰을 것 아닌가. 박정희 전 대통령의 경쟁자는 북쪽의 김일성과 남쪽의 민주화에 앞장섰던 김영삼·김대중 전 대통령이다. 박정희 김일성 간의 승부는 18년 독재정권이 국민소득 67달러에서 1,644달러로 올라선 데서 결판났다. 이 발판 없이 오늘 세계 10위권 경제대국의 성공시대를 이뤄냈을 것인가. 같은 기간 동안 김일성과 그의 아들 김정일은 1백만 명 이상의 북한 주민을 굶겨 죽이고 그만한 수의 주민을 깡통을 채워 국경을 넘게 하고도 지금 3대 세습을 획책하고 있다. 남쪽의 경쟁자였던 양 김 전 대통령 아들들의 부정부패와 IMF의 침체했던 경제와는 확연히 달랐던 박정희 전 대통령의 개발 독재에 대해 다수 국민은 사실상 정치적 복권을 해줬다 해도 과언이 아닐 것 같다. 지난 60년간 우리 국내 총생산(GDP)은 746배, 수출은 1만 6,000배로 늘었다. 1인당 국민 소득은 2만 달러로 298배가 됐다. 이 경제 성장은 통계로 쉽게 확인되는 수치다. 53년 당시 우리보다 두 배나 잘 살았던 아프리카의 가나는 지금 우리 국민 소득의 30분의 1밖에 안 된다. 해방 직후 정부예산의 85%를 미국원조에 의존했다. 우리 정부예산은 미국의 원조규모가 정해진 다음에야 짤 수 있었던 시대였다.

민주화 역시 평가받고 있다. "한국에서 민주주의를 기대하는 것은 쓰레기통에서 장미꽃 피기를 기대하는 것"과 같다는 비아냥거림을 듣던 나라로 제2차 세계대전 이후 식민지에서 해방된 나라 가운데 한국은 민주화 산업화를 동시에 이룬 유일한 나라로 인정받고 있다. 이 모두 우리 손으로 일궈냈다. 지금 해방 65년, 건국 62년 만에 대한민국은 고고의 일성으로 외쳤던 자유민주주의와 시장경제질서의 성공 시대 신화를 보여주고 있다.

65년 전 건국의 정신이 옳았고 여러 우여곡절에도 근대화에 성공했다. 물론 그 과정에서 시련과 역경도 많았고 어두운 흔적도 적지 않았다. 압축 성장 과정에서 도덕과 윤리와 인권이 무시되던 시절도 있었다. 이는 국가와 민족의 생존에 한두 사람의 지도자나 사업가, 우수한 운동선수만이 아니라 위로는 대통령으로부터 아래로는 민초들에 이르기까지 우리 국민 총화의 역량이기 때문이다. 한국 성공의 역사에는 국민에게 감동을 준 수많은 스타가 있다. 거꾸로 그 스타들 속에 한국의 역사가 스며 있다. 스타들 속에는 성공 시대를 위해 겪었던 국민의 고뇌와 눈물이 있다. 수천 년의 가난에서 벗어나려고 몸부림쳤던 1970년대 이후 오늘에 이르기까지 생계형 스포츠 선수들이 그렇다. 헝그리 복서는 시뻘건 눈으로 샌드백을 두들겼고 하나둘씩 세계챔피언이 되었다. 아가씨들은 봉제·가발공장에서 밤늦게 졸린 눈을 비비며 라디오 실황 중계를 듣고 응원을 했다. 복서가 쓰러지면 같이 쓰러지고 일어나면 같이 일어났다. 선수들의 승전보는 국가 수출목표 달성의 청량제였다. 1998년 외환위기로 모든 국민이 지독한 고통을 겪으며 신음하고 있을 때 스물한 살의 낭자 박세리가 혜성처럼 나타났다. 그때까지 하얗고 날씬한 서양처녀들의 잔치판 LPGA 잔디밭에 다리가 통통하고 얼굴이 그을린 한국 아가씨가 챔피언이 된 것이다. 박세리는 헝그리 골퍼였다. 밥이 아니라 지독한 승리욕에 고팠다. 계단을 오르내리며 다리통을 만들고 귀신이 운다는 공동묘지에서 담력을 길렀다. 98년 한국의 위기에 필요했던 승부사 정신에 박세리는 기막히게 궁합이 맞았던 것이다.

경이로운 운명의 배려인가. 외환위기보다 더한 생사生死의 한복판에서 김연아가 요정처럼 나타났다. 여자 피겨는 다른 스포츠와는 차원이 다르다. 개인의 피나는 노력에 더하여 몸 자체가 명품으로 태어나야 한다. 루마니아의 체조요정 코마네치처럼 피겨도 몸과 연기가 일체가 되어야 명작이 되는 예술적 스포츠다. 오랜 세월 하얗고 날렵한 서양 선수들의 텃밭에서 김연아는 역사적인 세계신기록을 세웠다. 최근엔 월드컵축구에서 17세 처녀들이 1위로 세계를 들었다 놓았다. 그 밑바탕에는 한국경제개발 성공 40년 만에 세계적인 명품들을 만들어내고 있는 것이다. 평균 신장은 중국·일본보다 크고 유럽의 이탈리아와 비슷하다. 보릿고개에 배를 곯으면서도 공장의 기계를 돌리고 철을 만들며 중동으로 달려갔던 1960~1980년대 할아버지 아버지 세대가 이런 명품을 예약해 놓은 것이다. 한국의 김연아를 비롯한 젊은 스포츠 선수들의 동선動線에는 경제성장과 민주화의 경이로운 성공의 역사가 숨어 있다. 대한민국의 각계각층의 수많은 역군이 그동안 쉬지 않고 달려온 거친 숨결의 드라마가 숨어 있는 것이다.

그러나 아직 우리나라는 선진국이 아니다. 앞으로 계속 성공시대의 역사를 열어가기 위해 대-한 민국을 소리 높이 외치면서 한마음으로 경제적 역량을 발휘하고 역사적 국민통합의 길로 나아가야만 선 진국 문턱에 진입할 수 있다. 어려웠던 시대를 살아온 이 초로의 '성 공시대 한국인 이야기'를 계속 만들어 나갈 수 있었으면 좋겠다.

혼자만 잘 살면 무슨 재민가!

"돈이 최고다"라고 흔히 말한다. "그 친구 뭔데? 뭐니? 뭐냐고?"하면 "뭐긴 뭐야 머니money지"라고 말하면 정답이라고 들은 적이 있다. 돈이 사람 위에 있는 것이다. 돈으로 사람을 평가한다. 돈은 '돈다'고 돈이라 했다던가. 돈은 이 사람에게서 저 사람으로, 개인에게서 은행으로, 은행에서 기업으로. 다시 개인으로 돌고 돈다. 사람이 돈에 정신이 팔리거나 돈에 눈이 어두워지면 돈 사람이 되기에 십상이다. 돈 때문에 돈 사람이 많다. 그렇게 돈 사람이 돈을 잘 못 주무르니 세상이 잘 못 도는 것이다. 잘 못 도는 돈 때문에 온통 세상이 시끄러웠다. 그 잘 못 도는 돈 때문에 사회 지도층 인사들이 줄줄이 쇠고랑 차고 감옥에 들어가고 심지어 전직 대통령까지 죽이는 바람에 사회적 혼란과 함께 많은 비용을 치러야 했다. 오늘 이렇게 된 원인은 우리 모두의 책임이다. 돈을 움켜쥔 사람, 돈을 낭비한 사람, 돈을 잘못 돌린 사람, 돈의 행정을 잘 못한 사람 등 우리 모두 이 가운데 어느 하나에 해당되는 사람들이 아닐까. 돈에 대한 잘못을 우리 다 같이 통감해야 한다는 생각이다. 돈이면 다고 돈이면 최고라고 인식하는 한

이래도 저래도 돈 때문에 문제가 발생 하게 마련이다.

인간은 돈보다 위에 있어야 할 존재적 가치다. 인간이 돈 위에 있어야 하고 돈을 건전하고 정의롭고 합리적으로 써야 한다. 그렇게 되면 돈이 사람을 지배하는 것이 아니라 사람이 돈을 지배하게 될 것이다.

미국 LA의 디즈니랜드를 만든 월트 디즈니는 가난해서 농장의 머슴으로 살며 비료를 쌓아둔 헛간에서 빗방울을 맞으며 잠을 잤다. 디즈니는 그 시절이 참으로 행복했다고 말했다. 그의 어릴 적 취미가 그림이었다. 헛간 생활시절 헛간에 사는 쥐를 그렸다. 그게 뒷날 만화 '미키 마우스'가 된 것이다. 디즈니가 헛간 생활이 참으로 행복했던 이유를 이렇게 말했다. "할 일이 있었고, 먹을 것이 있었고, 잠자리가 있었고, 그림을 그릴 수 있었고, 주인의 딸을 사랑하는 마음이 있었기 때문이다."라고 했다. 이 얼마나 순수 소박한 생각인가. 인간의 행복은 결코 돈이 아니라 주위 환경과 더불어 조화를 이루고 사는 데에서 행복을 느끼며 살 수 있음을 알게 된다.

러시아의 세계적인 문호 톨스토이가 길을 가다가 구걸하는 거지를 만났다. 그는 적선하고 싶어 호주머니를 뒤져봤으나 그날 따라 동전 한 푼이 없었다. 톨스토이는 거지에게 다가가 손을 잡아주며 "형제여, 미안하오, 오늘따라 마침 동전 한 푼도 가진 게 없구려. 정말 미안하오." 그때 거지는 만족스러운 얼굴로 말했다. "돈이 문제입니까. 저는 선생님으로부터 돈보다 값진 것을 받았습니다. 선생님은 저를 형제라 불러주시며 따뜻이 손을 잡아 주신 것으로 저는 만족합니다." 갑자기 화재를 당해 살림을 다 태워버린 부부에게 이웃 사람들이 찾아와 위로의 말을 했다. "모두 타버렸으니 참으로 안 됐군요." 이때 부부는 아이의 손을 꼭 잡고 "집과 살림은 모두 타버렸지만 우리 가정의 행복은 남아있습니다."라고 말할 수 있는 건 돈으로부터 초연한 마음을 가진 사람만이 할 수 있는 말일 것이다.

어느 날 식당에 갔다가 주부들의 모임에서 무심코 뱉은 얘기를 들은 적이 있다. "나라 전체가 궁상떠는 꼴 보기 싫어 죽겠어. 정말 듣기도 지겨워." 이 말을 옆에서 듣는 순간 남편이 실직한 한 주부는 격분했다. 직장 생활을 하다가 그만두고 전업주부로 살아온 두 아이의 엄마는 슬펐다. 남편이 직장을 그만두면서 중산층의 삶은 신기루처럼 무너졌다. 며칠 새 날마다 한 가지씩 끊었다. 우유 끊고, 아이 학원 끊고, 슈퍼 가는 발걸음 끊다 보니 하루하루가 힘겨운 싸움이었다. 남편이 즐겨 듣던 레코드판까지 팔기 위해 아름아름 동창모임까지 찾아갔다가 큰 충격을 받았다는 것이다. 이게 바로 우리 주변의 현실이다. 빈부격차가 크게 벌어졌다는 뉴스가 들려오지만 의식의 격차는 더 무서운 것 같다. 별로 물려받은 재산도 없이 월급만으로 살아가는 중산층과 저소득층은 한때 거품 속에서 살았지만, 월급 깎이고 퇴출 물결이 밀려드니 어떻게 살아야할 지 막막하기만 하다. 여기에 상대적으로 있는 사람들은 충격을 덜 받게 마련인가 보다. 주위에서 직장을 잃고 생계를 걱정하는 마당에 사람 부리기가 쉬워졌고 골프장 부킹도 쉬워졌다고 좋아하는 사람도 있다니 말이다.

IMF 이전 90년대 중반, 스스로를 중산층에 속한다고 생각했던 국민이 86%에 달한 적이 있다. 그게 지난해에는 56%로 하향 곡선을 긋고 있다니 걱정이 앞선다. 각박한 세상에 '가진 자'의 오만과 '못 가진

자'의 분노가 쌓이면 사회가 또다시 혼란스럽고 폭발하지 않을지 두렵기만 하다. 극도의 황금만능주의는 개인주의를 낳고 개인주의는 남이야 어떻게 되던 나만 잘살면 된다는 식의 놀부 근성으로 공동체생활에 대해서는 오불관언吾不關焉이다. 혼자만 잘살면 무슨 재밀까!

주위 사람들을 자기 자신과 분리돼 있는 것으로 보는데 폭력의 본질이 있다고 한다. 흔히 자연생태계에서 보듯이 인간이 몸담고 있는 공동체도 서로서로 연관을 맺고 있다. 사람을 인간人間이라고 한 것은 참으로 의미심장하다. 사람과 사람 사이에 서로 어울려 살아야 사는 재미가 있다. 내가 지금 이렇게 사는 것은 다른 모든 사람의 덕택이지 혼자만의 힘으로 되는 것이 아니다. 내가 사는 방식이 주위 사람들에게 상처를 주거나 방해가 되지 않은지 헤아려보는 것이 어려운 시대를 이웃과 더불어 살 수 있는 삶의 지혜라 생각한다.

중산층의 기준을 소득과 생활수준으로 따지는 양적인 것보다는 옛 우리 전통사회에서처럼 문화적 가치에 두면 어떨까 싶다. '두어 칸 초가에 두어 이랑 전답을 가꾸고 겨울 솜옷과 여름 베옷 각 두벌 있으며 눕고 남은 방바닥이 있고, 입고 남은 옷이 있으며, 주발 바닥에 남는 밥이 있다.'고 했다던가. 요즘 돈만을 따지는 세상 사람들에게 옛사람들의 여유와 낭만적인 삶을 일러주고 싶어 해본 말이다. 여기에 좀 더 있을 수 있다면 '오직 서적 한 시렁, 거문고 한 벌, 햇볕 쬘 쪽마루, 차茶 달일 화로 하나, 늙은 몸 부축할 지팡이 하나, 봄 경치 찾아다닐 나귀 한 마리(요즘엔 중고차 한 대)라면 뭘 더 바랄까' 싶단다.

사람은 어떻게든 사는 날까지는 살아야 한다. 그러기 위해서는 포기하지 말고 희망을 가져야 한다. 김현승 시인처럼 빵 없는 땅에서도/ 배고프지 않은/ 물 없는 바다에서도 목마르지 않은/ 우리의 희망의 나라로 나아가자. '험한 바닷물결/ 건너 저편 언덕에…/ 자유·평등·평화·행복 가득한 곳/ 희망의 나라로' 희망이야말로 우리의 깨어 있는 꿈이다. 너와 나 우리 모두 더불어 잘 살아야 사는 재미를 느끼며 서로 희망을 보며 살 수 있다는 것을 우리 다 같이 깨달았으면 좋겠다.

Part 4

공공公共의 선善

참척惨慽의 한 경찰관 아버지처럼…

아버지가 아들을 먼저 잃는 것을 참척이라고 한다. 아버지가 돌아가시면 하늘이 무너진다[天崩]고 하지만 자식의 어버이 생각하는 마음이 어버이의 자식 생각하는 마음에 못 미침을 여러 문인이 남긴 글을 통해서도 알 수 있다. 당해 보지 않은 사람이 그 참혹한 슬픔을 어찌 헤아리랴. 여류 소설가 박완서 "자식을 앞세우고도 살겠다고 꾸역꾸역 음식을 처넣는 어미를 생각하니 징그러워 토할 것만 같았다." 이충무공은 "내가 죽고 네가 살아야 하거늘 이 어찌 하늘의 이치에 어긋난 일이 있는가." 먼저 간 자식과 생사를 바꿀 수 없음을 한탄했다. 아들을 잃은 고산 윤선도는 "가을바람 불고 달 밝은 밤이면 내 어찌 누각에 오를 수 있겠느냐."며 창작의 원천이던 음풍농월吟風弄月을 끊었다고 전해진다. 이 참척에는 동서가 다를 게 없다. 록 가수 에릭 클랩턴은 네 살 난 늦둥이 아들을 사고로 잃고는 술과 마약에 탐닉한다. 환각의 힘을 빌려 아들을 보고자 했다. 이런 자학적 삶에서 벗어나기까지는 오랜 세월이 지난 뒤였다. 히트곡 천국의 눈물Tears in Heaven은 그런 사연을 담은 노래다. 그래서 '부모가 돌아가시면 산에 묻지만, 자식이 죽으면 어버이 가슴에 묻는다.'고 하지 않았던가!

여기 참척의 한 경찰관 아버지가 있다. 그는 지난 용산철거민 불법 폭력시위 현장에서 아들을 잃었다. 고 김남훈 경사의 아버지 김권찬 (63)씨다. 개인택시운전을 생업으로 하면서 그 때문에 사고를 두 번이나 내고 그 운전마저 접어야 할 지경까지 이르렀다. 보통 사람의 인지상정으로는 아들의 목숨을 앗아간 장본인들이라고 원망할 법도 하련만 오히려 용산 철거민 분향소를 찾아 조문했다. 아들을 잃은 슬픔과 울분이 오죽했을까만 그 모든 걸 참고 화해와 용서의 마음으로 위로했다. "유족들이 풀 죽어 앉아계시는 것을 보니 내 일처럼 가슴이 찢어집니다. 우리 남훈이는 49제도 지내는데…." 그의 한없는 자비심에 저절로 숙연해지는 건 우리 모두에게 진실한 인간의 마음이 내재해 있기 때문일 것이다.

오늘의 경제 위기는 사회 위기로 이어질 가능성이 농후해 보인다. 일단 사회적 위기가 닥치면 경제 위기보다 훨씬 더 심각해지고 그 회복 또한 오래 걸릴지도 모른다. 지난 반독재투쟁의 와중에 생겨난 공권력 경시현상은 아직도 해결하지 못한 고질병이 아닌가 싶다. 이처럼 사회병리 현상은 끈질긴 생명력을 갖고 나타나는 게 문제다. 그 최일선에 경찰이 서 있다.

2000년 타계한 국민 시인 서정주 옹은 육성 유언에서 "이 나라가 잘되려면 국민 여러분들 모두 화합해 살아가야 합니다."고 마지막 혼신을 다해 토해냈다. 목숨이 경각에 달린 노시인은 우리 사회에 여전히 분열의 위험한 징조가 넘실대는 것을 특유의 직관으로 통찰하고 국민 화합을 권유하고 떠난 것이라고 짐작된다.

최근 우리 사회의 돌아가는 형세는 찢어! 찢어! 쪽으로 선회하는 분위기가 안타깝다. 정치적 감정이 찢어발김의 위험수위에 있는 느낌이다. 또 좌우 이념의 대립이, 가진 자와 못 가진자들 사이에 분열이, 사이버 세계를 누비는 네티즌들이 증오와 분열을 확산시키고 있다. 우리는 미워하는 사람들과 공존한다. 누군가를 증오하는 사람들은 오로지 복수의 충동에 묻혀 있다. 마키아벨리가 말한 것처럼 명예를 빼앗긴 사람들, 소유물을 잃어버린 사람들은 고금동서를 가리지 않고 원한에 사무쳐 지낸다. 증오와 분열이 가져오는 배척과 충돌이 우리를 얼마나 피곤하게 만들었는지 잘 알고 있을 것이다.

법에 어긋난 불법시위가 지지받을 수는 없다. 아무리 할 만한 주장이라도 법에 어긋난 방법을 썼다면 그에 상응하는 대가를 치르는 건 당연하다. 그러나 항의와 시위 자체를 불필요한 분열이나 갈등으로 보는 것은 흑백논리다. 우리는 갈등이나 분열을 보는 눈부터 바뀌어야 한다. 갈등이나 분열이 꼭 나쁜 것만은 아니다. 갈등이나 분열에는 부정적인 측면만이 아니라 사회의 약이 되고 변화의 에너지가 되는 측면도 있기 때문이다. 갈등과 분열의 부정적인 측면을 억제하고 긍정적인 측면을 살려나가자면 사회구성원의 이념적 다양성을 당연한 현실로 받아들여야 한다. 그리고 자신이 동의하지 않는 생각을 존중할 줄 알아야 한다. 그런 존중은 개인적인 아량에서만이 아니라 제도적으로 보장돼야 한다. 서로 다른 생각이 합법적·평화적으로 분출될 수 있는 제도가 마련될 때 비로소 갈등과 분열의 부정적 측면을 조정하고 포용할 수 있을 것이다.

지난번 용산철거민 참사의 희생 경찰관 참척의 한 아버지인 김권찬

씨가 베푼 화해와 용서의 조의와 위로는 자신이 동의하지 않은 생각
을 존중한 본보기라 할 수 있을 것이다. 우리 모두에게 서로의 화해
와 존중으로 갈등과 분열을 조정하고 포용할 수 있는 아량이 있기 바
란다.

경찰과 말씀

경찰警察을 파자破字하면 공경할 경敬에 말씀 언言, 살필 찰察로 풀이하면 '공경스런 말씀으로 국민을 보살핀다'라는 뜻을 담고 있다. 한데 경찰의 사전적 의미는 '사회공공의 질서 유지와 그 장애 제거를 위해 국가권력으로 국민에게 명령·강제하는 행정작용 또는 그 조직'이라고 돼 있다. 국민에게 명령·강제하라면서 공경스런 말씀으로 보살피라니 논리의 모순이이 아닐 수 없다. 그러나 명령·강제하는 경찰권을 행사하기 때문에 오히려 경찰관은 더욱 공경스럽고 친절한 말로 국민을 대해야 하는 아이러니한 경찰조직의 특성을 안고 있는지도 모른다. 그렇다면 어떻게 해야 말을 잘할 수 있을 것인가 문제다.

인간은 말씀의 존재다. 말씀은 인간의 특색이다. 사람이 말을 하지 않고는 하루 한시도 살 수 없듯이 경찰도 국민과 대화를 하지 않고는 단 하루도 치안활동을 할 수 없다. 치안활동의 시작이 말씀이요 치안활동의 끝이 말씀이라 해도 과언이 아닐 만큼 경찰과 말씀은 중요하다. 경찰관으로서 힘 안 들이고 값싸게 봉사할 수 있는 것이 바로 겸손하고 친절한 말씀이 아닐까 싶기 때문이다.

우리는 상대방을 알기 위해서 말을 해야 하고 대화를 하기 위해서 겸허하게 들어야 하고 성실하게 말해야 하고 진실하게 대답해야 한다. 말이라고 다 말이 아니다. 참말만이 말이다. 믿을 신信은 사람 인人에 말씀언言으로 '사람의 말을 믿는다.'라는 것이다. 공자孔子는 무신불립無信不立이라 했다. "서로의 믿음이 없으면 아무것도 이루어질 수 없다."는 것이다. 경찰관으로서 치안활동을 제대로 하기 위해서 대화 즉 말씀을 잘 할 수 있도록 평소 다음 네 가지 언어훈련을 부단히 해야 한다는 생각이 든다.

첫째. 남의 말을 먼저 잘 경청할 줄 알아야 한다. 사람의 말은 동물의 무언無言과 신의 침묵, 그 중간에 속한다고 한다. 말을 하기 전에 남의 말을 들을 준비가 되어 있지 않은 사람은 대화의 파트너로 자격이 없는 사람이다. 조용히 경청함이야말로 최고의 대화다. 그냥 듣기만 하는 것이 아니라 대화하는 상대방의 입장에서 함께 기뻐하고 슬퍼하는 경청이어야 한다, 이런 대화의 상대자를 좋아하지 않을 사람은 없을 것이다. 둘째, 신중하고 절제된 말이어야 한다. 언어구사 자체가 하나의 예술이어야 한다. 예술은 미를 창조 · 표현하는 활동으로 온갖 기교를 자아내 연출하는 것이다. 하물며 낙서하듯이 긁어댈 수 없는 일이다. 따라서 감정의 절제 없는 방출이 아니라 평소 절제된 말을 할 줄 알아야 한다. 말 한 마디 한 마디에 신중한 생각을 담아서 말하는 태도야말로 오늘의 얽히고설킨 복잡한 사회에서 원만한 처신을 하는데 참으로 긴요하다고 생각한다. 신중한 말이야말로 사람의 품격을 대변하는 중요한 요소가 되기 때문이다. 셋째, 모든 사람에게 '존대하는 말'을 쓰자는 것이다. 인간의 가장 이상적인 언어상황은 서로의 인격이 대등하게 존중되어 일방적이거나 강압적인 말이 오가지 말아야 한다. TV에서 선생이 어린아이에게, 할머니가 손자 손녀에게 '이랬어요, 저랬어요,' 하고 경어敬語를 쓰는 경우를 보게 되듯이 평소 존댓말 쓰는 것을 생활화해야 하겠다. 존댓말하고 뺨 맞지 않는다. 상대방을 높여주면 상대방은 저절로 높여 줄 것이다. 넷째 표준말 바른말을 쓰자는 것이다. 표준어는 한 나라의 국어를 대표하는 말로 정치·행정·교육·문화의 공용어로서 모든 언어대중이 익혀 씀으로써 의사소통을 원활히 하고 국민의 일체감을 공고히 하는 것이다. 모처럼 찾아온 경상도 민원인에게 전라도 사투리를 유난히 쓰는 경찰관에게 친근감을 갖지 않는 것은 당연한 이치다. 사투리는 자칫 서로 오해의 소지가 있기 때문에 표준어 사용에 각별히 유의해야 할 것이다.

말은 음악과 같다. 음의 완급을 조절해서 운율을 가지고 말하면 말하는 사람과 듣는 사람이 함께 느끼고 호흡할 수 있을 것이다. 항상 제대로 말해야 한다는 의식을 갖고 제대로 된 발음과 제대로 된 화법을 구사하려는 노력이 필요하다. 이런 노력에다 지식·교양·경륜이 더해지면 필요한 말을 적재적소에 쓸 수 있는 적절한 언어의 토대가 마련될 것이다.

각종 매스미디어 발달로 국민의 높아진 의식 수준에 발맞춰 경찰관의 말과 행동양식이 바뀌어야 한다. 대화란 탁구공과 같다. 주고받는 맛이 있어야 상대방을 내 편으로 만들 수 있다. 대화의 분위기를 좋게 하려면 내가 말한 만큼 상대에게도 말할 기회를 주어야 한다. 대화는 꽃과 같다. 한 번 들을 때는 아름답고 감동적이지만 계속해서 들으면 시든 꽃을 보는 것처럼 곧 역겹게 느껴지게 된다. 대화는 섹

스와 같다. 상대방의 마음을 확인하지도 않고 일방적으로 덤벼들면 환상은 깨지고 상처만 주게 된다. 현대는 설득의 시대다. 무슨 일이나 자신의 생각하는 바를 정확하게 전달해야만 어떤 일이든 성사시킬 수 있다. 말을 잘하기 위해서는 말하는 태도·목소리·의사전달 방법이 모두 갖춰져야 한다. 말에도 매너가 필요하다. 매너 없는 말은 상대로 하여금 오해와 불쾌감을 불러일으키게 된다. 이것은 마치 좋은 옷은 입었지만, 목욕을 자주 안했거나 어울리지 않는 디자인으로 보는 사람으로 하여금 불쾌하고 거북스럽게 만드는 것과 같다. 투박한 말소리와 거칠고 예의 없는 말투는 멋진 용모와 의상으로도 감출 수 없다. 우리 경찰관들이 언어훈련을 꾸준히 쌓아 대국민 치안 활동에서 가장 신뢰받는 경찰로 거듭 새로 태어나기를 간절히 기대한다.

내부의 적敵

　지금 대한민국은 안보의 위기상황이다. 천안함 침몰사태의 원인 규명에 따른 후속조치가 어떤 방향으로 이뤄지느냐에 따라 국가안보가 어떤 변수로 작용할지 아직 미지수다. 북한을 개방하려는 햇볕정책의 결과가 북한핵개발. 서해무력충돌. 금강산관광객 피살. 황장엽 씨 암살조가 탈북자로 위장한 간첩침투사건으로 드러나고 있기 때문이다. 지난 김·노 정부 10년의 대북정책은 옷을 벗기려다 결국 옷을 벗고만 꼴이 되고 말았다. 최근 북한은 금강산 관광지역 남한 소유 5개 부동산을 몰수한다고 밝히고 전쟁이 일어나느냐 마냐 하는 위기일발의 최극단에 와 있다고 주장하고 있어 남북관계는 더욱 경색국면에 접어들 것으로 보여 걱정이다.

　올해는 6·25전쟁 60주년이 되는 해다. 북한의 6·25대남 도발은 1950년 애치슨 미 국무장관이 미국의 극동방어선에서 한국을 제외한 것이 외적인 원인을 제공했다고 볼 수 있다. 그러나 더 큰 원인은 남한 내부에 있었다. 박헌영이 주도한 남로당의 활동으로 공산당에 가입한 인원이 엄청나게 많았다는 점이다. 1949년 6월 〈북한조국통일

민주주의전선〉이 남로당의 보고서를 기초로 한 판단에 따르면 남로당 당원 수가 무려 50만 명이 넘었다. 여기에 남한 인구의 65~70%가 남로당원에 대한 동조자로 파악됐던 것이 문제였다.

여기에 북한군은 소련제 T-34 탱크를 앞세운 월등한 군사력으로 38선을 돌파했다. 그 뒤 바로 서울을 점령하고 사흘 안에 전국적으로 인민봉기가 일어날 것으로 고대했다. 그때 이미 남파된 인민유격대와 빨치산이 연계작전을 기도했으나 국군과 경찰의 소탕작전으로 세력이 상당히 약화됨에 따라 김일성이 기대하던 대규모 민중봉기가 일어나지 않았던 게 그나마 다행이었다. 당시 남한 내에 공산주의 동조자가 많다는 정보가 김일성에게 주어진 것이 전쟁을 일으키게 된 중요한 원인이었던 것만은 분명한 사실이다. 만약 그때 남한이 튼튼한 안보태세를 갖추고 국민이 반공의식으로 굳게 다져져 허점을 보이지 않았다면 김일성의 무모한 전쟁도발은 일어나지 않았을 것이라는 게 군사전문가들의 견해다.

이웃 베트남 전쟁사례에서도 국민의 안보의식의 결여가 국가패망의 엄청난 재앙을 몰고 온다는 사실을 알 수 있다. 당시 베트남 공산주의 지배지역은 불과 4.5%였으나 자유민주주의 지배지역 95%를 몰아냈다. 남베트남 인들은 정국이 혼란해지자 종교인, 기업가, 학생들로 나뉘어 집단시위를 벌이고 지도층과 부유층은 해외로 돈을 빼돌렸다. 정부부처는 물론 군과 경찰·정보기관에 북베트남 프락치가 활개를 쳤다. 대통령 보좌관도 간첩이고 군 장성도 간첩이었다. 그 정부는 간첩 잡는 일을 아예 포기했을 정도였다. 사정이 이렇다 보니 일부 국민은 북베트남과 그 지도자 호찌민을 선망하게 됐고 베트남민

족해방전선NLF이 베트콩을 지원하는 배후세력으로 나타났다. 남베트남 인들은 NLF전략에 사상적으로 무너져 내려 어느새 자신을 향해 총칼을 겨누는 내부의 적으로 변신했다. 남베트남은 결국 세계 4위의 공군력 등 압도적인 군사력을 갖추고도 1975년 건국 20년 만에 패망하고 말았다.

북한의 군사노선은 혁명의 성숙기가 오면 단기 결전을 감행, 남한을 적화시킨다는 전략은 예나 지금이나 조금도 달라진 게 없다. 그럼에도 대한민국의 전 정권에서는 60년 전으로 돌아가는 분위기가 역력했다. 둘로 갈라진 8·15광복절 행사에서, 맥아더 동상철거를 주장했던 사람들은 "6·25전쟁을 통해 북한체제하의 통일이 이뤄졌어야 했는데 미국의 방해로 실패했다."라는 것이었다. 더욱이 신세대들의 의식조사를 보면 북한에 대해 "적도 아니지만, 우리도 아닌 존재"로 인식하고 있다. 조사 대상자의 62.9%가 "북한을 좋아 한다."고 했고 미국과 북한이 전쟁을 한다면 북한을 지원해야 한다는 응답이 66.9%나 되었다. 2005년에 방영된 〈웰컴투 동막골〉 영화를 부모와 함께 보고 나온 어느 초등학생 딸아이는 "미국은 참 나쁜 나라네."라 했고 그이 어머니는 "반미영화"라고 했다.

현재 국민의 국가안보의식이 이처럼 혼미한 가운데 북한은 화해협력을 위장한 통일전선전술로 남한의 혼란을 끊임없이 획책하려는 전략을 구사하고 있다. 지난 95년 한양대학교 최성철 교수의 발표를 보면 국내 좌익용공세력 규모는 4만 명으로 그 중 친북좌익폭력혁명을 지향하는 핵심세력이 1만 명이고 이에 동조하는 용공세력이 3만 명에 이른다고 했다. 지난 김·노 두 정권 이후 오늘에 이르기까지 이러한 간첩과 국가체제위해세력은 더 많이 늘어났으면 늘어났지 줄어들지 않았을 것은 명약관화明若觀火하다.

　지금 우리 안보상황은 매우 심각한 위기국면이다. 북한은 3대 세습체제계승과 대남적화통일을 위한 비이성적 군사도발, 요인 납치살해 등 시대를 초월한 테러를 획책하고 국내에서는 친북세력들이 북한노선을 따르면서 기회만 있으면 우리 민주주의 체제를 위협하려 드는 실정이다. 이에 우리 국민 모두는 북한이 통일전선전술에 의한 혁명의 성숙기가 도래했다고 오판하지 않도록 국가안보태세를 굳건히 하는 것이 무엇보다도 중요하다. 총을 들고 대항하는 적군보다 총은 없지만, 우리 내부를 교란하는 '내부의 적'이 더 무섭다는 것을 명심해야 한다. 국가는 둘이 아니고 하나뿐이다. 천안함 사태처럼 어느 순간 예고 없이 나타나는 게 국가안보상황이다. 국가안보는 한 번 무너지면 다시 회복하기는 더욱 어려울 뿐만 아니라 많은 인명과 재산의 손실을 가져오게 된다. 지금까지 우리가 어떻게 일으킨 나라인가! 이 나라를 지키기 위해 평소 징비懲毖의 날 선 긴장감으로 거안사위居安思危, 불철주야 유비무환有備無患의 국민의식과 자세를 다시 점검하고 대책을 강구해야 하겠다.

나라의 얼굴이 찢기는데…

　세상은 온통 올림픽의 황금빛 메달에 취해 서울광장을 뒤덮은 촛불 시위도 까맣게 잊혀가는지도 모르겠다. 얼마 전 서울 밤거리 불법시위대의 사진 한 장을 기억하고 있다. 아니 나는 평생토록 잊을 수 없을 것이다. 2008년 7월 27일 새벽 서울 한복판에서 경찰관 두 명이 불법시위대에 린치를 당한 사진이다. 경찰이 몰매를 맞고 제복상의와 내의까지 알몸으로 벗겨진 채 이끌려가고 있다. 경찰관 한 명은 공포에 눌려 머리를 감싸고 고개가 숙여져 있다. 시위대의 누군가는 돌로 머리를 쳐올렸다. 시위대는 이 두 명의 경찰관을 전쟁터의 포로처럼 경찰부대에 인계했고 패잔병처럼 멀뚱히 쳐다보며 받아들이는 건 여느 전쟁영화에서나 봐온 장면이 아니던가. 다음 날 신문 조간 1면에서 발가벗겨진 경찰관 사진을 봤다. 21세기 한국현대사에서 이 사진은 나라의 얼굴이 찢긴 하나의 충격적인 사료史料가 되지 않을까 여겨졌다.

　선진사회의 상징으로 경찰을 꼽는다. 경찰제복은 나라의 얼굴이다. 한 나라 국민의 수준을 대변하는 게 경찰이다. 경찰은 '움직이는 정부'이고 '거리의 재판관'이라 하는 것도 이 때문이다. 국가공권력의 힘이 어이없이 무너지는 경찰의 위상을 보면서 경찰은 다시 새롭게 변해야 하고 더불어 국민의식도 새롭게 변해야 한다는 생각이다. 경제적 부富와 첨단 테크놀러지 만이 선진국의 조건은 아니다. 무질서와 범죄로부터 평온한 사회여야 한다. 아무리 잘 살고 기술이 풍부한 나라라도 법질서와 사회기강이 문란하면 선진사회라 할 수 없다

18년 전에도 이와 비슷한 사진을 본 기억이 있다. 당시 사진은 국무총리였다. 1990년 3당 합당의 역풍으로 91년 4월부터 대학생과 경찰은 거칠게 부닥쳤다. 시위대의 화염병과 쇠파이프에 동료경찰이 부상당하자 경찰봉을 휘둘러 명지대생 강경대군의 사망사건이 발생했다. 이 여파로 시위의 불길은 전국으로 확산했다. 드디어 총리와 4부 장관이 경질되고 내각제 포기를 선언했다. 하지만 시위의 불길은 계속됐고 역사는 비등점을 향해 치달았다.

새로 임명된 정원식 국무총리가 외국어대에서 그동안 맡았던 강의를 끝내기 위해 갔다가 학생들에게 린치를 당한 것이다. 학생들은 총리에게 밀가루를 뿌리고 심지어 목을 조르며 주먹으로 얼굴을 때리고 발길질을 해댔다. 총리는 30여 분간 끌려다니다가 가까스로 빠져나와 택시를 타고 공관으로 돌아올 수 있었다. 당시 노태우 대통령은 TV 뉴스에서 그 장면을 보았다. 대통령은 교육부장관에게 전화를 걸어 "대학에서 학생들이 어떻게 스승에게 이런 행패를 부릴 수 있는가?" 대통령의 분노를 전해 들은 각료들의 심야 회의가 열렸다. 이어서 대학생들의 패륜 행위로 역사는 방향을 틀었다. 폭력을 주도한 학생들은 법정에 섰고, 재야의 대책회의는 전국 시위계획을 포기했다.

세상으로부터 '물태우'라고 놀림을 당했던 노태우 대통령은 분노해야 할 때 분노할 줄 알았다. 한데 불도저라는 이명박 대통령은 요즘 시세에 눌려서인지 분노할 줄도 모른다. 경찰의 발가벗겨진 사진이 도하 신문에 실리던 날, 제대로 굴러가는 정부라면 뭔가 조치가 있어야 했다. 대통령이 휴가였다면 총리를 시켜서든 정부대변인을 통해서든 특별기자회견이라도 해서 불법과 맞서는 경찰의 위상을 높이겠다는 선언을 했어야 옳았다. 아울러 정부는 관계 장관을 모아 긴급대책회의를 개최했어야 한다. 불법운동가·시민단체·노조·대학생·세상에 불만 있는 자들이 경찰과 언론과 상인들을 패고 경찰버스에 방화하며 거리를 무법천지로 만들었어도 그런 직무를 유기한 채 경찰이 린치를 당해 나라의 얼굴이 찢기고 국법은 휴지쪽처럼 나뒹굴었다.

여기에서 경찰의 시위진압 전술상에 문제가 없었던 건 아니다. 어쩌다 경찰관 2명이 시위대에 린치 되었는지 구체적으로 확인할 수는 없다. 그러나 경찰관들이 시위대 앞에서 단체행동을 하지 않고 개인행동을 하다가 당했을 것이 분명하다. 진압경찰이 부대단위로 움직여야지 한두 명이 개인행동을 안 해야 하는 건 상식이다. 그렇다고 시위대가 경찰을 짓밟을 수는 없는 일이다. 민주주의 국립경찰은 나라의 얼굴이기 때문이다. 경찰의 제복을 찢고 그들의 맨 몸을 패는 행위는 나라에 대한 패륜 행위다. 나라의 얼굴에 생채기를 내는 만행이다. 경찰제복이 유린당하고 나라의 얼굴이 손상돼도 정부는 손을 놓고 있지 않은가. 행정안전부 장관 등 관계부처 장차관들은 피를 토하는 울분을 터트린 적이 있는가 묻고 싶다.

당시 서울의 밤무대에는 세 무리의 무법자들이 있었다. 무차별 폭력시위를 주도하는 '무책임한 자들' 법질서를 사수해야 할 정부가 스스로 원칙을 허물고 불법을 방치하는 '무능한 자들' 민생은 내팽개친 채 촛불집회의 맨 앞에서 불법을 감싸기에 여념이 없던 야당의 '한심한 국회의원님들'이다. 세 무리의 무법자들이 서울의 하늘 아래 무법천지를 연출해 냈다. 이들 모두가 무법자이긴 마찬가지가 아닐까. 이제 우리 모두 의식과 행동이 새롭게 변해야 한다. 아직도 우리는 모든 것을 감정으로 풀려고 하는 데 문제가 있다. 우리 모두 흑백논리에서 벗어나 대화와 타협, 논리적이고 합리적으로 문제를 하나하나 풀어나가는 지혜를 모아야 한다. 이렇게 될 때 시위대와 경찰 사이에 하등의 감정싸움이 개입될 수 없다. 투쟁해서 잘 사는 게 아니다. 협력해서 잘사는 것이다. 나라의 일그러진 얼굴과 찢겨진 영혼의 비명이 정의의 가슴을 찌르고 있다.

스치면 베이는 날 선 세상에서

　요즘 세상이 각박해져서일까. 동서를 막론하고 모든 사회에 막말이 위험 수위를 넘고 있다. 여기엔 미국도 예외는 아니다. 미국의 9세 소녀 등 6명의 생명을 앗아간 애리조나주 총기 난사사건으로 그 동안 막말로 재미를 봤던 독설가들이 곤욕을 치렀다. 사회적 영향력이 큰 정치인과 언론인들의 무책임한 막말이 미국사회의 분열을 조장했다는 것이다. 그뿐이 아니다. 세계는 지금 증오의 범죄가 기승을 부리고 있다. 인종·종교가 다르다는 이유로 무차별 테러가 감행되고 미국에서 경기침체와 흑인 대통령 시대에 백인이 주도하는 증오범죄가 기승을 부리고 증오단체가 활개를 치고 있다. 또 불법이민자 유입과 해외 아웃소싱으로 일자리를 잃은 백인인종 우월주의자들이 유색인종을 살해하는 증오범죄를 저지르고 있다.

　우리나라도 얼마 전 모 야당 국회의원이 "이명박 정권을 죽여 버려야하지 않겠느냐."는 무시무시한 말을 했다. 지난 정권에서 장관까지 지낸 분이 이 정도이니 할 말 다했다. 년 전에 원주시 홍보지에 '이명박××놈, 이명박 개ㅇㅇ'라는 문구를 교묘하게 숨겨 놓기도 했다. 어느 보수 인사는 "김대중씨도 노무현 전 대통령처럼 자살하라."라고 홈페이지에 쓰기도 했다. 누군가의 말 한마디가 비수처럼 꽂혀 죽이기도 하고, 믿고 사랑했던 이로부터 날아온 배신의 칼을 등에 꽂아 죽기도 한다. 또 자신도 모르는 사이에 누군가에게 똑같이 비수를 꽂는다. 모두 칼날을 세운 판이다. 옛말에 '스치면 인연'이라 했는데 지금은 '스치면 베이는 세상'이다. 극단의 시대여서인가. 가까운 친구들끼리 만남도 날 선 논쟁으로 끝나는 경우가 허다하다. 너나없이 자신의 뜻을 굽히지 않는다. 정치권, 시민단체, 각종 이해집단의 주장이 무조건 상대방은 타도의 대상인 적일 뿐이다. 그래서 어느 해의 사자성어가 상화하택上火下澤이었던 때가 있었다. 주역에 나오는 '위에는 불, 아래는 물'이라는 뜻으로 우리사회가 불과 물처럼 상극이라는 것이다. 또 당동벌이黨同伐異이라는 말도 있었다. '같은 사람끼리 패거리 지어 다른 사람을 공격한다.'라는 말이다. 동지 아니면 적으로 구분되는 사회가 되었다. 정치권 주변에서 얼쩡거리다가 결국은 난자당하기 일쑤다. 정치에서 금도襟度는 사라진 지 오래다. 서로 찌르고 난자하기를 밥 먹듯 한다. 뭐든 손에 잡히면 던지고 두들겨 패고 본다. '말죽거리 잔혹사'가 아니라 '여의도 잔혹사'다. 중도中道는 설 자리가 없다. 타협과 조화라는 말은 사라진 지 오래다.

그러면 이 시대의 막말을 뿌리 뽑자면 어떻게 해야 할까. 미국은 우리와는 너무나 달랐다. 미국 사회의 막말에 대한 비난이 쏟아지자 자정自淨 움직임도 빨라졌다. TV 방송국은 앞 다퉈 뉴스나 토크쇼 진행자에게 입단속을 시키고 의회에서도 막말 정치를 몰아내자는 논의가 활발했다. 누구보다도 미국의 오바마 대통령의 애리조나주 총기 난사 현장 추모식에서 51초 침묵연설이 미국을 단합시켰다. 평소 그를 헐뜯던 정적 보수논객들조차 줄줄이 칭찬을 아끼지 않았다. 그 사건 현장에서 희생된 9세의 크리스티나 그린을 거론하며 "나는 우리 민주주의가 크리스티나가 상상한 것과 같이 좋았으면 한다."라고 언급한 뒤 51초간 침묵했다. 연설을 중단하고 침묵한 지 30초가 되자 눈을 깜박이며 감정을 추스르는 모습을 보였다. 그 다음 어금니를 깨물고 연설을 이어갔다. 뉴욕 타임스는 "오바바는 전 국민과 감정적 소통을 했다."라며 "재임기간 2년 중 가장 극적인 순간 이었다."라고 평가했다. "이번 사건을 둘러싸고 서로 공격하거나 비난해서는 안 되며 희망과 꿈을 결집하는 계기로 삼자."라고 호소했다. 또 "대중을 선동해 극단적인 대결구도의 정치 환경을 만드는 것도 삼가야한다."라며 "우리를 분열시키는 힘은 우리를 단결시키는 힘보다 강하지 않다."라고 말했다. 그는"담론이 지나치게 양극화하고 세상의 모든 문제가 자신과 다른 생각을 가진 사람들 때문이라고 생각하려는 지금과 같은 시대엔 잠시 멈춰서 대화하는 게 중요하다."라고 지적했다. 이어 "도덕적 상상력을 확대하고 서로의 이야기에 좀 더 주의를 기울이며 공감대를 확산하는 계기로 삼자."라고 강조했다. 51초간의 침묵과 독설 자제 연설은 미 국민의 감정에 파고들었다. 오바마의 저격수로 불리는 글렌 벡과 러시 림보가 처음으로 오바마를 칭찬했다. 여기에 팻 뷰캐넌과 마이클 거슨 등 보수논객들도 칭찬대열에 가세했다. 미국언론은 "미국의 국가적 재난과 비극을 만났을 때 국민을 뭉치게 하고 위안을 준 미국 역대 대통령의 전통을 오바마가 다시 확인시켰다."라고 평가 했다. 미국 정가의 극단적 대립이 오랜만에 잦아든 계기를 만들었다.

기차 레일처럼 양극을 달리는 우리 여야정치계와 보수진보세력들이 날 선 증오의 비난과 독설을 자제하고 서로의 이야기에 귀를 기울이며 양보와 타협의 시대를 열어가는 새로운 정치인 상을 구현하기 바라마지 않는다. 우리 여야정치인도 미국처럼 상대를 칭찬하는 말을 들을 수 있었으면 좋겠다. 21세기 새 10년을 맞이하여 그동안 우리 경제가 압축 성장했듯 대한민국의 정치도의의식도 발 빠르게 혁신되는 세상을 기대해 본다.

경찰의 신뢰와 개혁 드라이브를…

　오래전 경찰청 재직 시 상사분을 모시고 미주 지역 출장 중 봤던 애기다. 뉴욕경찰국에서 오전 일을 마치고 오후 1시부터 뉴욕경찰학교를 방문하기로 되어 있었다. 마침 재미 교포가 초대한 오찬에 뉴욕 소수민족 대표들과 함께하다 보니 약속 시간에 대기엔 촉박했다. 뉴욕경찰국 보안담당관이 패트롤카로 우리 일행을 안내하는데 가는 방향의 교통이 심하게 막혔다. 한데 가던 도중 그 패트롤카는 갑자기 황색 중앙선을 넘어 교통량이 적은 반대편 1차선으로 경광등을 켜고 달리는 게 아닌가. 그런데 희한하게도 반대편에서 오는 모든 차량이 군말 없이 경찰 차량을 보고 길을 비켜 주었다. 나는 깜짝 놀라 가변 차선도 아닌 황색 선을 넘어 반대편 차도로 질주하는 것을 보고 묻지 않을 수 없었다. "경찰이 이렇게 법규를 위반해도 되느냐?" 대답은 "운전자들이 다 이해한다."는 것이다. "경찰이 범인을 쫓든가, 무슨 급한 일이 있기 때문일 거라고 다 믿는다."는 것이다. 우리나라의 경우라면 어땠을까. 온통 언론에서 경찰의 위반을 질타하고 시민은 욕 깨나 했을 것이다. 나는 그래서 미국이 선진 초강대국으로 세계를 지배하고 있구나 하고 생각한 적이 있다. 경찰이 시민으로부터 믿음을 받고 믿음을 주는 만큼이 바로 그 국가와 경찰의 수준을 나타내는 표징이라고 여겼다.

일본경찰이 수사권 독립을 갖게 된 것이 1948년이다. 지금부터 60년 전인데 오늘까지도 수사권 독립이 없는 한국경찰은 60년 전의 일본 경찰만도 못하다는 것인가? 경찰의 한 사람으로서 마음 아픈 일이 아닐 수 없다. 일본에서 가장 신뢰하는 공공기관의 1위가 경찰이다. 수년 전 일본 요미우리신문에 난 자료에 의하면 서방 선진 4개국보다 앞선 일본 경찰의 신뢰 수준이었다. 경찰의 신뢰는 범죄예방과 검거역량으로 평가되는 치안능력이 주요인일 것이다. 그럼에도 범죄예방이 제대로 안 되고 범인검거 또한 신속히 이뤄지지 않는다면 국민은 경찰을 신뢰하지 않고 무능을 질타할 수밖에 없을 것이다. 모든 범죄는 피해 당사자들의 책임도 있지만, 궁극적으로는 각급 경찰책임지역에서 발생한 사건에 경찰의 책임사유는 면할 수 없다고 본다. 최근 범죄가 광역화·고속화·지능화되고 각종 신종범죄의 발생추세에 적절히 대응하지 못하는 것으로 지적돼 안타까운 마음이다.

수년 전만 해도 미국 뉴욕이 세계범죄의 수도라는 오명의 도시가 범죄퇴치 모범도시로 탈바꿈된 적이 있다. 당시 뉴욕 시경국장이던 윌리엄 브래턴은 부임 한 달 만에 새로운 발상의 범죄퇴치작전으로 범죄가 급격히 줄었다. 시민이 느끼는 체감치안은 조직범죄보다 비조직적인 단독범죄나 우발적인 범죄에 좌우된다고 보고 치안활동에 기업경영이론과 관행을 도입했다. 즉 시민을 가운데 두고 '경찰주식회사'는 '범죄주식회사'와 경쟁해서 이익을 극대화하는 관계로 설정

했다. 범죄발생과 검거실적 통계를 매일 대차 대조해 손익을 결산하여 이를 근거로 경찰의 인적 물적 자원을 신속하게 적재적소에 이동 배치했다. 필요한 인력을 대폭 증강하기도 했지만, 실적이 저조한 간부나 지휘관을 과감히 해고 좌천시켰다.

범죄는 실업과 인종갈등 마약 문화의 결과라는 전문가들의 주장을 일축하고 범죄의 원인은 범죄자라는 접근 방식을 택했다. 또 '바늘도둑이 소도둑 된다.'고 사소한 범죄가 중범죄를 낳는다는 발상으로 경범죄위반자 검거에도 온 힘을 다했다. 아울러 범죄다발지역과 시간대에 경찰력을 탄력적으로 배치하고 전체인력의 70% 이상을 책상머리가 아닌 직접 순찰업무에 배치한 결과 범죄발생율이 급감했다. 여기에 마약과 풍기단속 등 특수임무에 순환제로 근무시킴으로써 경찰관의 사기를 높이기도 했다. 뉴욕의 성공적인 범죄퇴치는 브래턴 국장의 경찰조직에 대한 리엔지니어링re-engineering작전과 기업경영식 치안행정이 거둔 개가로 평가되었다. 조직은 사람에 달려 있다는 것을 실감할 수 있다.

경찰신뢰의 저해요인으로 자체비리척결이 문제다. 미국경찰관의 로드니 킹 사건의 가혹행위가 시민의 카메라에 잡혀 도마 위에 올랐지만, 경찰관들은 서로 비리를 감싸는 경향이 있다. 가혹행위는 경찰관끼리 서로 감싸주기 때문에 잘 밝혀지지 않는다. 선·후진국을 막론하고 공권력 집행자가 남용의 유혹을 느끼게 되는 건 인지상정인 것 같다. 인권종주국 미국이 이럴진대 어쩌면 경찰은 부패하기 쉬운 조직인지도 모른다. 멕시코도 교통경찰의 비리를 막기 위해 여경을 대폭 투입한 경우도 탄산지석으로 삼을 만하다. 멕시코 알레한드로

마네로 청장이 취한 핵심조치는 9만 경찰력과 2천 대의 순찰차를 항시 소재를 파악할 수 있게 한 것이다. 순찰차마다 위치송신장치(GPS)를 달고 지붕에 번호를 크게 써 붙여 헬리콥터에서도 알아볼 수 있도록 했다. 신고 후 출동시간이 몇 분의 일로 줄어들었고 경찰관이 '딴짓'을 할 틈이 없으니 시민의 신뢰도는 자연히 높아졌다. 마네로 청장은 경찰 외부에서 발탁돼 시민의 불신을 개혁의 발판으로 삼아 사기士氣에 얽매이지 않고 관행을 뒤엎은 개혁으로 경찰은 신뢰와 자존심을 갖게 되었다고 한다. 멕시코 경찰의 거듭나기는 국민의 불만을 겸허하게 인정하는 데서 출발했다. 관행에 안주하는 폐쇄적인 조직일수록 개혁이 참으로 어렵다는 것을 고려해야 할 것이다.

세상이 빛의 속도로 변하는 디지털시대에 변화는 선택이 아니고 필수적임을 알아야 한다. 변화하면 살고 변화하지 않으면 죽는다(變則生 不變則死). 모든 국민이 공공기관 가운데 가장 신뢰받는 경찰로 발전되는 모습을 하루빨리 보고 싶다.

불법폭력시위와 무無관용정책

　근대 경찰의 역사가 1829년 영국 런던에서 시작된 데는 불법폭력
시위와 태생적 악연이 있다. 당시 런던을 무법천지로 몰아넣었던 시
위폭동으로 의회의 거센 반대를 무릅쓰고 천신만고 끝에 경찰이 태어
났기 때문이다.

　이번 용산 불법폭력시위 탓인 참사는 우리 사회의 부끄러운 자화상
이다. 참사의 원인은 누가 뭐래도 불법폭력시위이다. 테러를 방불케
하는 무법천지 상황에서 과잉진압을 말하는 것 자체가 자못 한가한
애기가 아닐 수 없다. 법치국가에서 대규모 조직적이고 전문적인 전
국철거민연합 소속 시위꾼들이 모여들어 불법으로 건물을 점거, 망루
를 설치하고 장기전에 대비, 비상식량을 준비하였을 뿐만 아니라 시
너에 화염병 등 인화성 폭발물로 바리게이드를 설치하고 살상용 쇠파
이프와 골프공과 구슬을 새총으로 진압경찰에 쏘아대는 최악의 상황
이었다. 이러한 불법폭력시위진압에는 분명한 원칙을 지켜야 한다고
생각한다. 첫째, 경찰이 용서 없는 엄정한 법집행을 하는 것이다. 법
을 위반하면 내외국인, 신분 고하를 막론하고 절대 용서 없이 법을

156

집행하는 즉, 무관용zero tolerance 정책으로 일관하는 것이다. 이런 법집행의 분위기가 조성되어야 감히 불법행위를 엄두도 내지 못하게 하는 첩경일 것이다.

지금 세계는 우리나라가 중국·일본·러시아 사이의 샌드위치 지정학적 여건에 있는 것과 똑같은 나라들이 있다. 강대국들 사이에 끼여 샌드위치에 처해 있지만, 경쟁력 있는 나라들이 가지고 있는 공통점 중에서 가장 중요한 게 법질서 유지이다. 싱가포르, 핀란드, 네덜란드, 아일랜드 등 국가경쟁력 있는 세계 10위권에 드는 나라들이 모두 기본적 법질서를 잘 지키는 나라들이다. 이런 선진국들은 공통으로 법질서를 어기는 사람은 경찰이 용서하지 않는 엄격한 사회분위기가 조성되어 있다. 싱가포르를 가면 사람들이 몸가짐을 바르게 가지려고 노력한다. 담배꽁초를 버리거나 교통규칙위반 등 경범죄도 절대 용서치 않고 엄격히 법을 집행하는 데 있다. 뉴욕을 불안하고 무질서한 도시에서 깨끗하고 안전한 도시로 만들어 세상 사람들이 가장 가고 싶은 도시로 만든 비결은 바로 '무관용, 제로 톨러런스Tolerance'에 있다. 샌드위치 나라나 강대국이나 모든 기본은 법질서에서 시작된다. 그 법질서가 지켜지는 가장 큰 힘은 경찰력 즉 공권력의 권위가 지켜지는 분위기가 조성될 때 가능하다.

둘째. 불법폭력시위에 대해 경찰이 어떻게 진압할 것이냐 문제다. 불법폭력시위에 대해 경찰의 진압은 당연하다. 이번 사태의 불법폭력성으로 볼 때 경찰이 강경진압의 카드를 꺼낼 수밖에 없었을 것이다. 그러나 경찰이 국가 공권력을 집행하는 데 있어서 간과할 수 없는 고려사항을 현장에서 재삼 확인할 필요가 있다. 먼저 시위현장에 대한 정확한 정보수집이다. 낚시꾼이 고기를 잡으려면 낚시할 곳의 물의 흐름과 고기의 종류, 생태. 고기가 좋아하는 낚싯밥 등 세심한 준비를 해야 고기를 잘 낚을 수 있는 것과 같다. 시위진압에 앞서 상대를 충분히 알아야 함은 당연하다. 막연한 추측으로도 안 되고 더욱 세밀하게 불법폭력시위자들이 그 안에서 움직이는 상황을 시시각각 파악하고 이에 대한 대응책을 강구해야 한다. 지피지기면 백전백승知彼知己百戰百勝이라 하지 않았던가! 테러행위나 다름없는 시위자들이 시너와 화염병을 소지하고 있었다면 방화 내지는 화재 참사에 사전 대비했어야 했다. 시위진압에 사상자를 낼 위험한 상황이라면 진압 행동시기를 늦추고 시위주동자와 협상을 벌이며 시간을 끌 필요가 있다. 아무리 불법농성자들이라도 정보팀은 현장의 정보수집과 협상의 통로를 강구하고 있어야 함은 재론의 여지가 없다. 협상을 하는 과정에서 시위자들의 동태를 파악하고 또 그들의 흥분을 가라앉히는 효과도 기대할 수 있을 것이다. 불법폭력시위에 경찰은 어디까지나 합법으로 맞서야 한다. 여기에 다른 변수를 만들어서는 안 되기 때문이다. 그동안 경찰이 불법폭력과 싸워오면서 정부와 국가를 위해 어렵고 큰일을 많이 해왔지만 반면에 정부와 국가에 부담을 주는 일도 없지 않았다. 연세 대학생 이한열 사건과 부산동의대 사태 등이 그 대표적인 예다. 그건 다름 아닌 불법폭력시위진압과정에서 안전진압을 하지 못하고 사상자를 내는 등 사고의 변수를 유발했던 경우다. 무엇보다도 경찰의 시위진압은 안전진압이 최우선시 되어야 함을 절대 수칙으로 삼아야 할 것이다.

또 이번 검찰의 서울경찰진압부대지휘부에 대한 조사와 사무실 압수수색은 경찰 위상에 문제가 됨을 지적하지 않을 수 없다. 테러행위와 똑같은 불법폭력시위를 진압하는 경찰지휘부를 검찰이 조사, 압수수색을 하는 것은 지금까지 있어 본 적이 없는 것으로 안다. 검찰은 이번 사태의 본질을 분명히 하고 처리해야 한다. 민주국가에서 법치와 저항권은 둘 다 필요하다. 그러나 우선순위가 있다. 그 우선순위는 시대에 따라 달라질 수 있다. 지금 이 시대가 요구하는 가치는 저항권이 아니라 법치여야 한다. 우리에게 부족한 것은 저항정신이 아니라 법치문화다. 어려운 사람에게 동정심을 갖는 것은 당연하지만, 그것과 법이 대립할 수는 없다. 국가권력기관이 정당한 경찰권 행사의 권위를 세워주지 않고 깔아뭉갠다면 경찰의 위상은 땅에 떨어지고 말 것이다. 그렇지 않아도 경찰을 재야시민단체나 불법시위 농성자들이 얕보고 비아냥대며 우습게 여기고 대드는 판에 같은 국가권력기관이 경찰의 권위를 짓밟는 것은 나라와 정부를 위해서도 바람직하지 않다.

이번 용산 참사는 불법폭력시위자들에게 목숨을 담보로 한 불법폭력시위가 피해당사자들과 국가사회에 얼마나 큰 해악인지, 시위진압 경찰에게는 사전 치밀한 계획, 정보수집의 계속성과 안전진압의 중요성을 일깨워 주고 있다, 우리나라가 선진국으로 나아가기 위해서는 불법폭력에 예외를 두지 않는 '무관용, 제로 톨로런스' 원칙을 지켜야 함을 재삼 강조한다. 불법폭력시위에 휘둘리는 나라엔 미래가 없다. 불법폭력시위에 무릎을 꿇는 경찰이 되지 않게 하려면 검찰의 이번 경찰진압부대지휘부에 대한 조사 중단을 촉구하는 바이다.

느림의 미학美學
— 인명재차시대人命在車時代

　　이효석의 소설 「메밀꽃 필 무렵」에서 소금을 뿌려 놓은 듯 흐드러지게 피어난 메밀꽃밭과 눈이 시릴 만큼 밝은 달빛과 밭이랑을 쓰다듬고 지나가는 바람을 만난다. 이미 썩어 없어졌음 직한 허 생원이 성 서방네 처녀와 하룻밤 꿈같은 사랑도 서둘 것 없이 천천히 지나가는 달구지 위에선 얼마든지 오늘의 체험으로 그 속에 머물 수 있으리라. 동행하는 이는 물론이고 엇갈려 지나가는 사람을 만나도 손을 번쩍 들어 인사하며 눈빛으로 내밀한 소통과 교감의 멋을 나눌 수 있는 느림의 아름다움을 배울 수 있다. 만남과 소통이 있으니 소달구지 위에 비록 혼자 있을지라도 외롭지도 불안하지도 않을 것이다.

　　우리는 지금까지 어떻게든 빨리만 가면 잘 되는 줄 알았다. 그리하여 어디에 도달하는지도 모른 채 무턱대고 달리기만 했다. 지금 우리는 경제적으로 세계 12~13위 수준에 있다. 그러나 아직 우리는 선진국이 아니다. 속도주의와 역동성 덕분에 고속성장을 가져온 긍정적인 측면도 있지만, 그로 말미암은 부작용으로 많은 대가代價를 지불하기도 했다. 모든 일에는 절차와 과정과 순서가 있고 법과 규정이 있다.

그런데 이를 무시하고 저지르는 일들이 너무도 많다. 오죽하면 '총알택시'라는 말이 나올 정도로 그동안 우리 몸에 밴 빨리빨리 속도주의 의식과 그 타성이 우리를 불안하게 하고 있다.

체코의 작가 밀란 쿤테라는 "속도에는 이야기가 없고 역사가 없다."라는 말에 귀를 기울여야 한다. 이제라도 잠시 걸음을 멈추고 뒤를 돌아다보며 마냥 달려오느라 내버리고 온 '정신'을 되찾고 우리의 좌표를 다시 점검해야 한다. 그동안 소홀히 해왔던 우리 주변의 작은 것에 충실하고 겸허한 자세로 우리가 해야 할 기본을 잘 지켜야한다. 20세기가 물질문명의 시대였다면 21세기는 문화의 세기다. 이제 우리는 몸과 정신이 함께 가는 문화시대를 열어야 할 때다.

우리 마음에는 여유가 없는 것 같다. 우리나라 교통위반의 대부분은 과속과 신호위반이다. 황색신호는 진행신호가 아니다. 빨리 가려다 보니 황색신호로 바뀌었는데도 앞차의 꽁무니를 따라가다 보니 신호를 위반하게 된다. 건널목에서 보면 10대 가운데 뒤따르는 3~4대는 신호 위반이다. 교통단속카메라를 건널목에 달아놓으면 엄청난 위반차량이 적발될 것이다.

100-1=99는 산술적으로는 맞다. 그러나 인생에선 100-1=0 이라고 『디테일Detail(섬세함)의 힘』이란 책을 써서 중국을 휩쓸고 있는 왕중추王中求는 주장한다. 1%의 실수가 인생의 실패를 낳는다는 것이다. 21세기 들어 중국은 대충주의에서 벗어나 디테일을 강조하고 있다. "작은 일에 최선을 다해야 큰일을 이룰 수 있다." 이 말은 주은래 중국 전 총리의 말이다. 1%의 실수(순간에 일어나는 신호위반 과속)로 사망사고를 내거나 당하면 죽지 않으면 몸을 다치거나 구속되고, 피해

자와 합의하려면 돈 들어가지, 일 못해서 일당 못 벌지, 인간세사 순간에 "제로섬 게임zero sum game"으로 끝나는 경우를 흔히 보게 된다. 속도와 시야는 반비례한다. 시속 1백km가 넘으면 시야가 좁아져 달리는 방향의 도로만 보일 뿐 좌우 풍경은 흐릿한 이미지로 보인다. 만약 이때 누군가 차도로 뛰어들면 사고가 날 수밖에 없다. 브레이크 정지선이 길어서 만이 아니라 사람이 뛰어들 가능성의 예시를 전혀 받을 수 없기 때문이다. 그러나 어린이 보호구역이나 동네 앞에서 30~40km라면 사정은 다르다. 이 경우 달리는 운전자는 달리는 방향뿐 아니라 좌우 풍경도 세밀히 살필 수 있으니 사고에 대한 예비도 가능하다. 느림은 기억이고 빠름은 망각이다. 과거를 회상하고 미래를 구상할 때 발걸음은 느려진다. 옛사람들이 몰던 소달구지는 10km 미만의 아주 느린 속도로 갔다. 빠른 속도는 폭압적이다. 빨리 달리면 달릴수록 달리는 사람의 눈에는 좌우의 사물을 폭력적으로 쓰러뜨리고 달리는 속도의 관성에 의해 달리는 그 자신에게 더욱더 폭력적이 된다. 그 속도에 의해 자신이 쓰러질 때가 오겠지만, 그 빠른 질주에선 그런 본질을 들여다볼 여유가 없다. 다만, 쓰러져 죽는 순간 처음으로 달려온 방향을 볼 수 있을 텐데 그땐 이미 자신이 원치 않는 엉뚱한 방향으로 삶을 밀고 왔다는 것을 깨달아도 돌이킬 힘을 잃은 다음이니 어찌하랴.

한국에서 몇 년을 지낸 어느 외신기자는 "한국에서 운전하는 것은 러시안룰렛게임보다 더 스릴이 있다."라고 지적했다. 러시안룰렛게임은 참가한 사람 중 반드시 한 사람은 죽게 되는 끔찍한 게임이다. 이처럼 목숨을 담보로 해야만 차를 몰고 거리로 나갈 수 있는 우리의 교통문화 현실을 꼬집은 것이다. 더욱이 주차여건의 악화로 집 앞의 주차 시비 끝에 살인사건까지 발생했던 것을 떠올리며 2천만 대의 자동차 시대를 바라보면서 언제까지 이 우울한 밑그림만 그리고 있을 것인가! 교통이 혼잡한 수도권에서는 "자동차를 몰고 다니는 것이 아니라 숫제 자동차를 모시고 다니는 것"이라고 비웃기까지 한다. 자동차문화에서 특히 요청되는 것은 질서의식이다. 질서감각에는 습관이 중요한 것 같다. 처음에는 사람이 습관을 만드는데 나중에는 그 습관이 사람을 만든다. 평소 좋은 운전습관에 길들어져야 한다.

자동차 문화는 '만인이 법 앞에 평등하다.'는 대원칙을 확인시켜준다. 아무리 지위가 높은 사람도 교통사고를 내거나 법규 위반으로 걸리면 법에 따른 처벌을 면할 수가 없다. 카메라에 찍히면 아무리 높은 사람이라도 별도리가 없기 때문이다. 교통경찰이 잘 못 적발을 인정하고 처벌을 받으면 무혐의 처리가 가능하지만 어떤 경찰관이 정당한 공무를 집행하고 처벌을 감수할 경찰관은 없다. 각 개인의 권리와 책임, 질서의식의 의미를 뚜렷하게 잘 들어 내주는 것이 바로 교통문화다. 우리나라 자동차의 반反문화적인 원인의 절반은 공간협소라는 물리적 필연성에 있다지만 나머지 절반은 운전자들의 질서의식의 부족에서 오는 것이 그 실상이다. 우리의 일상을 보다 인간화된 공간으로 만들기 위해 우리의 세련된 자동차문화정착이 시급한 과제다. 따라서 범정부적인 강한 의지·범사회적인 공감대·범국민적인 참여로 획기적인 교통문화개혁이 절실하다. 우리는 모두 교통문제의 최대의 피해자이면서 또한 가해자이기 때문이다.

우리의 건강을 위협하는 것은 5~10분도 걷지 않고 편하게 지내려는 어리석은 마음이다. 그저 편하고 빠른 것만 쫓는 우리들의 욕심이다. 우리에게 모자라는 것은 칼로리가 아니고, 생활 속의 여유다. 부족한 것은 좁은 도로가 아니라 마음속의 빈자리 여유다. 여유 있게 운전하면 교통사고는 나지 않는다는 게 대원칙이다. 자동차 2천만 대 시대를 사는 우리는 "하늘이 주는 명대로 사는 인명재천人命在天"이 아니라 "자동차에 우리의 명이 달린 인명재차人命在車시대"의 하루하루의 안부가 걱정되지 않을 수 없다.

우리는 흐르는 물水에서 배워야 한다. 법法 자字를 파자破字하면 물 수水에 갈 거去로 '물 흐르는 대로 간다.'는 뜻이다. 물은 먼저 흐른 순서대로 흘러간다. 물은 절대로 추월하지 않는다. 순서를 지키지 않고 추월하거나 새치기하는 것은 법의 정신에 맞지 않는 것이다. 동양의 선철先哲은 '만물유서万物有序'라고 했다. 이 세상의 모든 사물에는 모름지기 질서가 있다는 것이다. 질서란 사물의 올바른 순서요 도리다. 질서는 제자리를 지키는 것이요, 올바른 규범을 따르는 것이다. 문명이 발달한 사회는 법질서가 있는 사회요, 미개한 사회는 법질서가 없는 사회이다. 법질서는 문화의 척도다. 민주시민은 문화인답게 줄을 설 줄 알아야 한다. 교양인은 새치기하지 않는다. 두 사람 이상이면 마땅히 줄을 서야 한다. 사회적인 일에서 흔히 자기 자신은 빼놓고 남만 잘해 주기를 바란다. 100은 하나부터 시작된다. 모든 것은 나 하나부터다. 흔히 우리는 나 한 사람의 잘 잘못이 이 사회를 변화시키는데 무슨 소용이 있겠는가 할지 모르지만 한 사람의 의식과 태도 변화가 사회 전체를 변화할 수 있게 하는 원동력이 될 수 있다. 반대로 한 사람이 잘못되면 사회 전체가 무너질 수 있다는 것은 한 마리의 썩은 생선이 상자 전체의 생선을 썩게 하는 것과 같은 이치처럼 감염 속도가 빠르게 확대된다는 얘기다. 먼저 '나 하나'부터 법을 지켜야 한다는 의식이 중요하다. '하나'는 가장 작은 수이다. 하나는 흔히 사람들의 생각 밖에 있는 수요, 무시당하기 쉬운 수다. 자동차의 부품 하나가 고장이 나면 자동차 전체가 움직이지 못하게 된다. 우리 인체도 얼굴, 팔, 다리, 눈, 귀, 코, 장기 등 여러 가지 지체肢体중 어느 하나가 병들면 아파서 눕거나 생명까지도 잃는 수가 많다. 우리 사회도 마찬가지 원리다. 모든 것은 '나 하나' 부터다. '나 하나가 잘해야 한다.'라는 의지와 자세를 가다듬어야 하겠다.

　지금 세상이 요구하는 건 마음의 빈자리, 느림의 여유다. 이효석의 소설 「메밀꽃 필 무렵」의 소달구지가 모든 사람 눈에 가까이 보였으면 싶다. 그 느림을 즐길 줄 알고 '마음속의 빈자리, 여유'에서 나온다는 '느림의 미학'을 깨달았으면 좋겠다.

판을 바꾸면 새 문화가 보인다

―『경찰문학』 표제表題변경 취지문

시대와 상황은 엄청나게 빠른 속도로 변화하고 있다. 정체停滯는 바로 퇴보를 의미한다. 10년이면 강산만 변하는 게 아니라 천지가 개벽하는 세상이 되었다. 지금 국가나 회사마다 이미지와 브랜드 가치가 발전의 명운을 좌우하는 시대이다.

현재 경우문예지『파도와 등대』표제는 경찰 이미지와는 접근성이 떨어져 보는 사람에 따라서는 다른 이미지(해양경찰)를 갖게 하고 있다. 한 마디로 정체성이 미흡할 뿐만 아니라 '경찰 참여 문학'이라는 간단명료한 사실의 전달에도 미치지 못하고 있다. 따라서 시대적 상황에 들어맞고 경찰 이미지 상승up grade작용에 필적匹敵할 수 있는 제호題號로 바꾸는데 다수 회원과 일부 한국 문인들의 의견을 집약集約하였다. 바로 경찰 이미지와 직접적 접근성이 강한『경찰문학』이라는 표제로 바꿔 누구라도 '경찰이 문학을 한다'는 이미지를 심어주고 정서적으로 유려하고 아름다운 경찰문화로 국민에게 접근할 수 있는 홍보와 아울러 경찰 브랜드 가치를 높이는데 기여하리라 확신하며 2010 창간 10주년을 기념하여 이번 제10호부터 표제를『경찰문학』으로 변경하는 취지를 밝혀두는 바이다.

지금 경찰사회 주변 상황도 빠르게 변화하고 있다. 동국대 경찰행정학과 단 하나였던 때가 바로 얼마 전인데 지금 전국 98개 대학에 경찰관련 학과가 신설되어 젊은 세대들의 경찰직에 대한 선호도가 높아짐에 따라 많은 학생이 몰려들고 있다. 경찰채용시험에도 남녀 가릴 것 없이 응시 경쟁률이 점점 높아만 지는 추세를 보게 된다. 따라서 경찰수험생을 위한 '경찰' 자字가 붙은 다양한 고시학원도 곳곳에 포진하고 수험준비생을 불러 모으고 있다.

이런 변화의 추이를 바라보면서 느끼게 되는 건 국민의식 속에 각인된 경찰 이미지와 브랜드 가치는 수준 이하라는 게 보편적 인식인 것 같다는 것이다. 한마디로 무식하고 우직한 집단, 억압하고 윽박지르는 고문 경찰의 이미지가 군더더기처럼 나붙어 있어 전부는 아니지만, 일정 부분 경찰에 대한 부정적 시각이 있다는 것을 인정해야 할 것 같다. 이러한 때 '문학과 예술을 하는 경찰'이라는 혁신적 경찰 이미지와 함께 경찰문화도 새로운 콘텐츠를 개발하고 창출하는 길이 바로 경찰문학과 예술에 있다고 생각된다. 이번에도 몇몇 현직경찰이 기고하여 동참하고 있지만, 앞으로 더 많은 현직경찰(경찰대학생·경찰간부후보생 포함)의 참여를 독려하여 전 현직 경찰이 함께 만드는 경찰문학지로 더욱 발전시켜 나가야 할 것이다. 앞으로 동인지同人誌성격의 문예지에서 명실상부한 문학지로서 연간지年刊誌에서 계간지季刊誌로 발전시켜 경찰인들에게 문학 장르별로 직접 문단등단의 기회가 주어질 수 있도록 추진하는 데 많은 협조가 있기를 기대하는 바이다. "판을 바꾸면 경찰 새 문화가 보일 것이다."

(2010. 10. 경우문학10주년기념회지 기고)

Part 5

문화와 문학의 세계

무량수전 배흘림기둥에 기대서서

소백산은 남한강과 낙동강의 분수령을 이루는 민족의 영산이다. 산세가 웅장하면서도 아기자기한 능선과 해발 1천 미터가 넘는 산봉우리들이 연이어 나타난다. 연초록으로 곱게 물들기 시작한 산골짝을 끼고 잘 닦여진 고속도로를 달려 죽령터널을 넘어가니 향긋한 인삼과 사과 냄새 물씬 나는 풍기군에 접어든다. 영주 부석사 이정표를 찾노라니 과문한 탓으로 처음 알게 된 순흥 유적지 인근의 소수서원紹修書院이 나타난다. 서원 경내에는 3백년에서 1천년이 된 적송赤松 수백 그루가 주변을 짙푸르게 뒤덮고 있다. 마치 추운 겨울을 이겨낸 소나무처럼 인생의 어려움을 이겨내는 참선비가 되라고 하여 이 소나무들을 학자수學者樹라 했단다.

소수서원은 우리나라 최초의 사액서원賜額書院(국왕이 이름을 지어 현판을 하사한 서원)으로 많은 명현거유가 배출된 곳으로 고려 말 유학자 회헌 안향 선생이 배향돼 있다. 회헌 영정(국보 제11호)과 대성지성 문성왕 전좌도(보물 제485호) 등 다른 곳에서 볼 수 없는 귀중한 문화사적 가치가 높은 자료들이 보존돼 있다. 우리 민족의 생활철학이었던 선비정신과 사라져가는 전통문화를 재조명하고 학문 탐구와 도덕심을 일깨울 수 있는 선비촌·소수박물관·청소년 수련관이 바로 옆에 조성되어 후세들에게 올바른 가치관과 역사의식을 확립시킬 수 있는 산교육장이 되고 있다. 부석사의 역사 문화적 가치를 알아보기 위해 가는 길이라 발길을 재촉하였다.

　인간이 최후로 가고 싶은 곳, 극락정토는 이런 데를 말하는 것일까! 소백산맥 줄기인 봉황산 자락에 자리한 부석사는 의상조사가 창건한 불교 화엄종의 우리나라 종찰이다. 따라서 부석사의 공간구조는 화엄사상에 근거한 정토신앙이 가람조영의 배경이 되었다는 것이다. 산세에 따라 건물조형이 결정되기 때문에 절이 놓인 주변의 산세를 잘 살펴보면 길지吉地임을 알 수 있다. 부처의 온화한 자비심처럼 앞에 수많은 산을 끌어안은 모습에서 보는 사람의 마음을 무아의 경지에 이르게 하는 곳이 바로 극락정토가 아닌가 싶다. 그러나 드나드는 버스를 타고 오가는 관광객과 장사꾼들 탓에 여느 관광지나 별 다름없이 속세의 부산스러움은 매일반이다. 주차장에서부터 태백산 부석사라 쓴 일주문을 지나 사과밭 사이 오르막길을 계속 오르는 왼쪽에 통일신라시대의 당간지주가 우람하게 버티고 있어 부석사의 오랜 역사를 말해준다. 천왕문을 지나 안양문, 무량수전, 조사당, 응향각凝香閣 등이 마치 오랜 세월 풍상에 지친 듯 핼쑥한 모습으로 마지 한다. 분위기는 호젓하고도 약간은 스산스러운 듯 말로 표현할 수 없는 희한한 멋을 지니고 있다고 할까. 무량수전無量壽殿에 오르기 위해서는 안양루安養樓의 안양문門을 거쳐야 한다. 건물 위쪽 편액은 안양루라 했고, 아래쪽 편액은 안양문이라고 씌어 있다. 건물 하나에 누각樓閣

과 문이라는 2중 기능을 부여한 것이다. 안양이 산스크리트어의 극락이므로 안양문은 극락정토에 이르는 입구를 상징한다. 안양루에서 내려다보면 경내 건물들의 지붕과 멀리 펼쳐진 소백산 연봉들이 한눈에 들어온다. 아스라이 보이는 소백산 자락의 산과 들이 마치 부석사의 정원처럼 바깥 공간이 확장돼 부석사에서 바라볼 수 있는 가장 뛰어난 경관이다. 이 대자연 속에 이렇게 아늑하고 눈 맛이 시원한 시야를 터줄 줄 아는 지혜, 높지도 얕지도 않은 터에 점지해서 자연의 아름다움을 한층 그윽하게 빛내 주고 있다. 또한, 우리에게 불타의 숭엄한 믿음을 아름다움으로 승화시킬 수 있는 안목을 가질 수 있도록 함으로써 우리가 역사 속에 기리고 있는 부석사 창건주 의상대사가 있었기에 가능했을 것이라 어리 짐작할 수 있다.

무량수전은 부석사의 주불전으로 아미타여래를 모신 전각이다. 아미타여래는 끝없는 지혜와 무한한 생명을 지녔으므로 무량수불無量壽佛로 불리는데 무량수는 이를 의미하는 말이다. 비록 단청은 오랜 세월 비바람에 씻겨 퇴색돼 있지만, 우리 민족이 보존해 온 목조건축물 중에서 고려 중기의 것으로 가장 아름다울 뿐만 아니라 안동 봉정사 극락전 다음으로 오래된 건축물이다. 사뿐히 고개를 쳐든 추녀의 곡선과 배흘림기둥이 주는 높이와 위아래 굵기 등 간결하면서도 역학적이며 기능에 충실한 주심포柱心包의 아름다움이 더욱 돋보인다. 격자문창살 하나에서 문지방 하나마다 잘 나타나 있는 비례의 상쾌함이 이를 데 없이 꼭 갖출 것만을 갖춘 필요미의 특징으로 손꼽힌다. 멀리서 바라봐도 가까이서 쓰다듬어 봐도 의젓하고 너그러운 자태이며 근시안적인 신경질이나 어떤 거드름도 느낄 수 없다. 무량수전 정면 중앙에 걸린 편액은 고려 공민왕의 글씨로 검은 바탕에 하얀 양각으로 새겨져 수많은 세월이 흘렀지만 지금도 뚜렷이 돋보이고 있다. 내부로 들어서면 서쪽에서 동쪽을 바라보고 불단과 닫집을 만들고 불상을 동향으로 배치하여 내부 열주를 통해 이를 바라볼 수 있도록 함으로써 일반적인 불전에서는 볼 수 없는 장엄하고 깊이 있는 공간을 제공한 점이 특이하다. 일반적으로 들어가는 정면 쪽으로 불상을 모시는 우리의 전통 건축에서는 보기 드문 해결방식이다. 여기서 이 건물을 지은 대목을 비롯한 그때 사람들의 뛰어난 건축 감각을 느낄 수 있다. 이 외에도 현존 최고의 사찰벽화인 조사당벽화(범천, 제석천, 사천왕상 등 6점), 석등, 고려 각판 등 유물들은 모두 당대를 대표할만한 작품들이 소장된 것을 볼 수 있다.

무량수전에서부터 당간지주가 서 있는 절 밖, 넓은 터전을 여러 층의 단으로 닦으면서 그 마무리로 쌓아놓은 긴 석축들이 각기 다른 각도에서 이뤄져 있는 것을 볼 수 있다. 이는 아마도 먼 안산이 지니는 겹겹한 산 능선의 각도와 조화시키기 위해 풍수사상에서 계산된 짜임새일 것으로 보인다. 이 석축들의 짜임새를 보면서 자연과 건조물의 조화에 대한 우리 조상의 건축 감각을 알 수 있을 것 같다. 그것은 바로 순리를 따르는 아름다운 사고의 집합이라고 이름 붙이고 싶다. 자연석을 조화 있게 섞어서 높고 길게 쌓아올린 석축 속에서 크고 작은 돌들이 푸른 이끼가 낀 채 편안하게 자리 잡고 희한한 구성을 이루고 있는 것은 한국인만이 창출할 수 있는 조화미의 예술이 아닐까 생각한다.

봉황산 자락에 자리한 부석사는 부처의 온화한 자비심처럼 앞에 수

많은 산들을 끌어안은 모습에서 보는 사람의 마음을 무아의 경지에 이르게 하는 가장 아름다운 사찰이다. 그동안 그리도 보고 싶었던 부석사의 '무량수전 배흘림기둥에 기대서서' 자연과 조화를 이룬 아름다움에 감탄하였다.

성찰과 숙성의 계절에

맑은 가을 하늘이 쨍그랑 깨질 것만 같아 나도 모르게 눈물이 난다. 열린 대문으로 성큼 다가서는 가을은 봄여름에 느끼지 못했던 묘한 감정이 느껴진다. 흰 구름 유유히 저 멀리 흘러가고 유리구슬처럼 반짝이는 햇살 아래 제 무게를 이기지 못하고 모두 떨쳐버리고 마는 가을은 쓸쓸하다. 예전에 어떤 문인이 가을엔 '앓는 병'이 있음을 자백했듯이 사람마다 가을을 앓게 마련인가 보다. 당唐나라 시인 백낙천도 "사계절이 모두 마음에 괴롭지만 그 중에서도 단장斷腸의 슬픔은 역시 가을이다"라고 했던가. 그런데 가을에 느껴지는 이 단장의 슬픔은 귀뚜라미 때문이기도 하다. 가을이 우리 곁에 자리 잡았음을 알리는 처서處暑가 되면 모기와 귀뚜라미가 임무를 교대한다. 그 교대식에 나온 모기 꼴이 가관이다. 입이 귀밑까지 찢어져 있기 때문이다. 귀뚜라미가 그 이유를 물은 즉 "미친 것들이 날 잡는답시고 제 허벅지·볼때기 때리는 것을 보고 너무 우스워 웃다가 이렇게 되었다."라고 했다. 모기가 보니 귀두라미에겐 예리한 톱이 있었다. 어디에 쓰는 톱이냐니까 "추야장秋夜長 쓸쓸한 독수공방에서 임을 기다리

175

는 연인 네들 애간장 끊기 위한 것이다."라는 대답이었다. 이 귀뚜라미가 톱질을 해대는 가을은 동경과 그리움에 마음속을 태운다. 사람마다 어쩔 수없이 애타는 것엔 애타는 그만치, 그립던 것엔 그립던 그만치, 고독했던 것엔 고독했던 그만큼 쓸쓸함이 몸속에 침잠되어 홀로 삭히게 되는가 보다.

늦가을은 빈 산, 빈 들, 빈 가슴이다. 낙엽에 밤비 듣는 소리가 투덜대며 살아온 나의 삶처럼 마음속에 내려앉는다. 앞 산 숲 속의 나뭇잎들은 이제는 모든 것을 주어버려 가진 것 없이 늙어버린 어머니처럼 누워 있다. 문득 마음이 쓸쓸할 때는 낙엽이 쌓인 숲길을 걷는다. 날마다 반복되는 일상을 잠시 접고 여기저기 쌓인 낙엽을 밟으며 생각에 젖어보기 위해서다. 문득 살아온 발자취를 되돌아보면 삶의 매듭마다 검은 얼룩이 묻어 있다. 늦가을은 노년의 남은 인생을 생각하게 된다, 언젠가 저 나뭇잎처럼 담담하게 뿌리로 돌아갈 수 있을까! 숲길에는 몇 년씩 곰삭은 나뭇잎들이 큰대자로 누워 '이 뭣고?' 하고 참선하는 것 같기도 하다. 땅 위에 겸허하게 몸을 뉘이고 그 몸마저 뿌리로 주어버리는 낙엽은 할 일을 다 마치고 나서 여유로워 보인다. 하나 한밤 지붕 위를 쏜살같이 스치고 지나가는 바람 떼의 질주에 깜짝 놀라며 몸을 부르르 떤다. 지금 혼자인 사람은 언젠가는 혼자 바람처럼 가게 될 것이다. 혼자 가게 될 것을 생각하는 순간이다. 때가 되면 나뭇잎은 바람이 흔들어대지 않아도 낙엽이 되게 마련이듯 인생도 마찬가지다. 내 인생도 벌써 늦가을에 접어들어 남은 삶을 가늠해 보며 어떻게 하면 사람답게 살다 갈까, 무엇을 어떻게 남기고 떠날까 골똘하게 된다. 누구나 한 번 가야 하는 인생길에서 가을이 주는 아름다움 뒤에 다가오는 이 쓸쓸함 쯤은 감내堪耐하고 사는 날까지는 살아야 하리라. 꽃이 아름다운 것은 쉬 지기 때문이다. '벌써 져버렸네.' 하고 안타까워하는 것은 기억에 남겨두려는 것일 게다. 단풍이 가장 아름다운 때는 떨어지기 직전이다. 마지막 생명의 불꽃을 피워 최고의 아름다움을 발산한 뒤 생의 종말을 맞는 것이다. 소멸의 아름다움, 아침이 있어 저녁이 있고 잎과 꽃이 피면 지듯이 사람 또한 마찬가지다. 한 때만 살다 죽는 것이기에 애착과 그리운 만큼의 안타까움이, 가을의 아름다움과 쓸쓸함이 교차交叉하듯이 어쩔 수 없이 사람마다 겪는 과정이요 한계임을 깨닫게 된다.

유리잔처럼 말간 늦가을 하늘의 정취를 보면서 찬탄과 함께 좌절 또한 맛보게 된다. 지난날 혼탁한 사회에서 숨 쉬고 살아오다 문득 진로가 막혀버린 다음 새삼 느끼던 좌절이다. 태양은 눈에 띄게 쇠衰해지고 별안간 천지가 쓸쓸하다. 모든 게 허허롭다. 이럴 땐 문득 절간이나 간이역에 가고 싶다. 정적과 침잠이 있고 떠남과 보냄이 있는 곳이지만 뭔가 새로운 만남을 볼 수 있을 것만 같은 곳이기 때문이다.

계절의 변화와 인생의 덧없음보다 더 매혹적인 기적도 없다 싶다. 불교에서 마음을 내려놓으라는 '방하착放下着'의 때이다. 여름 내내 지고 온 탐욕이나 분노 어리석음을 문득 내려놓고 정신을 새롭게 가다듬을 계제階梯다. 깨달음의 저 언덕으로 건너가는 미완의 성취, 도피안到彼岸까지는 아니라도 미욱한 나의 차안此岸을 응시할 수만 있어도 쓸쓸한 가을은 견딜만하다고 자위自慰한다. 가을이 가면 곧 살을 에는 겨울이다. 그리고 세밑은 모든 걸 내려놓는 달이다. 해묵은 미움, 원

망, 분노, 시기, 질투, 별다른 노력도 없이 막연히 기대해온 것까지
고스란히 내려놓아야 한다. 미움을 양손에 들고 있는 사람은 결코 사
랑을 껴안을 수 없다. 한껏 포용하고 사랑하기에도 짧은 인생 아닌
가! 여름 무성했던 나뭇잎들을 낙엽으로 떨쳐버리듯 내려놓아야만
한다. 가을은 밖으로 벌이기보다 안으로 거둬들이는 계절이다. 일을
끝맺음 하고 안으로 수렴을 재촉하는 가을엔 내면적으로 성숙을 꾀하
는 사색과 성찰을 해야 한다. 이 가을 나는 혼자다. 내 맑은 영혼의
호수 위에 나래를 접고 조용히 사색에 잠긴다. 모든 것을 내려놓아
마음을 비우고 가벼운 심정으로 이제 남은 삶을 준비 해야겠다. 보다
더 인생을 성숙하게 살기 위해서 고독한 영혼을 어루만져야겠다. 가
을이 주는 성찰과 숙성의 의미를 되새기며 더 멀리 보고 살아야
한다. 나 자신을 비우면 내 영혼은 맑은 가을 하늘처럼 더 깨끗해질
터이다. 나는 기도한다. "이 가을 영혼이 맑은 나에게 하늘나라처럼
평화가 땅에서도 이뤄지게 하소서"라고 말이다.

마감시간의 마지막 힘을…

롱펠로가 "너무 늦다니 너무 나이 들었다니…."라고 60세에 쓴 시 詩는 나이 들었어도 뭔가 할 수 있다는 역설적인 표현인 것 같다. 나이 65세를 지나 지공회(지하철 공짜)에 가입했으니 국가로부터도 노인 대접을 받는 늙은이가 되었다. 지금 인생 1백세 시대에 노인 대접받는 게 그렇게 달갑지만은 않는 사람들이 대부분인 것 같다.

사람은 누구나 태어나서 살다가 늙고 죽게 되는 것은 어쩔 수 없는 숙명이다. 늙으면 기력이 쇠약해지고 기억력도 없어지며 눈이 어두워지고 귀도 잘 들리지 않고 인생에 허무감과 고독에 빠지게 되고 우울증에 걸리기 쉽다. 더욱이 식욕도 소화력도 떨어지고 성적 기능이 약해져서 매사에 흥미나 의욕도 없어진다. 더욱 노화를 재촉하는 것은 퇴직 후 사회활동이 줄어져 인생에 소외감을 느끼게 돼 외톨이가 된 기분이 들게 된다. 삶의 기쁨이나 감격이 말라버리고 고혈압, 중풍, 당뇨병이 생겨 심신이 부자유스럽다 보니 가족에게도 부담을 주게 된다. 마른 나무처럼 생기가 없고 꺼져가는 촛불처럼 생명력이 약해진다. 이것이 사람의 늙어가는 현상이다. 젊어서 추한 것은 그래도 괜찮다. 늙어서 추한 것은 보기에도 역겹다고 한다. 늙는다는 것이 이렇게 어두운 면만 있는 게 아니다. 밝고 아름답고 영광스런 측면도 없지 않다. 늙은이의 백발은 지혜의 면류관이요, 이마의 주름은 깊은 체험의 조각품이요, 빙그레 웃는 웃음은 사랑의 결정체다. 늙어서 원숙한 것을 노숙하다 하고, 늙어서 대성한 것을 노성이다 하고 늙어서 솜씨가 완벽한 것을 노련하다고 한다. 노익장은 늙어서 일에 정열을 쏟고 원숙미가 있는 노인을 가리킨다. 그래서 노인은 두 개의 얼굴을 갖고 있다. 하나는 노쇠, 노망, 노추의 어두운 얼굴이요, 다른 하나는 노련, 노숙, 노성, 노익장의 밝은 얼굴이다.

노년을 어떻게 해야 아름답고 보람 있게 살 수 있느냐. 이것이 늙은이에게 가장 중요한 문제다. 날마다 방 아랫목에서 무료하게 바보 상자 TV의 리모컨이나 주무르고 채널을 돌리며 시간을 보내면 뭐 남는 게 있던가! 뭔가 인생의 전환점을 생각해 볼 일이다.

노년을 보람 있고 명예롭게 살다간 사람이 많다. 모세스 할머니가 그림을 그리기 시작한 것은 80세였다. 그녀는 죽는 날까지 1천 5백점의 작품을 제작했으며 그 중의 24%는 1백세 이후의 작품들이다. 미켈란젤로는 71세에 시스틴 상당의 벽화를 그렸다. 슈바이처 박사는 89세가 되던 해에도 병원에서 수술을 집도하였다. 대통령이었던 허버트 후버가 미국의 벨기에 대사로 임명된 것은 84세 때였다. 처칠은 65세에 영국의 수상이 되었다. 그의 노벨문학상 수상작인 「영국사」가 완성된 것은 82세 때이다. 채플린은 74세 때에도 영화를 감독했다. 올리버 웬델 홈즈는 90세가 될 때까지 미국 사법계의 최고 권위자였다. 철학자 버틀란트 러셀은 94세 때에도 국제평화운동을 위해 활

약했으며 99세에 세상을 떠난 그는 "나는 일하다 죽고 싶다."라고
했다. 아데나워는 88세 때까지 서독 수상을 맡았다. 피카소는 90세
때에도 그림을 계속 그렸다. 루빈스타일과 카잘스는 89세 때까지 연
주회를 했다. 카토는 80세에 희랍어를 배웠다. 괴테는 82세에 「파우
스트」를 완성했다. 지금까지 열거한 노인들은 극히 보기 드문 이들이
기는 하다. 이들보다 더 많은 노인이 노망과 노추를 보여 온 예도 많
이 들 수 있다.

사람들은 40 고개에 오르기가 무섭게 하루에도 수만. 수십만 개의
뇌세포가 죽어간다. 따라서 60대의 창조력은 20~30대와는 비교할
수 없을 만큼 저하된다. 아인슈타인은 20세 전후에서 찾아낸 '상대성
원리'에 버금가는 업적을 그 후 남겨놓지 못했다. 그러나 그가 세계적
인 영향력을 발휘할 만큼 크게 된 것은 50세 이후였다. 저녁노을이
가신 다음에 하늘에는 무수한 별이 빛난다는 것을 생각해 볼 일이다.

언젠가는 혼자서 양말도 신지 못하는 날이 오고 마는 삶의 종착역
이 있게 마련이다. 매일, 매분기, 매년의 마감 시간은 알 수 있지만
정작 자기 '삶의 마감 시간'은 아무도 모른다. 우리는 예측 불가능의
마감 시간을 향해 가고 있다. 하지만 우리는 또한 뭔가를 마감시간
안에 해낼 수 있는 힘이 있다. 저녁노을이 가신 다음에 하늘에는 무
수한 별이 빛나듯이 말이다. 마감 시간 얘기가 나왔으니 말이지 문인
이나 기자 등 글을 쓰는 사람은 원고 마감 날짜나 기사 마감 시간이
있다. 아무리 좋은 글, 좋은 기사라도 마감 날짜, 마감 시간을 넘기면
아무 소용이 없게 되는 경우가 많다. 그러니까 어떻게 해서든지 마감
시간에 맞춰 해내야 한다. 문학사나 신문사는 마감 시간 안에 기획했

던 원고가 들어오지 않으면 빈칸으로 책이나 신문을 낼 수도 없으니
낭패가 아닐 수 없다. 하여 독촉을 하고 또 독촉을 받게 된다. 그런데
마감 전까지 도저히 될 것 같지 않던 원고나 기사들이 마감 직전에 마
치 야구 선수가 죽기 살기로 홈에 슬라이딩하듯 용케도 마감에 맞춰
많이 슬라이딩해 들어온다. 이것이 '마감 시간의 힘'이다. 이 마감 시
간이 갖는 힘의 원천과 비밀은 뭘까? 그것은 긴장감이다. 죽을힘을
다해 끝까지 뛰게 하는 긴장감의 활성화를 통해 이뤄지는 것이다. 사
람이 너무 긴장하면 아무것도 할 수 없는 상태가 되어버리기도 한다.
하지만 적절한 '준비성 긴장'은 그 사람을 윤택하게 하기도 하고 일의
흐름을 촉발시킨다. 오랜 각고의 구상 끝에 마감 직전, 온 정력을 다
해 쓴 글이 더욱 빛난다는 속설도 있다. 이것은 정말 긴장된 마음으
로 젖 먹던 힘까지 총동원해 역량을 발휘한 때문일 것이다.

　마감 시간은 끝을 의미한다. 그러므로 오늘이 내 삶의 마지막이 될
지 모른다는 비장감으로 더 열심히 해야 한다. 이것이 내 안에 있는
마지막 위대한 힘을 일깨울 수 있다. 사람은 벼랑 끝에 서면 오히려
강해진다. 비장해지기 때문이다. 우리 삶은 마감 시간이 입력된 시한
폭탄으로 시간이 되면 터지고 만다. 하지만 그 마감 시간을 우리는
모른다. 때론 너무 갑자기 닥쳐버려 혼절할 때도 있다. 불과 몇 시간
전에 멀쩡하던 사람이 수영하다가, 비행기 사고로, 등반사고로, 심지
어 잠을 자다가도 어이없게 죽게 되니 말이다. 그러니 매 순간 후회
없이 살아야 한다. 늙었다고, 나이 들었다고 체념하지 말고 크던 작
던 취미와 적성에 맞는 일거리를 택해 죽는 날까지 일생 추구하는 일
이 있는 사람은 좀처럼 늙지도 않고 행복하게 살 수 있다. 인생을 아

름답고 보람 있게 늙는 지혜와 비결이 무엇이냐. 이 문제를 늘 생각하면서 "메맨토 모리memanto mori 죽음을 기억 하라." 인생 '마감 시간의 힘'을 발휘하며 뭔가 의미 있는 나날을 보내야 하지 않을까. 어떤 목표를 정하고 뭔가 꾸준히 해내는 노력과 정성 말이다.

세계 속의 한국문학

　지금 세계 속의 한국문학은 어디쯤 있을까. 지난해 노벨문학상은 루마니아 태생의 독일 시인이며 소설가인 헤르타 뮐러(57)에게 돌아갔다. 2008년은 프랑스인 르 클레지오가 차지함으로써 2007년 영국의 도리스 레싱 이후 3년 연속 유럽 작가가 수상하여 지난 10년 사이 노벨문학상은 유럽중심주의가 지배하는 추세였다.

　비유럽권 출신으로 1994년 일본의 오에 겐자부로가 수상한 이래 프랑스 국적의 중국출신 가오싱젠과 유럽에 한 발을 걸친 터키의 오르한 파무크가 있을 뿐이다. 특히 지난해는 비유럽권에 돌아갈 거라는 예측이 많았으나 스웨덴 한림원은 또다시 유럽 작가를 선정하고 말았다.

　지난해 수상한 뮐러는 세르비아-헝가리 국경에 있는 니츠키도르프에서 '루마니아의 독일계 소수민족' 집안의 딸로 태어났다. 독일작가로는 10번째, 여성작가로는 12번째 수상이다. 독일어를 모국어로 사용하는 문화적 전통에서 성장하며 1980년대 루마니아에 사는 독일계 소수민족의 실체를 독일 독자들에게 알려 이들의 정체성과 민족의 흔적에 관심을 끌게 한 계기를 마련하여 세계문학에서 지식인의 역할을 꾸준히 해온 결과 노벨문학 수상작가로 평가받게 된 것으로 알려졌다.

1970~80년대 중남미 아프리카 작가로 기울었던 노벨문학상위원회가 왜 유럽 쪽으로 기울었는가를 생각해 볼 필요가 있다. 1990년대부터 지금까지 미국 중심의 세계화가 강화되면서 미국적인 상업문화에 유럽문화가 노출되면서 그 위협을 받아온 시기였다. 미국의 문화공세에 유럽의 위기의식이 유럽문학의 우수성을 인정받기 위한 하나의 방편이 아니었을까 생각된다. 미국 대중문화세력에 맞선 유럽문화의 정체성을 부각시키기 위해 계속 유럽작가를 선택하게 된 동인이라고 보는 것이다.

2002년부터 8년째 유력 후보로 거론됐던 우리 고은 시인(77)은 지난해에 이어 올해에도 아쉬움의 쓴잔을 마셔야 했다. 2008년도 스웨덴 최대 일간지 '디겐스 니히테르'는 르 크레지오와 함께 한국의 고은 시인을 유력 후보로 소개했지만, 노벨문학상의 유럽 편향적 추세는 어쩔 수 없이 우리 한국문학의 한계로 받아들여지면서 냉정하게 현실 인식을 해야 할 계제階梯라는 생각이다.

여기서 1970년대 초로 거슬러 회고해 보면 당시 한국 펜클럽은 스웨덴 한림원으로부터 노벨문학상 후보추천을 의뢰받았다. 그때 거론된 몇몇 작품은 번역초차 되지 않아 제외되었다. 다만, 재미작가 김은국金恩國의 『순교자』는 논의는 되었으나 한국태생의 작가가 한국을 무대로 쓴 소설일 뿐 한국소설은 아니라는 점에서 포기하고 말았던 것이 그 당시 한국문학의 실상이었다. 그로부터 40년이 지난 오늘에 이르기까지 몇몇 작품이 외국에 번역 소개돼 호평을 받으면서 한국문학의 위상이 다소 높아지고 있는 건 다행스런 일이다. 하지만 우리는 한 번도 받지 못한 노벨문학상을 이웃 일본은 두 번씩이나 수상한 것은 부럽기도 하지만 그 차이를 인정하지 않을 수 없는 게 현실이다. 세계문학 속의 일본 문학은 있지만, 세계문학 속의 한국문학은 아직 없는 점이 아쉽고 허전할 따름이다. 그동안 우리 국민들의 노벨문학상에 대한 관심과 기대는 한국의 작가가 세계문호로 인정받기를 원하기도 하지만 모국어에 대한 사랑과 그 창조적 성과에 대한 국민적 자부심이 깊이 자리 잡고 있는 것이다.

그러면 우리는 지금 어떻게 해야 할까? 먼저 한국문학을 세계 각국의 언어로 번역 소개하는 작업을 국가적 사업으로 보다 적극적으로 추진하는 일이다. 아무리 우수한 작가의 작품이라도 세계 각 나라말로 번역되지 않으면 세계 속의 한국문학은 존재하지 않는 거나 마찬가지이다. 따라서 한국문학번역원은 다국적으로 한국문학번역을 통해 서구지역은 물론 아시아·아프리카·중남미 등 여러 국가와 번역문학 교류를 확대하여 한국문학을 온 세계에 알려야 한다. 그러기 위해서는 '한국학'을 전공하는 외국 유학생을 유치하여 그들 나라의 정서감각으로 한국문학을 번역케 함으로써 우리 문학을 해외에 제대로 알리는 효과가 있을 것이다. 경제력이 세계 10위권이면 문학은 오히려 그보다 앞서 가는 위치에 놓여 있어야 하지 않을까 싶다. 다음으로 현재 세계문학의 지형도를 바꾸는 일이다. 아시아 아프리카 중남미 등 비유럽권 민족문학이 유럽과 대립하고 교섭하면서 독특한 문학을 산출했다는 점을 인식해야 하겠다. 한국 문학도 아시아권과 3세계문학권과 상호 연대·통섭統攝하면서 독특한 새 활로를 개척해 나아가야 할 것이다. 세계화의 파고 속에서 유럽중심으로 회귀 된 노벨문학상의 향방은 우리에게 좀 더 창의적인 대응을 요구하고 있다.

'문학의 해' 행사도 일회성으로 끝날 게 아니라 3~5년 주기로 정착시키고 외국의 한국문학 번역작가초청대회 행사 등 다양한 콘텐츠를 개발해 전개하는 것도 침체된 한국문학을 세계문단에 발돋움시키는 한 방법이 될 것으로 기대 한다. 문학의 침체는 문인 탓만도 독자 탓만도 아니다. 한국 문인 중에서 세계적인 문호文豪가 나오기 위해서는 우리 문화계의 다각적인 노력이 있어야 할 것으로 사료思料된다.

세계문학 속의 한국문학이나 그 한국문학 속의 이제 갓 10주년을 맞는 우리 경찰문학이나 외소矮小해 보이기는 마찬가지라는 생각이다. 넓은 문학세계의 흐름에 동참하기 위해서는 우리 스스로에게 채찍질하는 마음으로 날마다 생각하고 쓰고 지우고 다시 쓰기의 역사役事에 더욱 매진邁進해야 할 것이다 .

(『경찰문학』 창간 제10주년 기념 권두언)

187

팔만대장경판八萬大藏經板의 신비

　2011년은 1011년(고려 현종 2년)에 처음 팔만대장경판이 만들어진 지 천 년이 되는 해이다. 해인사 수다라장과 법보전 안의 나무 창살 틈으로 경판이 끝도 없이 쌓여 있는 것에 우선 감탄하게 된다. 팔만대장경판은 우리의 마음으로 그 값어치를 읽어내야 하는 유물이다. 우리 민족이 일직부터 정교한 인쇄술을 가지고 있었다는 증거물이지만 경판이 만들어지기까지 고난의 역사를 지금 우리가 얼마나 알고 있는 것일까! 나는 '팔만대장경판의 신비' 앞에서 그 숨겨진 비밀을 알 수 없을까 생각하다가 우연히 경내서점에 들러 『팔만대장경의 비밀(박상진 지음)』을 만나면서 역사의 수레바퀴를 거슬러 그 신비의 비밀을 조금이나마 알게 된 것을 다행으로 생각한다.

　고려의 집권세력은 국가 존망의 위기에서 백성의 마음을 한 곳으로 모으는 종교적 이벤트가 필요했던 것 같다. 대장경을 만들 무렵 고려왕조는 수차에 걸친 오랑캐의 침입으로 온 국토는 유린당하고 왕실은 강화도로 피난하여 백성은 희망을 잃고 나라의 앞길이 풍전등화 같던 시기였다. 이런 시대적 상황 속에서도 왕실과 귀족·백성이 불력佛力

의 힘으로 나라를 구하겠다는 의지로 굳게 뭉쳐 이루어 낸 것이 고려 팔만대장경판이다. 전쟁의 참화 속에서 백성이 찾고자 했던 것은 불교에서 말하는 극락왕생의 유토피아였다. 앞서 초조初彫대장경을 새기자 공교롭게도 거란군이 물러갔으나 몽고군의 침입(1232년)으로 불타 없어져 버린 초조대장경을 다시 새기자는 슬로건은 백성의 지지를 얻는 원동력이 되었다. 고려고종(1236~1251) 16년 간에 걸친 고려인 인고의 산물이 현존하는 고려 재조再彫대장경판이다. 다른 대장경은 인쇄물만 조금씩 전해질 뿐인데 팔만대장경은 인쇄물이 아닌 방대한 목판(8만 1,258장)이 온전히 보존된 단 하나뿐인 세계문화유산이다. 13세기 세계최대규모의 인쇄용 원판이면서 그 내용이 하나도 빠짐없는 완벽한 전질全帙이라는 점에서도 그 가치가 매우 높다. 팔만대장경판을 가로로 눕혀 높이 쌓으면 거의 백두산 높이가 되고, 길이로 이으면 150리, 무게로는 280톤으로 그 안에 5,200만 자의 글자를 담고 있어 한자漢字에 능숙한 사람이 하루 8시간씩 30년 동안 읽어야 내용을 파악할 수 있을 정도다. 이 방대한 팔만대장경판의 재질은 무엇이고 어디서 어떻게 새겼으며 오늘날까지 온전히 보존된 비밀의 배경이 궁금하지 않을 수 없다.

경판의 재질은 현미경 표본조사결과 자작나무라는 속설과는 달리 우리나라 어디서나 잘 자라는 산벚나무와 돌배나무가 대부분인 것으로 증명되었다. 나무가 잘 썩지 않고 질 좋은 심제心材 부분의 조직이 치밀하고 세포가 고르게 분포되어 너무 단단하지도 무르지도 않아 경판 새기는데 적합하다는 것은 나무를 오래 다뤘던 선조의 면면히 이어져 내려오던 경험과학의 기술이었다. 돌배나무도 산벚나무와 세포

배열이 비슷하고 질이 좋아 경판재료로 산벚나무만큼은 아니지만, 많이 쓰였다고 한다. 나무재질선택에 이어 전국 각지에 산재한 나무 고르기, 1만~1만 5천 그루의 나무 베기, 자동차도 없던 시대 목도로 운반하기, 새김판자 켜기, 바닷물에 담그기, 소금물에 삶기, 판자마무리가공, 마구리 만들기, 등 여러 과정을 거쳐서야 경판 새기기에 이르게 된다. 경판새김에 앞서 새길 팔만사천법문은 석가모니 45년간의 설법 중에서 이를 정리하고 체계를 세운 것이 바로 대장경이다. 대장경의 목록은 『금강경』 『화엄경』 등 불경의 종류로 나뉘고 600여 권의 『대반야경』 등 짧은 것은 합치고 많은 것은 나뉘어 그 하나하나를 함函이라 이름 부치고 순서를 정했다. 팔만대장경에 선정된 불경들을 경판 크기에 맞게 먼저 한지韓紙에 경문을 붓으로 정성스럽게 쓴 게 판하본이다. 판하본 경문을 잘 다듬은 목판에 뒤집어 붙인 다음 판각板刻하는 등 그 하나하나 과정을 거쳐 만들어낸 것이다. 대장경을 만드는데 한 치의 어긋남도 없이 정성과 혼을 담은 엄정한 자세가 아니면 엄두도 낼 수 없는 신비스런 작품이다. 대장경판의 한문 글씨는 중국 구양순해서체歐陽詢楷書体로 아름다운 글자들의 글꼴은 물론 한 사람이 쓰기에도 어려운데 30여 명이 일정한 서체로 한 글자 한 획의 삐침이나 파임까지도 완벽함을 보여주고 있는 것에 추사 김정희도 신필의 경지라 찬탄해 마지않았다. 대장경판을 새긴 장소는 나무판의 출처 등 여러 자료를 볼 때 해인사자체 또는 인근 사찰일 가능성이 크며 그간의 강화도에서 제작해 해인사로 옮겼다는 설은 근거가 희박하다. 대장경을 보관하는 장경판전은 조선 초기 건축양식으로 우리 건축사적인 면에서도 매우 중요한 가치를 지닌다. 무엇보다 대장경을

보관하는데 절대적 요건인 통풍과 습도를 자연적으로 조절하도록 앞
벽면의 창은 아래 창이 위창보다 네 배로 크게 하였고 뒤 벽면은 그
반대로 위 창이 아래 창보다 1.5배 정도 크게 만들어져 있는데 이는
가야산에서 내려오는 센바람을 고려한 대류현상을 이용하는 과학적
인 통풍방법으로써 우리 선조의 지혜를 보여주고 있다. 장경판전 터
의 좋은 토질의 흙에 소금, 숯, 횟가루, 마사토를 넣어 방충은 물론
여름철 습기가 많을 때에는 습기를 빨아들이고 건조기엔 습기를 밖으
로부터 들여보내도록 자연 순환식 설계를 한 과학적 우수성이 돋보이
는 장면이다.

　팔만대장경이 수많은 전쟁과 화마로부터 보존해 내려온 것 또한 경
이롭지 않을 수 없다. 조선 세종 때부터 일본은 기회만 있으면 여러
가지 구실과 회유로 빼앗아 가려는 것을 저지해온 점과 임진왜란과
6·25전쟁의 참화로부터 오늘에 이르기까지 잘 보존해온 점이다. 특
히 6·25 전란 때 해인사 일대에 숨어든 빨치산을 소탕하기 위해 폭
격명령을 받고도 "빨치산 몇 명 죽이기 위해 소중한 우리 문화유산을
불태울 수 없다"라며 주변고지를 폭격하고 기수를 돌림으로써 위기
로부터 문화재를 보호해준 김영환 장군의 정신을 기리는 해인사 입구
의 추모비가 자랑스럽다. 화마 또한 최근 시기부터 300여 년 사이 7
차례의 화재가 있었던 것과 비율로 추정컨데 조선 초기 해인사 보관
이래 6백여 년 동안 무려 15-6번의 화재에도 판전이 말짱한 건 단순
기적이라 말하기엔 너무 신비롭고 경이로울 따름이다.

　이 팔만대장경판은 세계최대의 규모성規模性, 세계최고最古의 역사성
과 다른 대장경 연구의 모본模本이 되는 학술성, 한결같은 서체의 예

술성書藝, 인쇄문화의 선진성, 판각기술의 완벽성, 대장목록구성의 독
창성, 경판보존상태의 과학적 우수성을 지닌 이 나라의 보배(국보제
32호)요 세계문화유산(제264호)으로 우리의 긍지와 자부심이 짙게 서
려 있는 걸작임에 새삼 문화국민의 긍지와 자부심을 가질만한 유산으
로 자랑스럽기만 하다.

끝없는 추구 접고 편히 잠들기를

사람들은 북망산이 가까이 있는 줄을 미처 깨닫지 못하고 살아가는 것 같다. 누군가 전하는 바로는 고 장미남 수필가는 "백 살까지 살 거야."라고 했다는 얘기를 듣고 건강이 호전된 줄로 알고 참으로 다행스럽게 생각했다. 한데 갑자기 유명을 달리했다는 소식을 듣고 전혀 믿을 수 없어 필자를 포함해서 많은 사람이 "정말이냐?"고 사실을 되묻기도 했다. 불과 며칠 전 그런 말을 했다는 건 본인 자신도 곧 닥칠 운명의 시간을 감지하지 못했기 때문이 아닐까!

고인의 나이 50세니 한참 일할 수 있는 시간을 앞에 두고 어찌 눈을 감았을까 싶지 않다. 평소 일 욕심 많고 명예욕 또한 강해서 누구보다도 지금 여성시대에 앞서 가는 리더십을 발휘할 계제를 찾고 있었을 것이기 때문이다. 더욱이 그에게는 아직 못다 한 일이 많다. 우선 슬하에 세 아들이 대학생 고등학생으로 한참 학업에 매달리는 시기이고 더욱이 막내아들은 이제 갓 열 살로 어머니가 따뜻이 품어주어야 할 그 어린 애를 생각하면 마음이 쓰라려 도저히 눈을 감을 수 없었을 텐데 그 못다 한 일들을 그냥 놔두고 어떻게 이승을 작별할 수 있었을까. 그뿐이 아니다. 그의 생전의 수필집『낙숫물 통이 있는 풍경』중 '작별이 잦은 우리들의 시대'에서 그는 부군에 대해 이렇게 썼다. "신부님 앞에서 평생을 같이 하자고 서약한 지 십여 년이 지난 어느 날 가족끼리 둘러앉아 애기하다가 화장실에 간 남편이 인기척이 끊겨 확인해 보니 화장실 바닥에 쓰러져 있었다. 그 순간 발을 동동 구르는 아이들 속에서 119를 외치며 인공호흡을 하고 가슴을 압박하는 순간 집안은 아수라장이 되었다. 십여 분이 지난 뒤 남편은 갑자기 일어나더니 그만 숨을 푸—하며 품어내고는 "왜 그렇게 울고 야단이냐!"라며 눈을 크게 뜨고 거실로 뛰쳐나갔다. 그는 생사의 갈림길을 가족들에게 보이고도 아무렇지도 않다는 듯 다음 날 출근하는 걸 보았다. 그러면서 "어느 날 문득 작별이 내게 찾아와도 후회 없는 삶이 될 수 있을까. 건강하게 살아 있음은 축복이고 행복이다. 살아 있기에 함께 할 수 있어 지금 나는 행복하다. 언제까지나 곁에서 꿈꾸며 세상을 배우리라."라는 표현은 일찍이 자신이 먼저 작별을 예감한 역설적인 표현이 아니었을까 싶기도 하다. 그는 또 부군에게 "세상을 아무것도 모르는 나와 이대로 헤어지다니 있을 수 없는 일이다."라고도 했다. 그의 부군과 이처럼 사랑하며 살아갈 아까운 날들을 남겨둔 채 차마 어떻게 작별의 눈을 감을 수 있었을까! 그러나 그는 "작별이 잦은 우리들의 생애/ 가벼울 정도로 사귀세/ 악수가 서로 짐이 되면 작별을 하세."라고 작자 미상의 시를 노래하기도 했다. 그러면서 "나 같이 평범한 사람도 작별이 얼마나 흔한 일이라는 것을 부정하지 않게 되었으니."라는 작품을 마지막 남겨두고 떠나갔다.

　라틴어 경구처럼 "메멘토 모리Memento mori(죽음을 기억하라)"다. 하느님으로부터 죽음의 영감을 받았기에 이런 글이 써졌는지도 모른다. 하느님이 하는 일은 사람이 모르니까! 그래서 바람이 부니 바람 따라 사는 데까지 살다가 때가 오면 마지막 가진 것도 훌훌 털어버리고 북망산을 찾는 사람은 참으로 멋있고 행복한 사람이요, 참 자유인이다.

생전의 고인의 성품대로 사람이 산다는 것은 끝없는 추구이며 시도이며 시험이다. 사람들의 눈을 현란케 하는 세상의 외양과 명리를 멀리 두고 바라보며 평소 가졌던 생각들을 선뜻 버리고 새로운 사유로 삶의 여백을 지닐 수 있어야 한다. 어느새 가을이 짙어 오고 있다. 고인은 황금들판에 구슬땀을 흘리는 농부처럼 사랑하는 삶을 담아서 시간과 공간을 넘어 머나먼 외출을 떠난 것은 아닐까! 이제 생전에 가졌던 끝없는 추구는 접어두고 부디 편히 잠들기 바라며 삼가 고인의 명복을 빈다. 그의 부군과 아들들, 가족들 그리고 그를 아는 모든 분께서 고 장미남 수필가에게 사랑을 처음과 같이 이제 와 항상 영원히. "아멘"

이 글을 마치는 시간 밖에는 가을비가 눈물처럼 흐르고 있다. 명복을 빌며 그를 사랑하는 많은 사람들의 눈물일까! 부디 편히 잠드시라.

2008. 10. 23. 늦은 밤에
(고 장미남 수필가의 영면에 부쳐)

박경리 선생의 삶과 문학

　맑은 바람이 양 볼을 스치는 가을 정취를 가슴으로 느끼며 준마처럼 겅중겅중 달리는 관광버스는 승차감도 차내 분위기도 좋았다. 머리가 희끗희끗한 노익장의 '남녀 젊은 노인들끼리' 서로 쉽게 동화될 수 있었음일 게다. 한국수필가 협회의 2010 가을 세미나 참석을 기회로 강원도 원주 흥업면 매지리의 토지문화관과 소설 토지(제4·5부)의 산실인 원주 단구동 토지문학공원을 돌아보는 안복眼福을 누렸다. 나는 박경리(1926~2008) 강의 노트『문학을 지향하는 젊은이들에게』를 읽었을 뿐 생전의 박경리 선생을 뵌 적이 없다. 이번 1박 2일의 원주 토지문학의 여정으로 마치 박경리의『토지』소설 속으로 몸도 마음도 흠뻑 젖어 나온 기분이 들었다.

　박경리 선생은 생전에 한 많고 고독한 삶을 살았다. 젊은 나이에 부군을 잃고 반평생 홀로 살아오면서 오직 펜과 원고지와의 외롭고 고달픈 싸움이었다. 그러나 그분은 귀천歸天으로 한 많은 이승에서의 고달픈 삶을 접고 지금은 수많은 후진들의 계속 끊이지 않는 방문에서 찬사와 위로를 받는 그 영혼은 지난날을 아름다운 추억으로 돼 뇌이며 영원한 행복 속에 즐거운 마음으로 편히 쉬시리라 여겨진다.

박경리 선생은 1936년 경남 통영에서 태어나 1955년(29세) 김동리 선생의 추천으로 단편 「계산」이 현대문학에 추천된 이래 「흑흑백백」 「군식구」 「호수」 「불신시대」 「반딧불」 「영수와 고양이」 등이 있으며 장편으로 『연가』 『표류도』 『성녀와 마녀』 『내 마음은 호수』 『노을 진 들녘』 『김약국의 딸들』 『가을에 온 여인』 『그 형제의 연인들』 『시장과 전장』 등 수많은 작품을 발표하였으며 특히 1969년 토지 제1부를 현대문학에 발표를 시작으로 1994년(68세)까지 26년에 걸친 집필로 제5부 21권 분량의 대단원의 결실을 보게 된 것이다. 그분의 수상경력은 현대문학 신인상을 시작으로 내성문학상. 한국여류문학상. 월탄문학상. 보관문화훈장. 인촌상. 호암문학상. 명예문학박사 학위를 받는 등 고난의 길을 걸어온 만큼 화려한 이력을 가지고 있다.

박경리 선생의 대표작 『토지』는 대한제국이 선포된 1897년부터 1945년 해방에 이르기까지 경남 하동의 최 참판 가문의 가족사를 씨줄로 삼아 7백여 명의 등장인물들의 다채로운 삶을 날줄로 삼은 대하소설이다. 일제 식민치하 질곡의 삶에서 미래에 올 국민국가 세우기를 포기하지 않은 민족으로 살아온 이 땅 사람들의 고난을 극복하는 웅골찬 삶의 넋두리가 책 갈피갈피 묻어나 있다. 이 대하소설은 1970년 이후 한국문단을 풍미한 민족문학 담론의 금자탑으로 읽는 이의 마음마다 커다란 감흥을 받게 해 주었다.

갑오년 동학농민혁명과 갑오개혁 등을 지나 광복의 기쁨을 맛보기까지 한국 현대사를 배경으로 하여 경남 하동 악양면 평사리라는 전형적인 한국 농촌에서 지리산 · 서울 · 간도 · 러시아 · 일본 · 부산 ·

진주 등 여러 지역에 걸친 광활한 공간에 펼쳐진 원고지 3만 매 분량의 역작인 동시에 역사와 문화의 대서사시로 한국인의 삶의 터전 속에서 각개 인물들의 개성적이고 다양한 운명적 삶의 고난과 의지가 민족적 삶으로 확대된 현대한국문학의 대작이다. 일체의 폭압에 맞선 한국인의 건강한 민족주의적 저항의식은 정당하고 올곧은 정신의 발산이었다. 이는 프란츠 파농이 말했듯이 제국주의에 맞서 싸우는 민족주의의 정당성을 갖는다는 말과 일맥상통하는 것이다. 여기에 깨어 있는 작가정신은 제국주의 이름으로 민족 전체에 덧씌워진 낱낱의 희생을 강요하는 노략질에도 민족정신을 매몰시키지 않고 되살려 낸 것이다. 따라서 1999년 한국 예술평론가 협의회가 선정한 '20세기를 빛낸 예술인'이 되었고 2000년 네티즌이 선정한 '20세기를 빛낸 여성'이 되었으며 2001년 한국 번역원 조사 '외국에 가장 알리고 싶은 한국 대표작가'가 되었을 정도로 톨스토이와 도스토옙스키의 웅혼함과 장대함을 넘는 한국민족문학의 위대함을 역사에 새긴 것으로 추앙받고 있다.

박경리 문학을 기념하는 토지문학공원은 3천여 평의 대지에 마련된 아담한 공원이지만 경남 하동 악영면 평사리에서 저 멀리 북간도 용정까지 3천여 리를 무대로 펼쳐진 대하소설 토지의 여러 사연이 담겨 발길 옮길 때마다 그 감회가 새록새록 젖어들게 했다. 공원을 크게 네 구역으로 나뉘어 '박경리 선생 옛집'은 1980년 서울을 떠나 외동 따님과 손자의 울타리가 되어주고자 이곳 원주에서 18년간 독거獨居하며 『토지』 소설을 완성한 집필실과 가재도구 텃밭이 잘 정리 정돈돼 있고, '평사리 마당'은 마을 이미지를 보여주는 곳으로 섬진강 맑은 개울, 둑길 등을 소박하게 그려주고 있다. '홍이 동산'은 평사리에서 간도 용정까지 그 여정의 이미지를 그려낸 좁고도 넓고 짧고도 긴 공간으로 이름 지어진 '용두레벌'을 상징적으로 보여주고 있다. 일송정 소나무 언덕과 용두레 우물을 지나서 거칠고 험한 만주벌을 연상케 하는 길가의 거친 돌무더기 틈새엔 이름 모를 꽃들이 자라고 있어 황무지를 개척하여 삶의 뿌리를 내린 이 민족 애환의 역경을 체험적으로 느끼게 해주었다. 이처럼 이국땅 만주 간도 용정을 떠돌다가 결국에는 소설 속의 주인공 서희가 수구초심首丘初心 그리던 고향 평사리로 돌아올 수밖에 없었으니 수양버들과 백양나무가 서 있는 만주 들길을 지나 끝내는 살구나무숲이 반가이 맞아주는 평사리까지 기나긴 여정의 출발점인 대문 앞에 다다르게 되었다.

박경리 문학의 근간根幹은 진리는 하나이며 그것을 추구하는 문학의 길만을 걸어왔다. 자연주의를 지향하는 생명사상은 손수 농사 짓던 텃밭에서 채소를 가꾸며 음식쓰레기 하나도 버리지 않고 소금기를 빼고 집짐승의 먹이로 재활용하며 날벌레 하나도 애지중지하는 삶을 살다가 서울 송파구 풍납동 아산병원에서 2008년 82세를 일기로 마침내 이승을 조용히 작별하고 고향 통영에 잠들었다. 박경리 선생의 삶과 문학정신은 깊고 넓은 생명사상으로 금빛처럼 길이 빛날 것이다.

오! 편히 잠드소서. 오랜 세월은 멀리 가고 영혼의 편안한 안식처에서 하늘나라의 행복을 누리시며 수많은 이들의 가슴 가슴에 밝은 웃음으로 다시 피어나소서.

Part 6

이타·배려·융합의 시대

인술仁術이 없는 시대

우리 사회에 병원과 의사에 대한 인상印象이 좋지 않은 건 어제오늘의 얘기가 아니다. 그렇다고 병원을 찾지 않을 수도 없는 일이다. 70년 가까이 써먹은 몸에 고장이 잦기 때문이다. 검진결과가 나올 때까지 초조한 마음은 의사가 생사여탈권을 쥔 절대자처럼 느껴진다. 병원 사람의 그 권위적인 태도·불친절·무성의 한 태도에 더하여 돈벌이·영리·사업성에만 치중하는 걸 보기도 하고 어떤 때는 풋내기 엉터리 의사를 보면서 기가 막혀서 어리둥절하여 말이 안 나올 때도 있다. 하지만 어쩌다 친절하고 신망 있는 의사도 볼 수 있는 게 그나마 다행이다 싶기도 하다.

직장에서 퇴직하고 갑자기 머리가 띵하고 아팠다. 뇌졸중인가 싶어서 바로 대학병원을 찾았다. 젊은 의사는 몇 마디 증상을 묻더니 엠알아이MRI를 찍자고 했다. 시티CT를 찍으면 어떠냐고 하니 나중에 어차피 정밀 검사를 하려면 엠알아이를 찍어야 한다며 자기주장을 고집했다. 의사 말대로 따르는 수밖에 없었다. 다음 날 오라는 시간에 갔더니 필름을 한참 보고는 사진상으로는 아무 이상이 없단다. 머리가 지금도 아픈데 어찌 된 일이냐고 하니 사진으로 이상이 없으니 의사로서는 어떻게 할 도리가 없다며 그만 가라는 것이다. 병원을 나오며 곰곰이 생각하니 가슴이 답답한 것 같아 '체하면 머리가 아팠던 기억'이 떠올랐다. 바로 약국에서 훼스탈 두 알과 가스 활명수를 사서 먹고 조금 걸어가니 위에서 툭-소리가 나며 트림을 하고 난 뒤 머리 아픈 게 말끔히 가셨다. 의사가 환자의 증상을 종합적으로 진찰하지 못하고 자기 전문분야 한 가지만으로 환자를 다루고 증세에 따라 관련 의사와 협의 진료를 하지 않는 게 문제였다. 뒤에 알고 보니 엠알아이 기기를 최근에 수입했단다. 아까운 돈 몇십 만원을 병원에 거저 준 셈이니 마음이 씁쓸했던 기억은 지금도 잊히지 않는다.

　장인어른이 신장염으로 오랜 투병 중 병명도 모른 채 여러 병원에 다녀도 낫지는 않고 병원비 대느라 처남의 학업을 중단하는 형편에까지 이르렀다. 광주예수병원에서도 X-ray 사진으로 봐서는 아무 이상이 없다고 했다. 환자는 오줌에서 출혈이 되고 통증이 심한데도 이상 없다는 진단을 받은 것이다. 장인은 당시 군 장교였던 내게 와서 육군병원에 신장병을 잘 보는 의사가 있다는데 한 번 진찰만 받게 해달라고 했다. 바로 군병원 군의관(당시 소령)에게 찾아가 자초지종을 얘기했더니 예수병원의 X-ray를 가져와 보라 했다. 신장을 보려면 중요부위에 호스를 넣고 사진을 찍는 등 환자에게 무리가 있으니 그 사진으로 판독을 해보겠다는 것이다. 장인이 예수병원에 갔는데 "사진을 줄 수 없단다."고 그냥 돌아왔다. 내가 장교복장을 하고 병원장을 찾아가 얘기했더니 "인수증을 쓰고 가져가라." 하였다. 그 사진을 군의관이 보였더니 지금까지 들어보지도 못했던 "유주신遊走腎(신

장이 고정돼 있지 않고 제멋대로 움직임)"이라는 병명을 대며 수술해야
한다는 것이다. 지금껏 병명도 모르다가 병명을 알았으니 당장 수술
을 받을 수밖에 없었다. 장인은 수술받은 지 한 달여 만에 퇴원하
였다. 똑같은 사진을 보고 이상이 없다는 의사는 분명히 엉터리다.

　의료사고는 미국도 마찬가지인 모양이다. 플로라다주에서는 당뇨
병으로 왼쪽 다리를 절단해야 하는 환자가 마취에서 깨어나 보니 멀
쩡한 오른쪽 다리가 절단되었었다. 결국, 이 환자는 왼쪽 다리까지
절단했다. 이 무렵 미시간주의 한 외과병원에서도 유방암환자의 수술
을 한답시고 멀쩡한 유방을 도려내는 실수를 저질렀다. 선진국 미국
도 의사들의 부주의로 해마다 10만 명의 환자가 목숨을 잃는다는 통
계를 보면서 우리 의사의 수준으로 과연 어쩌겠는가 싶다.

　모처럼 의사를 찾은 환자는 의사에게는 여러 환자 중 한 사람에 불
과하지만 몸이 아픈 환자로서는 일생일대의 중대한 사건이다. 즉 환
자의 주관적인 질병과 의사의 객관적인 관점의 간극間隙이 있을 수밖
에 없다. 이 어쩔 수 없는 간극을 좁히기 위해 상호 신뢰와 사랑을 바
탕으로 한 윤리적인 관계가 선행되어야 한다. 요즘 첨단 의료기기와
약제들이 개발되어 정확한 진단과 치료를 할 수 있어졌다고 뽐내지만
이에 반해 환자에 대한 의사들의 인간적 경시 현상은 점점 증가하고
있는 게 문제다. 환자를 하나의 단순한 사물처럼 취급하거나 숫자의
개념으로 인식하여 인술이 없는 비인간적 현상이 두드러져 보이기 때
문이다. 사람은 누구에게나 질병은 피할 수 없는 절실한 문제다. 아
프다(질병)는 것은 환자를 둘러싼 모든 것이 아프다는 의미를 지닌다.
그러므로 질병을 치유하는 일은 그 질병의 실체를 정확히 파악하는

것으로부터 시작해야 한다. 의사들의 의료행위가 표면화된 환부 증상만을 치료하고 질병을 가진 인간을 치유하는데 소홀히 하는 경우가 많다. 즉 질병 자체에 대한 지식은 갖추고 있으나 질병에 걸린 인간(환자)에 대해 소홀히 하고 알려고도 하지 않는 데 문제가 있다. 병원과 의사들은 당장 눈에 띄는 성과위주의 시술이나 실적에 과민한 나머지 시술을 받는 환자의 입장이나 고충은 전혀 도외시하는 경향이 많다. 더욱이 의료진들이 권위주의 의식으로 환자를 대하고 거드름을 피우는 현상이 곳곳에서 목도되고 있다. 의성醫聖 히포크라데스의 「의사선언」에 '환자는 자신의 상태가 위험하다는 것을 의식하더라도 단순한 의사의 친절에 대한 만족감으로 건강이 회복 된다'고 했다.

조선시대 세조 임금은 권장해야 할 의사상像으로 심의론心醫論을 손수지어 공포했는데 8등급의 의사 가운데 가장 훌륭한 의사는 환자와 자주 접하고 말을 많이 나누어 환자의 기氣를 안정시키는 심의를 말했다. 여염閻閻에서도 훌륭한 의사의 조건으로 환자와 대화를 많이 나누는 일이 첫째 구口요, 찾아가서 자주 접하는 일이 둘째 족足이요, 약藥을 쓰고 병을 낫게 하는 기술技은 그 뒤의 일이라는 가르침 즉 '一口 二足 三藥 四技'라 했다. 이제부터라도 인본주의에 바탕을 둔 환자의 질병에 접근하는 의사 상을 다시 새롭게 다짐해야 할 때다. 한국의료계가 의료시술의 선진화에 더하여 진정한 '인술 심의론'을 모든 환자에게 베푼다면 글로벌시대 세계 모든 나라 환자들을 끌어들일 수 있다고 확신한다. 그러기 위해서는 모든 의료진이 신비의식과 권위주의 껍질인 '하얀 가운'을 과감히 벗어던지고 새롭게 마음을 가다듬고 인술을 베푸는 의사 상을 실천하여 모든 환자가 마음 놓고 진료를 받을 수 있는 사회가 되기를 바라는 마음 간절하다.

(2009 년 여름)

한·미 동맹의 미래

버락 오바마 대통령은 미국 최초의 흑인 대통령으로서 미국과 세계에 새로운 희망과 가능성을 상징하고 있다. 인종과 문화의 차이를 넘어 민주적 규범과 절차의 운영으로 세계 최초의 공화국을 지향한 200여 년의 미국 역사에서 미국사회가 경험한 우여곡절은 결코 순탄한 것만은 아니었다. 그러했기에 오바마 대통령은 인간승리와 미국적 민주주의 실험의 성공을 보여준 역사적 드라마요 미국에 새로운 활력을 충전시켜 주었다. 아울러 미국 대통령으로서 오바마를 한국인들이 세계 많은 나라의 국민과 함께 환영한 것은 미국을 위해 그리고 한·미 관계의 앞날을 위해 새로운 가능성을 보여주었기 때문이다. 이번 오바마 대통령의 방한으로 반세기 넘게 다져온 한·미 동맹관계를 보다 미래 지향적으로 내외에 과시하는 계기가 되길 기대했던 것이다.

세계는 이미 정보화 혁명을 거치면서 인간의 삶의 질과 내용이 근본적으로 변화하는 문명사적 전환기에 접어들었다. 이러한 격동의 역사적 고비에서 자유·평등·정의의 민주주의 전통적 가치와 규범이 계속 유효한가에 대한 의문이 널리 확산 되고 있는 것도 사실이다. 특히 미국의 정치·군사적 영향력 감소와 미국에서 촉발된 전 세계적 금융위기 확산은 다극화 시대의 새로운 국제질서 모색을 인류 공통의 과제로 부각시키고 있다. 이러한 시점에서 오바마 대통령은 인류평화와 번영을 위해 제시한 어젠다agenda는 한국을 비롯한 세계 많은 나라의 광범위한 공감대가 형성되고 있는데 환영해 마지않는다. 인류를 예측할 수 없는 큰 재앙 속으로 몰아넣을 수 있는 기후변화문제, 단 한 사람의 악의에 찬 결단이나 단 한 번의 실수로 전 세계를 파멸의 구렁텅이로 빠트릴 수 있는 핵무기 확산 및 감축의 부진 문제, 점점 심화 일로에 있는 국가 간, 계층 간 빈부 격차 문제 등 국제사회의 공동 관심사를 그가 앞장서서 대처하겠다는 결의를 명백히 밝혔다. 이러한 오바마 대통령의 어젠다는 국제정치사회에서 미국의 리더십을 강화할 뿐만 아니라 한·미동맹관계의 질적 변화에도 긍정적으로 작용할 것으로 믿는다. 오바마 대통령이 이번 방문한 동북아지역은 국제정치·경제의 중심으로 각광을 받고 있는 나라들이다. 그러면서도 이들 나라는 지난 역사적 유산과 끈질기게 얽혀 있는 난제들이 얽히고설키어 풀리지 않고 있는 점은 앞으로 이 지역문제를 다루는데 간과해서는 안 될 것이다. 따라서 미래 지향적 한·미 관계에 대해 다음 두 가지를 강조하고자 한다. 첫째, 한·미 정상의 결단으로 북한 핵 폐기의 실현이다. 6자 회담이 성공하려면 당근책과 함께 강력한 힘을 바탕으로 강압전략을 동시에 구사해야 한다. 유엔의 제제와 대량 살상무기 확산방지구상(PSI)강화에 이어 철저한 한·미 공조 속에 동해와 서해의 무력시위로 최고 수준의 압박을 가해야 한다. 외교 방식은 설득과 위협 그리고 타협에 있다. 1962년 쿠바 미사일 위기 때 존 F. 케네디 대통령의 소련 핵미사일 기지 건설에 핵전도 불사하겠다는 단호한 의지로 막아냈던 점을 상기할 필요가 있다.

북한체제의 안전보장과 경제원조 그리고 미·북, 북·일, 남·북 간 수교 등 당근으로 설득하면서 일찍이 시어도어 루스벨트 대통령이 제창했던 강력한 채찍big stic으로 위협을 병행해야 한다. 68년 북한의 미 해군 푸에블로호 나포사건 때 포터 주한 대사와 본스틸 유엔사령관의 단호한 대북 보복주장이 있었기에 함장과 선원 모두가 석방된 점도 고려할 필요가 있다.

1976년 판문점 도끼 만행 사건도 마찬가지다. 스틸웰 사령관이 제럴드 포드 대통령의 승인 아래 데프콘2를 발령하고 완벽한 한·미 공조로 보복을 결심한 뒤 미루나무 절단 작전을 성공시켰다. 94년 북한 영변 핵문제도 페리 국방장관이 합참의장, 육·해·공군 총장 그리고 한미연합사령관의 공중폭격을 심각하게 고려했기 때문에 카터·김일성 회담과 제네바 합의가 이뤄졌다고 『예방적 방위The Preventive Defense에서 밝히고 있다. 앞으로도 김정일이 핵을 포기하기란 결코 쉽지 않을 것임을 명심해야 한다. 케네디 전 대통령처럼 핵전 불사의 각오와 함께 중국을 설득할 때 김정일은 핵을 포기하고 합의에 도달할 수 있다고 확신한다.

둘째, 북한이 핵을 보유하고 장거리미사일을 개발하고 있는 상황에서 2012년 예정된 〈전시 작전통제권〉 전환과 한미연합군사령부 해체는 한국안보의 취약과 동북아시아의 안전에 크게 위협받게 되는 것은 명약관화한 사실이다. 이번 정상회담으로 내년 개최키로 합의한

양국 외교국방장관 회담(2+2)에서 이 문제를 다른 어떤 사안보다 우선적으로 다시 논의하여 튼튼한 한·미 연합안보체제를 확고히 하여야 한다. 한·미관계는 강고한 군사동맹의 틀과 그 바탕 위에서 전쟁과 테러에 시달리고 있는 지역의 평화 유지를 위한 국제사회의 집단적 노력에도 적극적으로 참여할 수 있고 경제적 현안인 FTA와 기후변화 협약 이행 및 새로운 국제질서 건설을 위해 발전도상국에 대한 원조를 획기적으로 증가할 명분을 준다고 본다.

이번 한·미 정상회담으로 향후 미·북 직접 대화에서 북한이 통미봉남通美封南의도를 갖지 못하도록 어떠한 허점이나 조그만 틈새 하나도 없이 의견의 일치를 보여준 데 대하여 조금이나마 안도하게 되었다. 오늘의 공고한 한·미 동맹 강화가 한국의 안보와 동북아지역의 평화와 번영을 기하고 21세기형 새롭고 생산적인 국제질서를 창출하는 동반자 관계가 계속 강화 유지되기 바란다. 아울러 작금의 한국전쟁이래 최대의 안보위기를 미래 남북통일의 기회로 만들 수 있는 큰 디딤돌이 오바마 대통령의 방한을 계기로 더욱 다져지기를 간절히 기대한다.

(2009. 12. 10. 기고칼럼)

이 시대의 성자 예수

나는 며칠 전 다큐멘터리 '울지마, 톤즈'를 보고 커다란 충격과 함께 눈물을 삼켜야 했다. 성부聖父 성자聖子 성령聖靈의 삼위일체三位一體이신 '성자'는 하느님의 아들이며 사람의 아들인 예수다. 천도교天道敎에서도 '사람이 곧 하느님人乃天'이라고 했다. 종교적으로 '삼위일체'이신 예수와 이 시대의 사제를 동일시할 수는 없을지도 모른다. 도스토옙스키의 '가라마조프가의 형제들'에서 종교재판장인 추기경은 재림한 예수를 이렇게 꾸짖었다. "당신은 기독교를 교황에게 넘겨주었다. 기독교는 이제 당신의 것이 아니라 교황과 사제들의 것이다. 왜 우리 일을 방해하는가? 가라. 다시는 오지 마라."정녕 이것이 이 시대에 저 종교재판장 혼자만의 목소리일까!

"곧추서 있는 모든 것은 하나의 불꽃이다."(가스통 바슐라르, 촛불의 미학) 한 사람의 참된 신앙인 사제로서 곧추서기 위하여 고국故國의 안락한 성전을 떠나 머나먼 아프리카 타국의 험악한 광야로 나아가 거기서 자신의 모든 것을 태워버린 한국이 낳은 이태석 신부가 바로 그런 사제다. 그는 단순히 '촛불을 든 사제'가 아니라 스스로 활활 타오르는 한 줄기 맹렬한 촛불이었다. 예수께서 "가장 보잘것없는 이에게 베푼 것이 곧 나에게 베푼 것이라는 그 말씀(마태복음 25)을 몸소 실천하기 위해 이태석 신부가 찾아간 남부수단은 말 그대로 절망의 땅이었다. 가난과 전쟁과 질병의 그늘 아래 내던져진 '톤즈'에서 자신의 신앙심을 불태우다 1년 전 선종한 이 신부의 영상을 보면서 내 마음 속의 격한 분노가 치밀어 오르는 것을 차마 어쩌지 못해 가슴을 쥐어뜯는 아픔을 억눌러야 했다. 이 분노는 남이 아니라 나에 대한 것이었다. 이 신부의 짧은 생애와 더 할 수 없이 치열했던 그의 삶을 바라보면서 지금껏 내가 살아온 40년 믿음의 시간이 너무나 죄스럽고 부끄러워 나 자신을 용서할 수 없는 격한 분노였다. 사제와 나는 다를 수밖에 없는가! 이 신부는 예수님처럼 하느님으로부터 특별히 선택된 사제였을까. 그는 10남매 중 9번째로 부산의 세발자전거도 타기 어려운 비탈진 동네 성당이 유일한 놀이터였다. 아홉 살에 부친을 잃고 모친의 삯바느질에 의지해서 의과대학까지 마치고 평온한 의사의 길을 갈 수도 있었다. 그러나 그는 이에 만족하지 않고 어렸을 적 성당에서 다미안 신부(1840~1889)의 일대기를 다룬 영화를 봤던 그 사제의 길을 가려고 결심했다고 한다. 벨기에 출신 다미안 신부는 하와이 몰로카이 섬 한센병 환자들을 돌보다 그도 한센병에 걸려 49세로 선종하여 성인 반열에 올라 있다.

이 신부가 인제의대에 합격했을 때 어머니는 '대통령이 된 것보다 더 기뻐했다.'라는 그 의대를 졸업하고도 사제의 길을 가려고 광주 가톨릭대에 진학하였다. 그의 형(신부)과 누나(수녀)를 이미 하느님께 바친 모친은 눈물로 말렸지만 그는 "자신도 모르게 마음이 끌리는데 어떡 하냐."라고 눈물을 흘리며 어머니를 설득했다. 그리고 2001년 사제 서품을 받고 그가 신학생 때 한 번 다녀온바 있는 아프리카 남부수단으로 떠났다. 톤즈 마을의 유일한 의사로 하루 300여 명의 환자를 진료하면서 100km 넘는 곳에서도 며칠씩 걸려 환자들이 찾아들었을 정도였다. 이슬람교 환자들도 반겨 진료에 임했다. 이 신부는 병원을 짓기 위해 손수 벽돌을 찍고 또 학교를 지어 초·중·고 과정을 개설하였다. 황무지에서 전쟁과 가난에 찌들어 거칠고 무딘 감성을 순화시키기 위해 육성한 35인조 브라스밴드는 수단의 명물이 되었고 저들의 고단한 영혼을 위로해 주었다. 톤즈 인근 한센병 환자 집단 거주지는 이 신부가 애착을 갖고 자주 돌봤던 곳이기도 하다. 그가 어릴 때 봤던 130년 전 하와이에서의 다미안 신부의 생애와 정확히 일치된 삶을 살았던 것이다. 그는 사제이자 의사였으며 교사로 음악가로 활약했다. 그의 사제직은 강단에 있지 않고 아프리카의 흙바닥에 있었다. 그는 입으로 강론하기보다 행동하는 삶으로 강론했다. 마치 예수가 예루살렘 대성전이 아니라 갈릴리 호숫가, 사마리아 이방인 마을, 골고다 언덕이었던 것처럼…. 그는 성전의 제사장이 아니라 광야의 목회자였다. 한센인들의 몸에서 고름을 손수 짜내고 뭉그러진 발등에 신발을 맞춰 신긴 그는 바로 이 시대의 바로 예수님이었다고 감히 말할 수 있지 않을까 싶다. 이러다 보니 이 신부는 자신의 삶은 안중에도 없었고 톤즈 어린이를 위한 모금 차 일시 귀국했다가 뜻밖에 손을 쓸 수도 없을 정도의 대장암 말기 진단을 받고도 "우물 파다 왔는데."라며 톤즈만을 생각하다가 끝내 아프리카행 비행기를 타지 못하고 다미안 신부보다 한 해 빠른 48세에 하느님 곁으로 다가갔다.

하느님은 예수님을 그랬듯이 이 고결한 성인을 왜 일찍 데려가시는 것일까! 신비神秘하다는 것은 이를 말하는 것일까? 수단의 가난한 땅 톤즈에서 빛이요 소금이었던 이 신부를 빼앗아 가버린 그 신비를 나의 천박淺薄한 믿음으로써는 알 길이 없다. 지금도 강단에서 편히 앉아 입으로 떠드는 강론만으로 할 일 다 한 것처럼 권위에 사로잡힌 사제들을 보노라면 이 신부를 병상에서 일으켜주지 않고 그 어머니보다 먼저 데려간 하느님의 손길이 못내 섭섭하고 원망스럽기만 하다. 이 미천한 종의 어리석고 짧은 생각을 탓할지 모르지만, 이태석 신부님! 당신은 이 시대의 성자 예수님이십니다. 당신의 깊은 사랑은 무뎌진 우리의 마음을 적시고 깨우치고 있습니다. 우리들의 별이 되어 하늘에 반짝일 것입니다. 당신이 몸바쳐 뿌린 씨앗이 크고 작은 기적으로 이 세상에 영원히 빛날 것이라 믿습니다. 당신의 그 천진스러운 미소가 하늘나라에서도 항상 함께하길 빕니다.

넷이 더불어 사는 부부_{夫婦}

절기_{節氣}상으로 소한이어선지 추위가 맹위를 떨치는 동지섣달 긴긴 밤을 혼자 지내다 보면 추위와 고독감이 가슴을 시리게 하여 사람의 온기가 절실히 그리워지는 계절이다. 황진이의 "동지섣달 기나긴 밤/ 한 허리를 둘해내어/ 춘풍 이불속에/ 서리서리 넣었다가/ 임 오신 날 밤이어드랑 굽이굽이 펴리라"고 한 시_詩처럼 긴긴 밤 함께할 수 있는 사랑하는 사람이 더욱 그리워진다. 46년을 복닥거리며 살다가 아내는 저세상으로 떠나고 혼자 지내기가 너무나 힘들었던 때 저절로 읊어져 나온 낭송_{朗誦}이다.

일본의 문예비평계의 최고수였던 애도 준[江藤 順] · 이 망부亡婦의 한恨을 이기지 못하고 죽은 아내의 뒤를 이어 자살하면서 그의 수기에 '부부가 함께 있었다.'라는 사실 자체가 소중하다고 했다던가. 부부는 '함께 살아낸다는 것'의 진정성, 그 일상의 위대함을 되새겨 보게 된다.

아내가 살아 있을 때는 언제나 함께였다. 집에서는 물론이고 밖에서도 마찬가지였다. 등산할 때도 국내여행이든 해외여행이든 언제나 우리는 동행이었다. 외짝으로 여행 오는 사람들은 우리를 부러워했다. 젊은 사람들은 자신들도 우리 부부처럼 나이 들었을 때 부부가 함께 다닐 수 있을까 저어齟齬된다고도 했다. 그러나 지금 내 현실도 저어되기는 마찬가지였다. 산에 가도 혼자였다. 여행도 갈 수가 없었다. 아내 없이 그 어디를 가도 혼자여서다. 아내가 살아 있을 때 평소 함께 다니던 게 습관처럼 몸에 배서 어디서도 혼자는 싫었기 때문이다. 반년 가까운 기간을 혼자 버텨오면서 '내 행복은 내 스스로 만들어야 겠다.'고 작심하기에 이르렀다.

사람들의 삶에는 나름의 사연이 있고 그것을 고백하게 될 때 그 아름다움을 확인하게 되기도 한다. 성당 신부에게서 혼배성사婚配聖事를 받고 부부는 일심동체一心同體 함께 살아야 한다."는 지엄한 신앙의 명령에 따라 지금의 아내와 함께 지내고 있다. 나는 5개월밖에 안 되었지만, 상대는 4년이나 혼자 지내다 보니 서로 기회를 놓칠 새라 혼배를 서두르게 되었다. 재혼 허용기간은 민법상으로나 기독교에서는 6개월이나 천주교에서는 사별死別의 경우 아예 그런 기간이 없었다. 그래도 1개월을 기다려 6개월을 채우고 나서야 40년 전 내가 영세를 받은 신부님을 춘천 소양로 성당까지 찾아가 혼배성사를 받게 된 것이다. 혼배성사를 통해 우리 부부는 죽는 날까지 절대 헤어질 수 없는 관계가 되었다. 하늘이 맺어주신 것을 사람이 풀지 못한다는 데 합의하고 서약을 했기 때문이다. 우리 교적에 있는 혼배성사 기록은 영원히 남아 있을 것이기 때문이다.

지금 우리는 새로운 재2의 인생을 시작하며 '넷이 함께 사는 부부'가 되었다. 왜냐하면, 현재 사는 우리 부부와 지난 날 삶을 함께하다가 고인이 된 두 사람, 둘 더하기 둘 넷(2+2=4)이 살게 되었기 때문이다. 그러니까 지금의 우리 부부의 생각과 말과 행위 가운데는 저 세상에 가 있는 나의 전 아내와 아내의 전 남편을 항상 기억하며 천상의 행복을 누릴 수 있도록 하느님께 기도하고 있다. 하루 세끼 식사기도 속에서도, 아침저녁 기도 속에서도, 주일미사週日彌撒에서도 언제나 함께 하고 있다. 혼자서는 차마 외로움을 어쩌지 못해 몸은 비록 재혼했지만 저 세상의 두 영혼이 항상 현재 우리와 함께하고 있다고 믿으며 정신적으로 두 영혼과 함께하고 있기 때문에 우리는 '넷이 함께 사는 부부'라고 생각하는 것이다.

요 며칠 전 지금 아내의 따님으로부터 어머니께 잘 대해 주셔서 감사인사를 하기 위해 뵙고 싶어 한다는 얘기를 듣고 흔쾌히 만나 융숭한 식사 대접을 받은 적이 있다. 영문학 박사이고 대학교수여서인지 생각이 열려 있고 어머니를 이해해 주는 효성이 지극해 오히려 내가 고마워 베풀어야 할 텐데 거꾸로 대접을 받고 머쓱해하기도 했다. 그 따님은 결혼해서부터 지금까지 어머니 도움으로 아들도 키우고 살림살이도 해 나왔기 때문에 어머니 도움 없이는 당장 불편한 점이 이루 말할 수 없을 터인데도 흔쾌히 '어머니 행복 찾아가라.'고 했다는 데에 놀라면서도 한편으로는 흐뭇한 마음이었다.

우리 자녀들과는 아직 더 시간이 걸리겠지만 언젠가는 양가 자녀가 모두 우리 부부를 이해해 주는 날이 오면 상견례를 통해 한 가족형제자매로 어울리는 분위기가 되기를 기대해 본다. 영원히 함께 살아가기 위해 우리 부부 서로 속도를 맞추고, 양보하고, 져주면서 지혜롭게 '넷이 함께 사는 부부'의 전형典型을 세상에 보여 주어야겠노라 마음속으로 다짐하고 있다. 나 혼자 있을 때는 아내가 묻혀 있는 묘지를 49제 때 다녀온 뒤로 단 한 번도 가지 못했다. 혼자 갔다가 돌아올 때 허전한 모습이 스스로 두려워서였다. 그러나 아내가 온 뒤로는 네 번이나 다녀왔고 생화를 심어놓고는 비가 안 오자 물을 주기 위해서도 다녀오기도 했다. 둘이서는 외롭지 않으니까 어디를 가도 좋으니까 어디든 갈 수 있어서 더욱 좋은 것 같다. 지금의 아내는 원래 기독교를 믿었으나 나를 만난 뒤 지난 6개월여 기간 동안 천주교신앙교리교육을 받고 세례를 받고 천주님의 자녀로 다시 태어났다. 날마다 우리 자신을 위해서 그리고 저 세상의 두 영혼을 위해서 기도한다.

"인자하신 하느님 아버지 혼인상사로 저희를 맺어주시고 보살펴주시니 감사하나이다. 이제 저희가 혼인성사를 되새기며 청하오니 저희 부부가 그 서약을 따라 즐거울 때나 괴로울 때나 잘살 때나 못 살 때나 성할 때나 아플 때나 서로 사랑하고 존경하며 신의를 지키게 하소서. 주님! 이 세상에서 불러 가신 두 영혼을 받아들이시어 영원한 천상의 행복을 누리게 하시며 성인들과 함께 주님을 찬미하게 하소서. 우리 주 그리스도를 통하여 비나이다. 아멘"

이런 사제 되소서

— 서간書簡

찬미 예수님!

밤이 깊어갑니다. 병 고치려 병원에 갔다가 오히려 병을 얻고 오는 경우처럼 사랑과 치유의 말씀을 들으러 갔다가 성과 속을 넘나드는 장황하고 긴 강론에 지친 마음은 오히려 혼란스런 기분입니다. 아집에 함몰되어 가르치려는 말씀이 즐거우시다니 그래도 다행입니다. 참으로 순한 양들입니다. 꾸지람도 긴 두 시간의 미사도 잘 참고 참례하니 말입니다. 순하고 말이 없다고 속마음까지 그렇지 않은 분위기도 모르고 혼자 말씀만으로 억지로 끌고 가는 목자가 힘겨워 보이기만 합니다. 지난해 추운 겨울 새벽 주일미사를 간 적이 있습니다. 그때 첫 말씀이 '짜증이 납니다.'로 시작해서 내내 듣기 거북하고 마음에 거슬리는 말씀만 들은 기억 아직도 남아 있습니다.

지 지난주 수요미사를 하고 연령회장님과 모처럼 점심을 먹으며 성당 분위기에 대해 얘기를 나눈 적이 있습니다. "제가 사는 구역의 매달 형제회 모임에 30여 명 중 20명 이상의 참여로 본당 주일 미사 참여율보다 훨씬 많이 모여 성경봉독과 성경말씀 나누기, 기도를 하고 나서 자매님들이 정성껏 준비한 음식으로 정배를 나눈다."라고 자랑삼아 얘기했습니다. "그런데 그 형제 중 주일이면 인접 성당으로 가거나 9시 미사에 참석하고 교중미사에는 나오지 않습니다."라고 했더니 그 분 말씀이 "그런다고 다른 성당으로 가면 되느냐. 우리 성당을 우리가 지켜야지."라고 했습니다. 그러면서 한편으로 걱정도 없지 않았습니다. "주일미사에 만 원짜리 헌금하는 여유 있는 신자들은 나오지 않고 어쩔 수 없는 노인들만 나오니 미사헌금이 점점 줄어든다."라는 걱정도 했습니다.

실로 연령회장님은 신앙적으로 참 존경할만한 분입니다. 연령회장으로서 궂은 일 다 하시고 복사도 서시지 영성체 주시는 일까지 하며 정말 성당을 위해 알게 모르게 헌신 봉사하는 분인 것 같습니다.

신부님의 신자들을 가르치려는 열정만큼은 제가 40년 가까이 여러 성당, 여러 신부님을 겪어본 분 가운데 가장 으뜸이신 것 같습니다. 그 가르치려는 욕심이 너무 지나치다 보니 오히려 너무 권위적으로 나타나는 것 같고 그러다 보니 신자들을 너무 무시하는 것으로 생각할 때도 있습니다. 지난번 황창연 신부님 특강에서 "성당에 안 나오는 신자를 혼내야지 성당에 나온 신자들에게 잔소리하고 꾸중하느냐."라는 얘기는 신부님에게 하는 예기로 들렸습니다.

매주 미사 때마다 서두부터 말씀이 너무 장황하고 강론도 욕심스럽게 하고 싶은 말씀을 절제하지 못하고 다 하려다 보니 세속적인 예기가 너무 길 때는 뚜렷한 주관이나 핵심을 잃는 때도 있는 것 같습니다. 세속적인 예를 들더라도 성경에 바탕을 두고 비유적으로 양념을 약간만 치는 식이어야지 양념이 너무 많이 들어가다 보니 음식 본래의 맛을 잃는 경우와 같습니다. 목장의 양떼에게는 긴 말씀이 없어도 목자가 앞서 가면 양떼는 그냥 따라가게 되어 있다고 봅니다.

신과 인간의 접촉에서 시작된 기독교회는 목숨을 걸고 구각舊殼을 깼던 예수그리스도가 있었기에 보편적인 고등종교로 발전했습니다. 그러나 우리 한국 종교에서는 금기禁忌라는 단어를 자주 떠올리게 됩니다. 금기의 외부 증상은 불통不通입니다. 요즘 교회가 신자들을 향해 일방적으로 전하는 '입'은 가졌지만, 신자들(밖)의 담론이나 여론에 귀를 기울인 적이 과연 있습니까.

신자 없는 신부님 혼자만의 교회가 있을 수 있습니까? 그런데 마치 신자들이 다 떠나도 된다는 식의 말씀은 지나치신 억지요 역설입니다. 연령회장님이 '즐겁게 지냅시다.'라는 말씀에 귀를 기울여야 합니다. 그 말씀은 참으로 깊이 생각하고 신부님 앞에서 어렵게 나온 말씀일 것입니다. 성당에 나오는 것이 즐겁지 못하다는 말씀인데 그 원인을 깊이 생각해 봐야 합니다. 신심이 가장 깊으신 분이 그런 말씀을 하실 때는 다른 신자들의 불만이 깊어져 있다는 것을 깨달아야 합니다. 상당수 신자의 마음은 밖으로 떠나 있고 그래도 신앙심 깊은 순한 양들은 아직 순종하고 성당에 나오는 것을 가상히 여겨야 합니다. 성당에 안 나오거나 이웃 성당으로 나가는 신자들의 마음을 깊이 헤아려야 합니다.

"여기 하늘이 부끄러운 한 사나이가 있습니다/ 하늘 우러러 한 톨 부끄러움 없이 살려다/ 되레 죄진 사나이가 됐습니다/ 창밖에 어둠이 깊이 내린 이 밤에/ 한 자루의 촛불을 책상머리에 켜고/ 십자가의 뜻이 무엇인가를 생각해 봅니다/ 신앙은 말만이 아니라 가슴으로 느끼고 스스로 먼저 행동으로 말해야 한다고 믿습니다/ 긴 말씀이 필요치 않다고 봅니다/ 말씀이 아니라 행동이요 실천이어야지요/ 평신도들도 안 가르쳐서 몰라서가 아니라/ 저부터서 알면서도 행동이 못 따르는 게 언제나 안타깝고 참회의 고해성사를 반복하게 됩니다”

종교가 지나친 근본주의로 치닫고 있는 세상이라고 개탄합니다. 극단에 치우친 광적인 확신이 아니라 합리적인 확신이 필요한 때입니다. 말없이 잘 믿고 따르려는 신자들에게 무리한 규칙과 요즘 같이 바삐 돌아가는 세상에서 긴 시간을 강요하는 것은 신앙의 이름 뒤에 감춰진 권위와 횡포라는 생각이 듭니다. 지역 대리구내 이웃성당들은 신명 나게 지낸다는 얘기도 들립니다. 이 말은 우리 성당은 그렇지 못하다는 반어적反語的 표현이 아니겠습니까! 우리 카톨릭Catholic이라는 말 자체가 모든 것을 ‘포용한다’라는 그리스어의 뜻처럼 신자들을 끌어안는 너그러움이 있어야 하지 않겠습니까! 한두 대 지내는 미사가 사제로서 일상 전부는 아니라고 봅니다. 어떻게 하면 사제와 신자들이 하나로 뭉쳐 하느님 나라를 이 사회에 건설하느냐 아니겠습니까. 우리 성당이 아직도 신부님과 신자들이 서로 갈라져 있는 분위기를 느낍니다. 신부님의 사제로서 오랜 세월 굳어진 신념이 쉽게 바꾸기는 어렵겠지만, 우리 모두 신명 나게 성당에 나와서 미사에 참여할 수 있도록 한 시간 정도의 짧고 함축미 있는 미사와 모든 신자를 포용하는 큰 그림을 그리는 사제 되시길 기대합니다. 가난한 땅 아프리카에서 희생 봉사하다 가신 이 시대의 성자처럼 느껴지는 ‘울지마 톤즈’의 이태석 신부님이 더욱 돋보이는 이유입니다. 아프리카인들에게 말씀이 아니라 사랑과 봉사뿐이었지요.

　어느 신부님은 강론 15분은 하느님 말씀이고 15분 더하면 자기 말이고 또 15분 더하면 악마의 말이라고 했습니다.
　밤이 깊었습니다. 이만 끝맺음하며 신부님! 영육 간에 더욱 건강하시고 우리 성당 신자들을 위해 사랑과 희생의 촛불을 더 밝게 켜시기를 간절한 마음으로 기도하며 깊은 밤 편안한 잠드시길 빕니다.

2011. 4. 11. 01:45.
신부님을 사랑하는 평신도
요셉 드림

무소유와 공직자의 탐貪

최근 남녘의 봄꽃소식에 이어 홀연히 입적한 법정 스님으로 인해 무소유와 탐은 또 하나의 화두가 되었다. 법정 스님 생전에 펴낸 수상집 『버리고 떠나기』에서 뵈었을 뿐 나는 직접 만나 뵌 적이 없다. 지금의 황금만능주의 사바세계를 그처럼 조촐하게 살다 가면서 남긴 그 분의 유훈을 골똘하게 생각하는 건 필자만이 아닐 것이다. 며칠 전 매스컴에 회자되었던 금품을 탐한 교육자의 인사와 경찰의 유흥업소 비리를 따끔하게 꾸짖는 것 같아 솔직히 가슴이 아리기도 했다.

법정 스님의 무소유는 가지지 말라는 게 아니라 탐하지 말라는 것이다. 돈이나 물질은 사람이 살아가는 데 없어서는 안 될 요긴한 것이다. 그런데 사람이 사는 데 필요한 돈이나 물질은 절대로 혼자 찾아오는 법이 없고 꼭 탐욕이라는 친구가 같이 따라온다. 영어로 사유私有를 뜻하는 '프라이비트private'는 라틴어의 '프라이베어privare의 빼앗는다.'라는 말이다. 사유가 빼앗는다는 어원일진데 탐욕은 남의 것을 빼앗는 것이나 다름이 없다. 인간이 탐욕을 부릴 때 그것이 곧 자신을 옭아매는 사슬이 된다는 것을 알게 되지만 이미 때를 놓친 다음이니 어찌하랴. 비리에 연루돼 법망에 걸려든 교육자·경찰관들은 탐욕이 부른 결과다. 그 공인으로서의 명예는 물론 그 가족들의 마음이 어떨지는 상상이 되고도 남는다.

뇌물의 역사는 기원전 15세기 고대 이집트시대 때부터 사회적 골칫거리였다. 뇌물은 의도된 대가를 노리고 주는 물건이다. 규정과 룰rule의 제약을 피하고 원칙과 정도를 벗어나는 것을 목적으로 한다는 점에서 부정이요 불법이다. 뇌물수수가 횡행하는 사회는 원칙이 무너지는 사회요 망조가 든 사회라고 역사는 가르치고 있다. 가장 고고하고 엄정해야 할 교육자와 경찰이 이런 부패사회의 중심에 있어서야 우리 사회가 어찌 선진국가 사회로 갈 수 있겠는가!

칼 마르크스는 "우리의 목표는 풍부하게 소유하는 데 있지 않고 풍성하게 존재하는 것이어야 한다."라고 설파했다. 모든 사물을 존재 그 자체로 보고 '자기 분수에 만족할 줄 알아야知足安分한다'는 것이다. 영원히 가질 것처럼 쌓고 뺏고 모으며 탐닉하는 삶이 덧없음을 깨닫고 물질을 탐하지 말라는 인생의 가르침을 법정 스님의 『버리고 떠나기』에서 배워야 하지 않을까 싶다. 앞에 놓인 실존實存마저 허상이요 한 판 꿈이라는 것을 깨달아야 하겠다. 각자 나름대로 자신의 성공을 위해서 또 행복한 미래를 위해서 열심히 달려가고 있을 것이다. 그러나 잠시 걸음을 멈추고 생각해봐야 하지 않을까. 하루 한 달이 가고 해가 바뀌면서 지금 자신이 무덤을 향해가고 있다는 참담함을 느껴볼 일이다. 그래서 진정 인생의 가치를 어디에 두어야 할까 자문해봐야 할 일이다.

인생의 참된 가치는 소유가 아니라 베풂이요 나눔에 있다고 하지 않았던가! 나누면 몫은 적어지지만 많은 사람이 갖게 된다. 언젠가는 적게 가진 그것마저 다 버리고 올 때 빈손으로 왔던 것처럼 갈 때도 흙 한 줌 못 가지고 빈손으로 가게 됨을 깨달아야 탐하려는 마음이 없어지지 않을까 싶다. 우리는 언제라도 떠날 준비를 하는 마음가짐으로 하루하루를 살아야 하겠다.

"법정대종사 불 들어갑니다." 평생의 '무소유' 그것마저 두고 마지막 입적한 스님의 장작더미에 불을 붙이면서 외쳐댄 소리다. 원래는 "불 들어갑니다. 어서 나오세요." 한다는 것이다. 이미 다 버렸는데 나와서 또 어디로 가란 말인가. 조금 엉뚱하지만 듣기 좋은 마지막 하직인사다. "수의도 관도 짜지 마라. 평소 입던 무명옷을 입혀라. 장례식 하지 마라. 강원도 오두막 대나무 평상 위에 내 몸을 놓고 다비茶毘하라. 사리舍利도 찾지 마라. 남은 재는 오두막 꽃밭에 뿌려라. 내가 금생에 저지른 허물은 생사를 넘어 참회할 것이다. 내 것이라고 하는 것이 남아 있다면 모두 맑고 향기로운 사회를 구현하는 데 사용해 달라. 밀리언셀러『무소유』를 두고 그동안 풀어놓은 말빚을 다음 생으로 가져가지 않겠다. 내 이름으로 출판한 출판물을 더는 출간하지 마라."고 까지 유언으로 마지막 부탁하고 떠나갔다. 구구절절 살아남은 우리에게 따끔한 일침으로 각성을 주는 금언이 아닐 수 없다.

우리는 근래 김수한 추기경과 법정 스님 두 분의 영적 지도자를 잃었다. 그동안 우리 대한민국 국민은 두 분 덕분에 행복했다고 생각한다. 탐욕의 법망에 걸려들어 마음 졸이는 교육자와 경찰은 물론 모든 공직자 그리고 우리 국민 모두 하나같이 그분들의 삶을 닮아 살아간다면 우리 사회는 더욱 밝고 살기 좋은 선진 대한민국이 되리라 확신한다.

교육자는 이 나라 백년대계를 이끌어갈 우리 다음 세대의 교육을 책임진 스승으로서의 자리를 지켜야 하는 공직자다. 경찰은 법질서와 사회기강을 확립해야 하는 공무원 중에서 가장 깨끗하고 청렴결백한 공직자상을 견지해야 하는 민중의 지팡이다. 교육자와 경찰이 부패했다면 누가 다음 세대에게 교육을 시킬 것이며 법질서와 사회기강을 바로잡을 것인가 문제가 아닐 수 없다. 물론 대다수 공무원은 법대로 잘 살아가는 데 한두 공무원가지고 호들갑이냐 할지 모르겠다. 하지만 상자 속의 사과 한 개, 고기 한 마리가 썩으면 상자에 든 전체를 썩게 하고 만다. 더욱이 밤 낮 가리지 않고 열심히 봉사하는 수많은 공직자 가운데 단 몇 사람의 비위 공무원 때문에 전체 공직사회가 부패한 것처럼 보이는 게 안타깝다. 공직사회가 더는 오염되지 않도록 비리에 연루된 극소수 탐한 공직자는 일벌백계로 다스려야 하는 이유가 여기에 있다.

평생 무소유로 살다간 법정 스님의 장례가 텅 비니 오히려 그의 삶은 꽉 차 있지 않았는가 싶다. 우리 모두 탐하지 않고 살 수 있는 지혜를 배워야 하겠다. 비우면 차게 되는 이치를 말이다.

세계화 한국인 꿈
— Global Korean dream

　세계 최초로 조직적인 관비유학생을 파견한 나라가 일본이다. 6세기 초엽 세 차례 견수사를 보낸 이래 2백여 년 동안 꼬박꼬박 유학생을 보냈다. 그중 일부는 몇 년씩 중국에서 눌러살며 과학·예술·사상의 에센스를 흡입했다. 일본은 한국과 중국의 앞선 문물을 받아들여 자기들의 약탕기에 넣고 달여 스승을 능가하는 문화의 꽃을 피웠다. 그래서 일본은 아직도 우리 한국을 30년 이상 앞서 있는 것일까!

　우리나라는 1877년(고종14년) 개항開港 이전부터 개화사상이 일고 있었으나 열강의 침탈로 고통을 받다가 결국 20세기 초 한국인은 나라를 잃어버렸다. 그러다가 세계의 도움에 힘입어 나라를 되찾았고 공산 침략으로부터 살아났다. 전쟁의 폐허에서 미국의 구휼救恤을 비롯한 세계 여러 나라가 한국의 경제성장을 위한 시장이 되어주었다. 우리 한국만큼 세계의 애증으로 얽힌 나라도 없을 것이다. 이러한 굴절된 역사 속에서 한국인은 세계로 나갔다. 이들 중 운이 좋은 이들은 태평양을 건너 신세계에서 새로운 문물을 배웠다. 하지만 불운했던 이들은 징집과 집단강제이주로 거칠고 황량한 땅으로 쫓겨나 비극적인 삶을 살아야 했다. 젊은이들은 가난한 생활 속에서도 이를 악물고 공부하며 미국의 박사 학위를 받고 귀국했다. 바로 이들이 경제개발 5개년계획을 만들고 대학에서 학생들을 가르쳤다. 이들 가운데 귀국하지 않고 미국에 남아 사는 이들도 많다. 이민자와 유학파들의 2세들은 아메리칸 드림American Dream을 향해 매진했다. 많은 교포가 자신의 분야에서 성공신화를 일궈냈다. 테크노Techno 분야를 비롯하여 교육·예능·스포츠·공공직公共職 등 여러방면에서 명성을 날리고 있다. 재미 한국사회의 빌게이츠로 알려진 암벡스 벤처그룹의 이종문 회장은 많은 이들에게 일자리를 주었고 2,000여만 달러를 기부하기도 했다. 캘리포니아 주립대 손성원 석좌교수는 금융계 웰스파고 수석 부행장으로 활동하고 있으며 이미 연방하원의원을 지낸 김창준 씨는 정계에 진출했고 미국무부 정무직에 고흥주씨가 민주주의 인권 노동담당차관보로 일하고 있다. 골프의 박세리·최경주, 피아니스트 한동일, 소프라노 조수미·신영옥·홍혜경 등 한국인으로서 미국 땅에서 꿈을 이룬 이들은 다 셀 수 없을 정도로 많다.

21세기 세계화 한국인Global korean 관계사關係史는 새 장을 열고 있다. 한국이 세계 주요국가로 떠오르면서 세계적 한국인이 새삼 많이 등장하고 있다. 세계보건기구WHO 이종욱 전 사무총장은 인류의 가슴에 깊은 족적을 남겼다. 그는 사무총장직을 열성적으로 수행하다가 세상을 떠났지만, WHO는 그를 '실천하는 인간a men of action'이라 부르면서 다음과 같이 기리고 있다.

"이 박사는 국제보건의 두 가지 중요한 도전과 싸운 세계적 지도자였다. 그것은 결핵과 예방 가능한 아동 질병이다.” 그가 제네바에서 숨을 거둔지 3개월 뒤인 2006년 10월 반기문 전 외교통상부 장관이 유엔사무총장에 당선되어 분단의 땅 한국에서 자란 인물이 세계분단의 아픔을 치유하는 인류의 과제를 담당하고 있다.

  이렇게 많은 한국인이 세계를 호흡했다. 역사적 비극의 굴레에서 살아온 선조가 있었지만, 운이 좋고 도전적인 후예들이 지금 세계화 한국인의 긍정적 관계사를 만들어가고 있다. 이 새로운 역사의 장에 아시아 최초로 아이비리그 대학 총장에 김용(49.미국명 Jim yong kim)박사가 발탁됐다. 아이비리그 대학은 하버드 · 예일 · 프린스턴 등 미국 동부 8개 명문대를 통칭한다. 지난 1년여 동안 400여 명의 후보와 함께 까다로운 심사 끝에 최종 선발된 것이다. 김 박사는 다트머스대학 사명의 핵심인 배움과 혁신, 봉사와 관련해 가장 이상적인 인물이란 점에서 선택되었다고 한다. 그는 못사는 나라에서 결핵과 에이즈를 치료하고 퇴치하려 애를 써 왔다. 그는 WHO 이종욱 전 사무총장처럼 봉사의 리더십을 보였던 것으로 알려졌다. 그는 2004년부터 WHO 에이즈국장으로 활약했고 2006년 미시사주간지 타임이 세계에서 가장 영향력 있는 100인에 선정됐을 정도의 인물임이 이미 알려졌다. 김용 총장이 우리에게 중요한 의미는 그 자리가 자신만의 성공에 머물지 않고 자신의 성공으로 세계적 지도자를 길러 낼 수 있다는 데 있다. 김 박사는 “세계문제를 다룰 수 있는 ‘지도자들의 군대’를 훈련시킬 수 있다면 세상에 못 풀 문제가 없을 것.”이라고 말했다. 바로 지도자들의 군대다. 클린턴도 오바마도 그 군대 출신이다. 그 군대는 아메리칸 드림에만 머물지 않을 것이다. 그 군대의

행진곡은 '인류의 꿈menkind dream'이 아닐까! 김 박사는 "한국인으로
서 매우 자랑스럽고 기쁘다."라면서 "이제 젊은 한국인들이 개인적
성취는 물론 어려움에 부닥친 이웃에게 손을 내밀 줄 알아야 한다."
라는 당부도 잊지 않았다. '인류의 꿈' 행진곡을 이종욱 김용 등의 한
국의 많은 후예가 함께 부를 있도록 앞으로 세계화 한국인의 관계사
가 계속 새롭게 써지기를 기대해 마지않는다. 그래서 30년 앞선 일본
을 따라잡을 날도 멀지 않았나 싶기도 하다.

분열시대 융합의 선구자

창밖의 세상을 보면 요즘도 '콩이야 팥이야'가 너무 심하다는 생각이 든다. 귀로 듣기에 사납고, 눈으로 보기에도 꼴불견이다. 정치가 보여주는 것은 네 탓 공방의 정쟁政爭뿐이고 당권·대권을 둘러싸고 계파싸움이나 숫자놀음만 하는 집단으로 비칠 뿐이다. 국익의 관점에서 국가운영에 접근하지 못하고 당리당략에 몰입된 우리 정치의 만성적 질환이 계속되고 있으면서 본체니 가지니 파당적 힘겨루기에서 탈피하지 못하고 있는 모습이다. 정치계가 이러면서 우리 사회는 지역·세대·노사·계층 간의 분열을 팽개쳐 둔 체 차기 총선을 목표로 표몰이 전술에만 목매어 있고 여·야 정치수뇌부도 국가백년대계를 위한 큰 그림을 그리지 못하고 국정사안을 두고도 정략적 도구로 이용하는 모양새가 안타까울 뿐이다. 지난날 이념정권에 대한 냉소가 이제 실용정권에 대한 냉소로 바뀌고 물가고와 가계부채, 전월세대란, 대학반값등록금에 편안할 날이 없다. 요즘 어떤 언론인은 한국이 이대로 주저앉게 될지도 모르는 징후들일 수 있다는 경고처럼 우리는 지금 주저앉느냐 마느냐의 갈림길에 서 있는지도 모르는 일들이 벌어지고 있어 한심하다.

　우리가 손을 놓고 있는 사이 주변국들의 돌아가는 모양새는 또다시 열강의 각축 속에서 언제 우리의 내일이 어두워질지 모르고 전전긍긍이다. 중국은 잠재적 1등 제국의 빛을 어둠 속에 감추고 있는 도광양회韜光養晦의 수법을 구사하고 있다. 일본이 추락한다지만 우리에겐 너무 앞선 선진국이다. 요즘 시도 때도 없이 우리 땅 독도를 넘보며 절치부심하고 있다. 잘 나가는 이웃이 있어야 우리도 잘 될 것이라는 기대는 지난 역사에서 충분히 학습했던 낭설이다. 경술국치 100년이다. 우리의 지도자들은 아직도 갑신정변 수준에서 머물고 있는 건 아닌지, 과연 우리 백년대계를 준비하고 있나 묻고 싶다.

　세상을 요동쳤던 역사의 굽이마다 나라와 민족의 앞길을 보여주며 선두에서 걸어갔던 선구자들이 있었다. 일제에 나라를 빼앗기고 암울했던 시기에 우리에겐 선구자들이 있었기에 오늘의 대한민국이 서 있게 되었다. 지난 66년의 한국현대사는 수다한 시련과 우여곡절을 거듭하면서도 지금까지 우리의 꿈과 힘을 모아 민족공동체를 건설하겠다는 의지와 행동은 계속되고 있다. 이런 우리에게 공동체의 논리와 윤리가 무엇인지를 일깨워주며 고귀한 말씀과 몸가짐을 보여주었던 선구자들이 있었다. 지난 4~5년 사이 연이어 타계한 강원용 목사, 김수환 추기경, 법정 스님 세 어른이다. 이분들은 서로 다른 종교의 지도자였지만 지극히 공통된 가르침을 설파하신 분들이기 때문이다. 지금도 온 국민이 그리워하는 것은 그분들이 지닌 공통의 성격, 특히 추상적 세계보다 구체적 현실을 중시하며 국민과 함께 어려운 문제를 풀어가려는 인간적 따듯함으로 일관했다. 어렵고 추상적인 교리보다는 항상 우리가 당면한 현실의 문제에 초점을 맞추는 공통점이 있었다. 천주교, 기독교, 불교가 지니는 보편적 진리를 핵심으로 한 종교로서 모든 사람의 삶과 죽음을 상대하고 있지만 세 어른은 항상 한국의 특성에 깊이 뿌리를 둔 지도자들이었기 때문에 우리에게 끈끈한 일체감을 심어주었다.

　우리는 지난 반세기 동안 피와 땀과 눈물로 산업화와 민주화를 동시에 성취할 수 있었다. 그 고통을 함께 나누는 가운데서도 분노보다는 관용을, 대결보다는 화해를 촉구하는 데 적극적으로 앞장섰던 세 어른의 공功은 참으로 컸던 것이다. 이분들이 생을 다 하는 날까지 끈질기게 사회적 화합과 정의를 강조한 것은 이 분들이 공유한 의식 속에 인간과 공동체에 대한 믿음과 철학이 한결같았기 때문이다. 세상을 바라보는 그 분들의 눈빛에는 언제나 인간이 중심에 있었다. 인간에 대한 사랑과 자비와 신뢰를 가지고 함께 살아가는 공동체 건설에 혼신의 힘을 기울일 것을 강력히 호소하였다. 이들 세 분은 각자 특유의 믿음과 품격을 토대로 우리에게 한결같이 전하려 했던 것은 이웃에 신뢰를 지키며 분열과 대결을 피하고 단결과 화합을 추구하는데 모든 노력을 함께하라는 것이었다. 고매한 종교적 경지에 이르렀던 세 분은 한마음으로 물질의 노예, 이념의 노예가 되는 비인간화를 예방할 것을 간절히 부르짖었다. 사회변화와 정치변화는 인간 마음의 변화를 토대로 하였을 때만 정상적인 궤도 위에서 진전될 수 있음을 역설했던 것이다. 바로 건전한 공동체, 정의로운 공동체는 이웃과 함께 잘 사는 나눔의 철학이 자리 잡아야만 존재할 수 있다는 것이다. 아울러 인간의 자율적이며 자유로운 선택의 권리 또한 양보할 수 없는 기본규범임을 알려주었다. 이런 공동체의 규범과 윤리를 21세기 시장의 세계화가 날로 진전되고 있는 상황에서 어떻게 실천할 것인가는 참으로 어려운 과제다. 지금 세계 곳곳에서 정치적 경제적 파탄과 파란곡절을 보면 알 수 있을 것이다. 따라서 우리는 결코 독선에 흐르지 말고 서로 믿고 양해하고 협조하라는 그분들의 교훈을 되새겨 실천해야 할 것이다.

지금 우리 정치가 여야대결의 내부분열과 겹쳐 사분오열의 양상을 띠고 있는 정치권의 분열이 사회 전반의 파편화로 이어질까 걱정이 앞선다. 원래 큰 인물이 세상을 뜨면 그 빈자리가 커다랗게 부각되는 법이다. 그러나 지금 우리에게 세계 1등이 늘어나기 시작했다. 제조업 분야만이 아니고 스포츠, 예능, 의학, 인문 국제사회 등 많은 분야에서 세계적 인물이 등장하고 있다. 천연자원이 없는 나라이지만 머릿속의 재능이 뛰어난 나라의 고만고만한 지도자들 가운데 위기극복의 훌륭한 선구자가 우리 곁에 나타나 세분 어른들의 뒤를 이어나갈 것을 기대해 마지않는다.

화해와 융합의 시대를 기리며

　　지금 우리사회는 여야정치 대결이 내부분열과 겹쳐 사분오열의 양상을 띠고 있다. 정치권의 분열이 우리사회 전반의 파편화破片化로 이어지지 않을까 걱정이 앞선다. 계층·이념·지역·세대·빈부에 따른 갈등과 분열이 기차레일처럼 양극화를 달리고 있는 현상을 보게 되기 때문이다. 우리 사회와 경제의 급격한 변화를 추구하는 원심력이 공동체의 정체성과 안정을 지탱하는 구심력을 압도하게 되면 혼란의 다이내믹스가 작동하여 국가가 위기에 빠질 수도 있다. 국민의 목소리를 존중하는 민주국가들이 경제 불황을 겪으면서 세계 곳곳에서 국가체제의 위기현상이 일어나고 있다. 국민의 불만과 불평을 해소하기 위한 임기응변의 정책변화를 마구 제시하다 보니 사회적 원심력은 커지는 반면 국가의 안정과 지속성을 담보하는 구심력은 약화될 수밖에 없다. 우리가 다져온 고도성장의 이면에서는 이념과 빈부의 양극화에서 비롯된 중산층과 중간지대의 축소라는 대가를 동시에 치르고 있다. 문제는 우리사회가 안고 있는 이 어려운 문제를 어떻게 풀어갈 것인가에 대한 국민적 합의를 조성하는 리더십이 절실히 요구되고 있는 시점이다.

우리 역사 속에서 사회통합을 위한 리더십을 발휘한 인물들을 본받아야 한다. 세종 임금의 백성과 소통을 위한 문화 리더십, 고려 왕건의 화친외교와 사회통합정책, 삼국시대 원효대사의 화쟁和諍사상을 펴나가야 한다. 세종의 한글창제는 백성과 소통하려는 뜻에서 비롯되었다. 백성들이 말하고자하는 바가 있어도 자신의 듯을 제대로 펴지 못할 뿐만 아니라 아무리 좋은 정책을 펴도 문자를 모르는 백성과 소통이 어렵다는데 한글창제를 서둘렀다. 아울러 소통과 의견수렴을 다양하게 이뤄지도록 하는 공론화 과정을 중시했다. 시사視事를 통해 핵심부서와 측근과 협의하고 세세한 내용까지 직접 지시하며 경연經筵을 통해서 신하들과 정책결정에 적용할 원리와 선례를 연구하고, 윤대輪對를 통해서는 하급관리들로부터 실무에 관한 보고를 들었다. 공론정치의 한 예로 여진족 정벌 시 반대하거나 소극적인 신하들의 의견까지 수렴하였다. 인재등용에 있어서도 신분에 구애 받지 않고 능력에 따른 인사정책을 펴서 장영실 같은 천민을 등용하여 중국 과학지식을 습득케 하였고 장영실 또한 그 보답이라도 하듯 목숨을 담보하는 위험을 무릅쓰면서 과학기술에 큰 성과를 올렸다.

왕건은 고려를 건국한 후 초기 호족들의 지방분권적 군웅할거시대에 겸손하고 자신을 낮추는 자세인 '중폐비사重幣卑辭' 외교정책을 펴서 호족들을 자기편으로 끌어들여 후삼국시대 가장 늦게 출발하였으나 최종 승리는 왕건에게 돌아갔다. 궁예가 백성을 위한 정치를 펴지 않고 폭정으로 백성을 괴롭힘으로써 멸망한 것과 대조적인 면을 볼 수 있다. 원효대사는 통합의 리더십으로 우리 역사에서 빼놓을 수 없는 인물이다. 삼국시대 불교이론을 정립한 종교인이자 한국사상에 큰 획을 그은 철학자였다. 특히 소통과 융합철학의 원류로 손꼽힌다. 그의 철학은 '화쟁和諍사상'으로 불린다. 모든 논쟁을 조화시키는 통합의 원리로 화쟁이란 용어를 썼다. 불교이론으로 출발했지만 당시 시대적 과제와 부합했다. 그는 고구려·백제·신라 삼국이 통일되던 시대를 살았다. 삼국이 통일되던 때의 가장 중요한 과제는 사회구성원의 융합과 통합이었다. 당시의 핵심과제를 화쟁이란 말로 풀어냈다. 화쟁은 상반된 두 세계의 묘합妙合원리다. 그 논리는 「융이이불일融二而不一」이라 했다. 즉 상반되는 두 가지를 융합하되 하나로 획일화하지 않는 것이다. 다양성의 조화다. 같고 다름同異에 대해 '같다同고 하는 것은 다른 것異을 녹여 똑 같이 만드는 것이 아니다.'라고 했다. 이견異見을 가진 사람을 다 몰아낸 뒤에 같은 견해로 획일화하는 것이 아니다. 화쟁사상은 일방적으로 한 면만을 고집하거나 한 가지 입장만을 절대시하는 경향을 경계한다. 원효대사는 특정 입장을 절대시하는 경우를 마치"갈대 구멍으로 하늘을 보는 것과 같다"고 했다. 그는 화쟁철학을 구현하는 삶을 살았다. 그것은 경계의 벽을 넘는 모습이었다. 그는 젊은 시절 수행修行과 교학敎學에 매진했지만 요석공주를 만나 환속還俗해 소성거사小性居士를 자처하였다. 출가 수행자와 환속한 거사의 모습, 둘을 다 취한 것이다. 즉 출가出家와 재가在家, 종교적인 삶과 세속적인 삶, 성聖과 속俗 그 어느 한 쪽에 치우치지 않는 모습을 보여준 것으로 해석된다. 그의 마음에는 하늘을 떠받칠 기둥天柱으로 자처할 만큼의 자긍심이 있었지만 소성거사로 자처하는 데서 소승小乘의 가치도 중시했다. 그에게는 소승과 대승大乘이 대립의 가치가 아니었다. 그는 말하기를 "옷을 기울 때는 작은 바늘이 필요하지만 긴 창은 있어도 소용이 없다. 비가 올 때는 작은 우산이 필요하지만 온 하늘을 덮는 것은 있어도 소용이 없다. 그러므로 작다고 가벼이 볼 것도 아니다. 그 근성을 따라서는 크고 작은 것이 다 보배다"라고 했다.

역사 속 세 지도자의 소통과 화친·통합 및 화쟁의 리더십에서 보듯이 지도자들이 마음을 열고 지혜를 모으면 우리 민주국가의 정통성을 지켜가면서 이 어려운 고비를 우리 공동체 강화의 계기로 만들 수 있을 것으로 믿는다. 그러려면 분열과 대립의 요소를 과감히 떨쳐버리고 화합과 공조의 전통과 정서를 확대 부각시키겠다는 각오와 자세를 갖춰야 하겠다. 지금의 분열의 계절에서 화해와 융합의 시대로 나아가 우리 공동체의 구심력을 북돋아야 할 것이다. 국가 정통성과 정체성은 단절보다는 연속성, 대결보다는 화해와 타협, 분열보다는 공조를 실천하는 공동체 정신과 공공철학을 앞세우는 정치인들을 선출하는 것만이 우리 민주정치를 안정적으로 발전시키며 양극화를 비롯한 당면 과제를 한국적 지혜로 풀어나갈 수 있을 것으로 기대한다.